AF312191

OEUVRES DE JACQUES ARAGO

CHASSES

AUX BÊTES FÉROCES

PREFACE

—Pourquoi un nouveau volume, puisque la course est achevée? Vous n'avez donc pas tout dit, ou vous appelez maintenant la fiction à votre aide.

— A la bonne heure, j'aime les objections quand elles sont franchement présentées. Je vais vous répondre.

Qu'ai-je entrepris dans la relation de mes voyages de circumnavigation? de retracer le plus fidèlement possible les mœurs des peuples que j'ai visités, de vous initier aux secrets de leurs passions, de vous les montrer tels qu'ils sont devenus quand la civilisation a tenté de les régénérer, et tels qu'ils étaient primitivement lorsqu'on les a surpris dans leurs déserts, sur leurs montagnes inaccessibles, alors qu'ils se croyaient peut-être seuls maîtres du monde. J'ai essayé de vous conduire par la main au travers des steppes, des forêts vierges, au sein des laves noires lan-

1

cées à l'air par des révolutions sous-marines ; je vous ai promené à mes côtés d'un continent à l'autre, d'un archipel doux et parfumé à un archipel abrupt et sauvage ; j'ai étudié sous toutes les zones, et aussi scrupuleusement que je l'ai pu, les admirables contrastes de ces natures si variées déjà dans leurs caprices ou même dans leur éternelle immuabilité. Je vous ai présenté les hommes rouges du Brésil, les hommes noirs de l'Afrique, les hommes jaunes des Moluques et de la Chine; je vous ai dit leurs usages et leurs vices, leur religion et leur stupidité. J'ai médité sur tout cela au milieu d'immenses périls, tantôt sous le casse-tête zélandais, tantôt à côté du crish empoisonné du farouche Malais, et presque toujours seul, isolé, sans armes, ou escorté de mes deux braves, de mes deux dévoués matelots que vous connaissez déjà et que vous aimez, j'en suis sûr.

Eh bien, ma tâche n'était pas remplie, et si je me suis arrêté en route, c'est que Dieu a arrêté dans sa route aussi le rayon lumineux qui venait frapper ma paupière. Au milieu de la nuit si profonde qui m'a saisi, j'ai pensé que le repos me serait plus salutaire que le travail, et j'ai brisé mes crayons aux deux tiers de mon livre.

Hélas! le calme pour moi c'est l'anéantissement; c'était assez d'une mort, je l'ai senti : je me suis chaudement retrempé aux consolations de l'amitié, aux encouragements que la presse généreuse a donnés à mon œuvre de patience et d'énergie, et je me suis en quelque sorte façonné à mon infortune. Bien plus, à mesure que les ténèbres se sont épaissies sur mes yeux, il m'a semblé qu'un plus large soleil éclairait mon âme. Je vois les hommes tels qu'ils sont, la nature telle que je l'ai laissée à mon dernier jour de lumière, jeune, verte et riante. J'écris, je vous l'atteste, devant un miroir parfait. J'ai concentré tout en moi-même ; rien de ce qui se passe autour de moi ne peut m'arracher à mes méditations, à ma solitude. Ma mémoire est plus exacte mille fois que lorsque ma prunelle lui était d'un puissant secours, et je me rappelle le plus lointain passé comme s'il datait d'hier, comme s'il datait de ce matin. Je vous dirais sans réflexion les noms propres des villages que j'ai traversés jadis, des cônes que j'ai escaladés, des ruisseaux dont j'ai suivi le cours, des torrents qui m'ont forcé à la retraite et des filles sauvages que j'avais prises en affection. Je vois encore le caillou qui me fit trébucher aux Mariannes, le léger papillon pris dans mon réseau à la Nouvelle-Hollande, la profonde crevasse où je plongeai aux Sandwich ; j'entends vibrer à mon oreille la parole menaçante qui m'accueillit à Ombay et le cri terrible des naturels de la presqu'île Péron. Je vous dirais le jour précis de nos calmes, de nos tempêtes, nos heures d'extases, nos moments de désespoir. Je vous conterais presque tous les minutieux détails de cette vie incidentée que j'ai si douloureusement parcourue jusqu'à présent et qui s'achève sous le plus horrible malheur qui puisse frapper un homme.

Oh! cette page n'est point une vanterie, comme vous pourriez le croire dans votre irréflexion. Cette page est une amertume de plus à ajouter à tant d'amertumes. Quel est l'homme, se sentant une âme, qui ne donnerait pas l'oubli de toutes ses joies pour l'oubli de la moitié de ses tortures?

Qu'il vienne, et je me prosternerai devant cet être exceptionnel.

Etre aveugle! Etre aveugle quand on a tout vu, tout exploré, tout étudié, c'est le millionnaire réduit à la mendicité. Etre aveugle et accepter la vie! Eh bien! n'avez-vous jamais été heureux la nuit? Laissez-moi vivre.

Et puis, voici un ami qui me tend la main, un frère qui m'encourage, une vieille mère qui prie encore pour moi là-bas, là-bas dans un vallon des Pyrénées, une douce voix de femme qui me dit : *Marche!* On me parle de beaux-arts, de gloire, de patriotisme ; on me dit que la lâcheté, l'hypocrisie, la vénalité, la bassesse, la trahison, sont regardées comme les fléaux de la terre (on me le dit!) on ; m'assure que je puis être encore utile dans mon infortune, et je me laisse vivre.

Les nuits sont longues pour l'aveugle, et c'est pour essayer de les raccourcir que je publie aujourd'hui le drame des voyages ; ne me le reprochez pas.

Avant de vous présenter les singuliers et terribles individus qui vont passer sous vos yeux avec leurs colères, leurs fureurs et leur rage, j'ai cru qu'une simple et rapide notice sur leurs mœurs, leurs habitudes, leur caractère et leur silhouette était indispensable. J'ai puisé à des sources précieuses, et j'y ai timidement ajouté mes observations personnelles.

Je sais bien que le tableau n'est pas achevé, mais il me semble suffisant. Quant au style des divers épisodes qui composent ce volume, j'ai voulu qu'il fût vif et chaud; est-ce assez de vouloir? La plus grande partie de ces pages est écrite au milieu des actions terribles et sanglantes dont j'ai été témoin : et cependant le lecteur n'a pas à craindre que je me sois laissé emporter trop avant par mon imagination ou par mes terreurs.

Je ne me souviens pas que dans certains grands périls la pensée d'une honteuse retraite ait jamais pénétré dans mon âme. Quand j'ai voulu apprendre, j'ai appris, et ma volonté était telle alors, que la presque certitude d'une catastrophe n'aurait pu me distraire de ce que j'avais une fois regardé comme un devoir à remplir.

Toutefois, si vous trouvez du désordre dans mes récits, ce n'est pas ma faute. Ecrivez froidement et au compas, si vous le pouvez, en présence du tigre qui bondit, du lion qui broie un ennemi dans sa gueule de feu, du rhinocéros qui déracine les troncs les plus robustes, du crocodile qui avale un nageur, du boa qui étouffe un buffle, de l'éléphant qui jette à l'air les cabanes et les habitants d'une bourgade! Ecrivez donc avec tiédeur en présence d'un raz-de-marée, d'un coup de vent aux Antilles, d'une tempête au sud du Cap-Horn au milieu des glaces australes !

Dans bien des circonstances, le désordre est l'harmonie.

CHASSE AU BOA

NOTICE

Combien faut-il encore de siècles pour que la race de ces monstrueux reptiles disparaisse de la terre? La question ne peut, ce nous semble, être affirmativement résolue; et si nous la proposons à la méditation des naturalistes, c'est seulement pour qu'ils veuillent bien se donner la peine de comparer le devin ou boa constrictor d'aujourd'hui à ceux autrement monstrueux dont nous parlent les historiens des temps passés. Ce sont là de ces études spéciales dont le résultat n'est jamais stérile.

Quelle est maintenant la plus grande taille probable du boa? Quelques voyageurs la portent jusqu'à soixante et dix pieds; d'autres plus timides craignent de la pousser jusqu'à cinquante, et cependant je puis affirmer que j'ai vu dans la demeure d'un des officiers de M. José-Pinto-Alcoforado-de-Azevedo-e-Souza, gouverneur de Dielhy, la peau d'un boa qui avait cinquante-deux pieds français de longueur; M. Pinto m'assura même avoir envoyé depuis peu à Lisbonne un de ces monstres dont la taille allait jusqu'à cinquante-cinq pieds.

Les chiffres sont une logique foudroyante, et Condillac lui-même ne me prouverait point que deux et deux font cinq ou trois. Charles Owen, un des plus intrépides chasseurs connus, prétend que dans les environs de Batavia il s'est emparé d'un boa ayant plus de cinquante pieds de long; et votre raison ne reculera pas devant d'aussi graves témoignages, surtout lorsque vous lisez dans Pline le Naturaliste que la dépouille d'un serpent de cent vingt pieds demeura longtemps suspendue en forme de corniche dans un temple romain. Pline écrit encore que sous l'empereur Claude on tua un boa de trente-six coudées dans le ventre duquel on trouva le corps entier d'un enfant. Selon Diodore de Sicile, des chasseurs, encouragés par la munificence de Ptolémée, lui amenèrent à Alexandrie un serpent long de trente coudées. Pour s'en emparer, ils choisirent le temps où le terrible animal était sorti de son gîte; ils en bouchèrent l'entrée avec des pierres, tendirent devant l'orifice un solide filet formé de grosses cordes, et quand le reptile revint, ils l'effrayèrent par un grand bruit de trompettes et les longs aboiements d'une meute de chiens; ils le harcelèrent à coups de flèches, et, afin d'éviter le danger, le serpent alla se précipiter dans le piège, qu'on referma sur lui. On le soumit ensuite en excitant par des piqûres les vains efforts qu'il faisait pour se dégager, et enfin on le lia avec de grosses chaines, et on le conduisit en triomphe à Alexandrie, où une longue diète apaisa sa férocité.

C'est surtout dans le royaume de Congo, à Angole et dans les sables brûlants de l'Afrique intérieure qu'on trouve les plus monstrueux boas de la terre. Là, contradictoirement avec certains voyageurs qui ont écrit que le boa craignait les eaux, il est parfaitement avéré que ce reptile nage et qu'il nage avec une extrême rapidité. Le fait d'ailleurs ne peut plus être pour moi douteux aujourd'hui, puisque, pendant mon séjour à Timor, M. Pinto et ses officiers me l'ont attesté de la manière la plus positive.

Les nègres de la Côte-d'Or mangent la chair de ce monstrueux serpent et la trouvent exquise. Ici commence la fable, mais il faut se souvenir que c'est un moine espagnol qui raconte. Le père Simon rapporte que « dix-huit Espagnols, étant arrivés dans les bois de Coro, dans la province de Venezuela, et se trouvant fatigués, s'assirent sur un serpent assoupi, croyant que c'était un vieux tronc d'arbre; et, lorsqu'ils s'y attendaient le moins, l'animal commença à marcher, ce qui leur causa une extrême frayeur. » Le missionnaire Montoya a vu un Indien d'une taille plus qu'ordinaire qui, dans l'eau jusqu'à la ceinture et occupé à pêcher, fut avalé par un serpent qui, le lendemain, le rejeta tout entier. Dans une lettre d'André Cléyerus, nous apprenons qu'à Amboine une femme grosse de plusieurs mois fut engloutie par un de ces monstres.

Nous lisons dans Salmon qu'à l'île de Macassar il y a des singes féroces qui attaquent les voyageurs, surtout les femmes, et les mangent après les avoir déchirés; il ajoute que ces singes ne redoutent que les serpents, qui les pourchassent avec une vitesse extraordinaire jusque sur les arbres. Aussi, dans la crainte de ces ennemis, ne vont-ils jamais qu'en troupes, ce qui n'empêche pas les boas de les avaler vivants quand ils les saisissent.

Le pouvoir que certains naturalistes leur prêtent d'attirer dans leur gueule béante les oiseaux perchés sur les arbres consiste, selon eux, dans la corruption de l'haleine du serpent qui, viciant l'air et l'imprégnant de miasmes putrides et délétères, étourdit les oiseaux, leur ôte leur force, les plonge dans une espèce d'asphyxie et les contraint à tomber dans la gueule ouverte pour les recevoir.

Le sommet de la tête du boa est large, le front est haut et partagé par un sillon longitudinal; ses yeux sont très-gros, ses orbites en saillie; le museau est allongé et terminé par une grande écaille blanchâtre bigarrée de jaune. L'ouverture de la gueule est très-grande, ses dents fort longues; sa queue est dure, nerveuse et neuf fois moins longue que le corps.

Les couleurs de ses écailles sont vives et variées; néanmoins elles pâlissent quand le boa est mort. Elles ne sont pas les mêmes dans tous les climats. Le dessus du dos, parsemé de taches ovales qu'on nomme yeux, est symétriquement tacheté. Les taches se dessinent sur le fond par une bordure plus brune. Le dessus du corps est d'un cendré jaunâtre, marbré de noir; le ventre est d'une teinte claire de jaune-vert.

CHASSE

Veillez à vos pieds, veillez sur votre tête, veillez autour de vous : car l'ennemi est là, là et là. Il est immobile et blotti comme s'il voulait éviter votre présence, allongé comme s'il voulait opposer une barrière à votre course, onduleux comme s'il voulait vous séduire par une caresse; et cependant il rêve de sang, de bave et de mort. Oh ! malheur à vous si vous êtes à portée de ses étreintes, car il étouffe sans colère, car il tue sans venin. Il est l'ennemi de tout ce qui vit, de tout ce qui se meut: on dirait qu'il n'exerce sa force à chaque instant contre les troncs sécu-

laires qui pèsent sur le sol qu'afin de s'assurer plus tard
la victoire contre tout ennemi vivant qui osera l'attendre.
Il n'est pas exact de dire qu'il rampe, mais il est plus vrai
d'assurer qu'il bondit comme le tigre, se précipite comme
la gazelle ou vole comme le vautour. Je vais vous conduire
auprès de lui.

Voici un soleil de plomb, une chaleur écrasante, des
eaux silencieuses, une odeur de soufre et de bitume
s'exhalant de toutes parts comme si le pied reposait sur
un volcan près de s'ouvrir, et une lassitude lourde et pénible engourdissant les membres ainsi que le ferait une
longue torture. C'est le jour, ce sont les heures où le soleil, après avoir quelque temps obliquement regardé la
terre, se lève dans toute sa majesté pour darder sur elle
ses rayons les plus verticaux et la calciner jusque dans ses
entrailles. Quand la nuit vient, quand les sueurs du sol
remontent à des régions plus élevées, quand les oiseaux se
raniment à la brise de mer, un peu de repos arrive à l'âme
et au corps. On respire à l'aise et l'envie vous reprend de
vous mettre en marche comme pour insulter aux bouffées
brûlantes qui vous ont emprisonné dans les cabanes çà et
là éparses le long des plages torréfiées.

Mais voyez le contraste ! Tandis que, dévoré par l'ardeur
d'un ciel de bronze, le peuple ailé se tait sous la verdure
dont il se fait un vaste parasol, vous entendez, au sein d'un
chaos de feuilles à demi pulvérisées, bruire un frôlement
prolongé ; et si vous avez le courage d'interroger du regard
les souples mouvements qui ondulent la distance séparant
les arbres les uns des autres, vous remarquez des courbes
harmonieuses serpentant dans une allée, étreignant un
tronc vigoureux, d'abord lentement, puis s'agitant avec violence, et parcourant, ainsi que le ferait un dard lancé
d'une main robuste, un espace à fatiguer votre vue. C'est
le boa.

Dès qu'il s'éveille et chemine, tous les reptiles de second
ordre, ainsi que les insectes épouvantés, cherchent à fuir ;
mais, cloués à leur place par une peur invincible, ils s'a-
gitent fébrilement et vont pour ainsi dire d'eux-mêmes
s'engloutir dans la gueule béante du monstre qui règne
en dévastateur dans ces forêts éternelles. L'île dont je
vous parle, et où le voyageur remarque cette immobilité
et cette vie, est appelée Timor. Timor, conquête bâtarde
des Hollandais défendus à Coupang et des Portugais par-
qués à Dielhy ; Timor, aux crêtes noires, aux volcans toujours en colère inspirant leur turbulence aux anthropophages habitants de Fialarang ou de Batonguédé, cônes
éteints résonnant sous les pieds comme une peau de tam-
bour ; Timor l'indomptée, riche de la plus belle végétation
du globe, sans cesse menacée par les terribles tremblements
de terre qui ravagent même les îles les plus éloignées de
sa base rocheuse.

La sombre forêt où j'ai vu ce que je vous raconte s'élève
à peu de distance de la petite ville de Dielhy, que j'appelle
ville parce que notre langue est pauvre pour exprimer
certaines choses que nous ne pouvons traduire que par des
périphrases. Sur le petit terrain où sont groupées une cin-
quantaine de bâtisses entourées d'enclos, et plus bizarres
les unes que les autres, vivent et meurent quelques Européens maladifs et un assez grand nombre de Malais à la
tournure guerrière, au teint cuivré, au regard fauve, aux
dents noircies par le bétel, l'arek et la chaux. Ils vivent
là, et près d'eux, pouvant les atteindre d'un seul élan, vit
aussi le boa, le terrible constrictor qui ne s'emplit de myriades d'insectes qu'alors seulement qu'il n'a pas cerclé un
buffle dans sa course rapide.

Le buffle est la nourriture du boa. Dès que celui-ci en
saisit un par les flancs, il le traine contre un des plus
épais géants de cette forêt, il l'entoure, le presse, l'étouffe
en dépit de ses cornes aiguës, de ses horribles beuglements et de la vigueur de ses épaules ; il bave dessus ; de
sa langue raboteuse il le caresse et l'injecte à la fois ; il le
pétrit, il l'allonge, il triture ses os ; et quand ces hideux
préparatifs sont achevés, quand son instinct de reptile a
compris que la victime peut être dévorée, il la laisse tomber, se place tout de son long en face de la tête du buffle
sans vie, ouvre ses mâchoires dont l'élasticité épouvante
la raison, fait crier ses anneaux en les rapprochant les uns

des autres, aspire encore ; le quadrupède entre par saccon-
des ; et quand celui-ci est à moitié englouti, le vorace boa
se calme, s'assoupit et s'endort enfin comme s'il succom-
bait à la lassitude d'une lutte qui aurait épuisé ses forces.
Si le boa était seul avant l'attaque, si sa femelle dort loin
de lui, approchez-vous maintenant, vous n'avez rien à
craindre de sa force, de sa bave et de sa gueule ouverte
comme une large fournaise : il dort, je vous l'ai dit ; mais
il serait plus exact d'écrire qu'il est mort, car il est là
aussi insensible qu'un tronc d'arbre.

Il n'y a nulle gloire, vous le comprendrez, à tuer le boa
dans cet état de torpeur où le jette ce repas commencé ;
mais comme ce n'est pas la gloire qu'on cherche dans ces
combats de chaque jour livrés à ce hideux reptile, on est
sage de le saisir là au milieu de son festin, de s'agenouil-
ler depuis sa tête jusqu'à ses flancs, de même qu'on se
tiendrait devant une idole vénérée, puis de placer sur une
corde faite d'intestins de poissons une flèche aiguë, empoisonnée, et, à un signal donné, de lancer tous les dards
à la fois contre ce Lucullus rampant qui trouve la mort
au sein de l'orgie.

Ainsi en agissent les Malais de Timor et ceux de Coupang. mais surtout ceux de l'établissement de Dielhy, dès
que le rugissement d'un troupeau de buffles aux abois leur
dit par une halte instantanée qu'un de leurs camarades
vient d'être saisi dans les plis du terrible constrictor. Mais
cela ne s'appelle point une chasse cela s'appelle une rencontre ; et, quand le monstre a cessé de vivre, on le laisse
là afin que lui et sa victime servent de pâture aux autres
reptiles qui, à leur tour, subiront tôt ou tard le même sort.

La chasse au boa est autrement périlleuse, et pour moi
j'aimerais cent fois mieux avoir à combattre un tigre ou
un lion affamé dans le désert que le redoutable constrictor
au sein de sa forêt. La balle est impuissante contre celui-ci ;
car le moyen, je vous le demande, de pouvoir la bien diriger au milieu de ses rapides ondulations pareilles au caprice de la flamme ? Et puis encore où est votre ennemi ?
Vous croyez l'entendre s'agiter sous vos pieds, tandis que,
accroché par les derniers anneaux de sa queue à une branche élevée, il se balance comme la fronde du Baléare, et se
précipite pour vous enlacer et vous broyer ainsi que je vous
ai dit qu'il le faisait du buffle. Peut-être, puisqu'il n'y a
pas de venin à redouter, aurez-vous assez de sang-froid
pour séparer, à l'aide du glaive dont vous êtes armé, le
corps du reptile ; mais moi je me déclare vaincu par lui dès
que son ventre gélatineux me serre dans ses replis, et je
ne croirai au succès de votre défense que si vous m'assurez
que vous êtes Malais et que vous habitez Timor.

Cependant la guerre faite aux buffles appartenant aux
Européens et aux rajahs tributaires du résident de Dielhy
par les boas de la forêt qui touche presque à cette colonie,
devenait si meurtrière, que le gouverneur José-Pinto-Alcoforado-de-Azevedo-e-Souza résolut enfin d'organiser des
chasses pour la destruction ou du moins l'éloignement de
ces reptiles. Il enrôla pour cet effet, au prix de quelques
étoffes fabriquées dans le pays, des hommes de cœur et
d'énergie qui ne craignirent point de pénétrer le jour et la
nuit dans la forêt ténébreuse et d'y combattre ces terribles
dominateurs. Leurs armes étaient le redoutable crish, dont
la lame ondoyante est presque toujours trempée dans la
gomme jaunâtre du bohon-upas (moins meurtrier cependant qu'on ne le croit en Europe), et des flèches aiguës,
dentelées, courtes et placées en éventail devant leur poitrine, et qu'ils lancent contre le monstre lorsqu'ils le
surprennent endormi. Mais le reptile fit tant de victimes
qu'il fallut bientôt renoncer à ces attaques, pour lesquelles
on employait souvent des hommes condamnés à de sévères
châtiments. M. Pinto m'a dit que, s'étant trouvé assailli de
trop de demandes pour aller à la destruction du boa, il se
vit contraint de diminuer la solde des combattants façonnés aux grands périls, et après à la curée des pièces d'é-
toffes données par le résident.

Après ces tentatives qui auraient fini par dépeupler la
colonie plus rapidement que les fièvres pernicieuses et la
dyssenterie, M. Pinto se décida à porter la flamme dans le
bois infesté et à exposer l'île à un incendie général. Il usa
cependant de prudence ; et dès que les buffles qu'il envoyait

en holocauste aux reptiles lui attestaient la présence d'un ou de plusieurs de ces monstres, il faisait circonscrire l'endroit désigné par une coupe immense. Or, comme après son repas le serpent reste dans l'engourdissement pendant quelques mois, le travail des courageux bûcherons n'était interrompu que par les reptiles à jeun, qui tous n'osaient pas s'attaquer à une armée d'hommes prêts à les recevoir.

Sitôt que les troncs séculaires étaient abattus avec leurs rameaux si riches, si bizarres, si variés, d'immenses brassées de feuilles sèches étaient jetées au milieu; le feu y pénétrait, maintenu, rapproché par un nouvel aliment lancé au delà de la première ligne; et c'est alors qu'on voyait, à travers les ondulations de la flamme, se dresser dans le cirque embrasé les redoutables boas tourbillonnant pour échapper à la mort, grimper d'un seul jet au sommet des arbres, atteindre les branches les plus élevées et essayer de franchir les flamboyantes barrières qui les étreignaient. Efforts impuissants! ils tombaient effrayés, à moitié dévorés au milieu de la fournaise, et rendaient le dernier soupir dans de hideuses contorsions attestant les horreurs de la torture.

On en a vu cependant, me dit M. Pinto, s'élancer au delà des flammes, et, loin de fuir le danger auquel ils venaient d'échapper, se précipiter alors sur les Malais intrépides et en immoler plusieurs avant d'être vaincus eux-mêmes.

Mais c'est lorsque le boa, impatient de jour et de soleil, s'échappe de ses sombres et silencieuses forêts pour parcourir la plaine, que la vie des hommes court de grands risques jusque dans les habitations les mieux closes. Ainsi que le chacal et le tigre, le constrictor a des ruses et de l'hypocrisie; il se traîne en sournois à travers les barrières, et ses ondulations suivent exactement les sinuosités du terrain, afin de ne faire aucun bruit en heurtant les obstacles. Il courbe la tête sous les branches et les feuilles des arbustes; et, quand il la relève, c'est avec prudence, écoutant bien d'abord s'il n'y a pas là près de lui une proie facile à saisir; puis il rampe encore vers le lieu qu'il a choisi pour son attaque, et c'est dans ce moment que, par des bonds rapides et des évolutions dont la flamme au grand mât d'un navire peut seule donner l'idée, il tourne à droite, à gauche, devant lui, derrière lui, comme s'il était atteint de vertige. C'est que le boa, dans cette fièvre ardente, choisit sa victime, et son œil avide a parfaitement jugé celle qui lui procurera une plus longue digestion.

Aussi, qu'ont imaginé les naturels de Timor occupés des plantations ouvertes à toute attaque? Ils ont fortement lié par le naseau et à l'aide de cordes solides un buffle à un arbre ou à une roche, et se sont préparé pour eux des retraites assurées dans de petites cages dentelées, à travers lesquelles ils peuvent suivre la marche de leur ennemi. Le boa s'élance, et les beuglements étouffés du buffle ne tardent pas à annoncer le triomphe et le repas du reptile.

Toutefois, quand la faim aiguillonne un peu trop le monstre, il ne faut pas croire qu'il appelle à son secours la prudence dont je vous parlais tout à l'heure: au contraire, ses allures sont franches et décidées; il se dresse fièrement au-dessus des hautes bruyères, poussant à l'air des rafales pareilles aux sifflements de la tempête, et suivant une ligne directe comme un trait lancé d'une main vigoureuse.

Oh! alors malheur à l'homme contre lequel va se ruer le hideux reptile! Rien ne le sauvera de la redoutable étreinte; et l'on a vu souvent plusieurs individus lui servir de pâture dans cette course de géant bien autrement rapide que celle du tigre le plus agile. On a peine à comprendre l'immense élasticité des mâchoires du boa. La tête n'est pas plus grosse que les deux poings réunis d'un homme; eh bien! la gueule s'ouvre, se dilate sans beaucoup d'efforts et elle engloutit des masses énormes. Aussi, quand le corps du buffle a pénétré tout entier dans ce tombeau vivant, vous voyez des dômes se dessiner sur la peau écaillée, et les cornes de la victime se dresser comme des crêtes aiguës prêtes à percer la dure enveloppe qui les emprisonne.

Tout cela est imposant et terrible à voir, tout cela tient en haleine les hardis explorateurs, qui ont assez à lutter contre les maladies de ce pays, si funestes surtout à la vie des Européens, pour qu'ils n'aillent pas encore tenter des excursions plus périlleuses en traquant le boa jusqu'au sein de ses domaines.

Mais nul spectacle au monde n'est plus curieux et plus effrayant à la fois qu'une lutte entre deux serpents boas pour la possession d'une femelle ou la conquête d'un buffle. Voici ce que nous conta à cet égard M. Pinto. Un soir il osa, mais de loin seulement, assister à un pareil combat qui lui avait été annoncé par la fuite rapide des Malais, habiles à prédire ces grands événements dans la forêt au bord de laquelle ils se reposent avec leurs troupeaux.

M. Pinto était sur son belvéder, et de là, quoique éloigné de mille pas du lieu de la scène, il entendait, semblables à de violentes rafales, les sonores aspirations des deux monstrueux reptiles qui allaient en venir aux prises. Il vit les rameaux épars sur le sol s'agiter, tournoyer dans les airs par les rapides évolutions des deux adversaires irrités, et s'élançant plus tard tels que des fusées envahissant l'espace. Les deux boas atteignirent d'un seul bond les robustes branches de deux arbres voisins l'un de l'autre; il y eut ici un moment de calme trahi cependant par la vibration fébrile des feuillages épais au sein desquels les jouteurs s'étaient enroulés.

Tout à coup les arbres frémissent, deux câbles vigoureux s'élancent l'un sur l'autre, et ces câbles sont les deux reptiles acharnés qui, suspendus par les derniers anneaux de leur queue, se tenaient enlacés l'un à l'autre ainsi que les pierres cimentées d'un pont planant sur l'abîme. La courbe se dessinait tantôt de haut en bas, tantôt de bas en haut, souvent et longtemps immobile, et pourtant sous cette apparence d'immobilité se pressaient, se broyaient, se trituraient des anneaux durs et serrés; sous ce calme apparent il y avait aussi de la douleur, de la rage, du désespoir. Un cadavre de boa devait tomber à terre, et l'autre s'assoupir à ses côtés. La lutte durait depuis plus d'un quart d'heure, quand les deux champions, comme s'ils en fussent convenus à l'avance, se dénouèrent et regagnèrent leur première station en attendant la reprise des hostilités. Elles s'annoncèrent par un troisième sifflement étouffé et plus prolongé que les deux premiers; après quoi les monstres glissèrent le long du tronc lisse de l'arbre que chacun d'eux avait pris pour champ de bataille, et là il y eut attaque violente, prompte comme l'éclair; il y eut, pour ainsi dire, coup fourré et dernière agonie de l'un des combattants. L'un d'eux, en effet, attira à lui son adversaire, dont les anneaux de la queue cédaient petit à petit le terrain. Les corps si monstrueux se trouvèrent alors placés côte à côte, de bout en bout; mais celui-ci immobile, l'autre plus mouvementé que jamais et se roulant avec de grandes précautions autour de l'arbre, et y étouffant enfin son ennemi vaincu.

Nul spectacle au monde n'est curieux comme une joute entre deux boas amoureux préludant à leur union. Ce sont des sifflements aigus et fébriles, des bonds rapides, des tournoiements dans les airs, des gueules s'ouvrant et se fermant vingt fois par minute. Ce sont encore des ascensions jusqu'aux branches les plus élevées des plus grands colosses de la forêt, des élans monstrueux qui font franchir horizontalement aux reptiles enflammés au vol, et comme s'ils avaient des ailes, des distances énormes. Il y a des échanges de regards de feu, une coquetterie incessante, et du repos jamais; jamais de calme, c'est la fièvre, c'est le transport; un désordre étourdissant auprès des feuillages qui servent de champ clos, un chaos inimaginable des rameaux épais qui couvrent le sol; vous jureriez une terre et un ciel en ébullition, tant le vertige des deux reptiles se communique à tout ce qu'ils touchent, à tout ce qu'ils approchent; et quand ces préludes de folie ardente ont eu lieu, quand l'ivresse de l'amour a atteint son paroxysme, quand le moment qu'ils appellent de tous leurs vœux sera arrivé, vous verrez les jouteurs s'élancer l'un vers l'autre, former des nœuds qu'eux seuls peuvent délier, des tresses qu'eux seuls peuvent défaire; tantôt allongés de toute la grandeur de leurs corps, ils imitent le jeu bizarre de la vis d'Archimède, toutes les courbes se suivent sans se toucher; tantôt en bloc, on ne sait où est leur tête, où est leur queue, c'est tout au plus si on devine qu'ils sont deux, on les prendrait plutôt pour un amas de boues gluantes ou de câbles goudronnés. Tout à coup la masse s'agite, elle se développe, elle se montre dans toute sa terrible étendue... Un ennemi de plus va bientôt se dresser contre les hommes et les buffles.

M. Pinto, témoin plusieurs fois de ces combats pleins de la passion la plus extravagante, avait essayé, à l'aide du fusil et même du bruit de l'artillerie, de mettre un frein à la turbulence des deux *amants*; il m'a assuré que jamais il ne les avait vus s'émouvoir aux plus terribles vibrations.

— Je suis certain, poursuivit-il, qu'au milieu de leurs plus intimes étreintes, le feu mis à la forêt viendrait les atteindre sans qu'ils voulussent chercher à éviter le danger. Quelques Malais audacieux, continua-t-il encore, ont osé, dans ces moments terribles, s'approcher des deux reptiles, et les attaquer de leurs flèches empoisonnées. Nul, jusqu'à ce jour, n'a eu à se repentir de sa témérité.

Au surplus, les observations scrupuleuses et fréquentes du gouverneur de Dielhy n'ont jamais pu le conduire à la découverte de ce problème : à savoir si le boa qui vient de posséder est jaloux de sa compagne. Il pense que le constrictor l'est avant sa conquête et non après; cela prouve qu'il n'y a point de reconnaissance chez les serpents.

Quoique plusieurs voyageurs aient assuré que le boa constrictor n'osait jamais affronter le passage des rivières, je puis encore, sur la foi de M. Pinto et de ses officiers, attester que non-seulement le monstrueux reptile s'attaque à ces obstacles, mais que souvent même il s'élance dans les flots océaniques alors que la tempête les agite, et qu'il se perd dans l'horizon pour revenir après quelques heures dans ses tranquilles solitudes, comme de retour d'une promenade ou de la conquête d'un empire en révolution. M. Pinto ajouta que ces expéditions si téméraires se faisaient quelquefois par bandes, et que jamais il n'avait été témoin d'aucun combat de ces reptiles sur l'Océan.

La peur est mère de l'exagération, et je craindrais d'ajouter trop de foi aux assurances que m'a données M. Pinto que le nombre de ces monstres dans les forêts qui avoisinent Dielhy était immense. Les voyageurs doivent s'abstenir de répéter de pareilles assertions, sous peine de se voir appliquer cette maxime si connue de la sagesse des nations : « A beau mentir qui vient de loin. »

Ni à Coupang ni à Dielhy, nul des officiers de M. Pinto, gouverneur de la ville hollandaise, n'a vu de vipères ou d'autres reptiles que le boa. C'est que toutes les autres races inférieures auront disparu dans les entrailles de ce vorace dominateur.

Quand les tempêtes océaniques nous ont longtemps ballottés, quand un soleil à pic a écaillé notre peau, quand les glaces polaires ont figé notre sang, quand nous avons eu tant de peine à résister aux atteintes des fièvres dévorantes, du scorbut, de la dyssenterie et de la nostalgie, le plus mortel ennemi du voyageur, ne nous reprochez pas un peu de pusillanimité en face de certains adversaires si hideux à voir, si difficiles à vaincre, ou ne nous accusez qu'après avoir vous-mêmes essayé davantage. J'ai témérairement étudié certains actes de la vie du boa constrictor qui épouvante Dielhy; les autres renseignements m'ont été fournis par M. Pinto; et je ne crois guère au mensonge que lorsqu'il rapporte au narrateur gloire ou bénéfice personnel.

J'ai vu (je voyais alors!) le peuple malais de Timor, j'ai vécu avec lui, j'ai assisté à ses joies qui sont des tempêtes, à ses fêtes qui sont des meurtres, à ses orgies qui sont des massacres. Je me suis longtemps promené coude à coude avec ces hommes de lave qui s'endorment sans jamais s'émouvoir aux rugissements des volcans sur lesquels ils reposent, et qui ne craignent pas d'attendre à quelques pas d'eux les redoutables crocodiles dont la rade de Coupang est infestée.

Le premier mouvement du Malais à son réveil est une caresse à ses armes empoisonnées; sa dernière pensée, alors qu'il s'assoupit sur la terre humide ou sur sa natte de Manille, est un regret ou un remords quand son crish ou son javelot ne garde aucune trace de sang.

Dois-je rapporter ici les récits de quelques voyageurs attestant que dans une partie des îles malaises ils ont vu des naturels, armés de leurs crish et de leurs flèches, aller à la chasse des boas et venir presque toujours à bout de ces dangereux reptiles? Les flèches, au lieu de pointes d'os ou de fer, étaient armées d'un croissant très-tranchant qui arrêtait le monstre dans sa course rapide; et les Malais, à l'aide de leurs crish, parvenaient à briser un anneau du constrictor, ou séparaient même le monstre en deux parties. Je ne sais quelle foi il faut avoir en ces faits merveilleux.

Quant à moi, qui ai vu à l'œuvre M. Rouvière au cap de Bonne-Espérance, qui ai étudié les mœurs belliqueuses du Patagon et du Gaoucho allant défier le jaguar au sein des plus vastes solitudes, je crois tout possible en fait d'audace et de succès, lorsque entrent en lice des hommes tels que ceux qui vivent et meurent à Timor, tels que ceux encore qu'on trouve jetés çà et là au milieu du vaste océan Pacifique.

C'est que chez nous, dormant sous la lassitude de la paresse et du désœuvrement, on ne se réveille guère qu'aux ridicules querelles de ménage, aux cris d'une meute de chiens errants, aux disputes de deux cochers avinés ou aux roulements des tambours annonçant une parade; c'est que chez nous, mollement étendu sur la soie ou le velours, on aime le repos parce que rien dans la vie n'a assez d'intérêt ou de majesté pour nous forcer à nous tenir debout et en alerte. Les pays dont je vous parle n'ont pas le même privilége, et les hommes qui les parcourent sont autrement charpentés que nous ne le sommes. Des ouragans à faire trembler les montagnes, des volcans à soulever ou à engloutir des îles immenses, une zone de feu, et le boa constrictor qui se promène au milieu des populations.

CHASSE AU JAGUAR

NOTICE

Le jaguar, nommé par les Brésiliens jaguara, a la robe d'un fond fauve comme le léopard; elle est tachetée de noir d'une façon fort régulière et harmonieuse. La queue est courte et presque toujours dans une agitation extrême; on dirait qu'il veut s'exciter lui-même au mouvement et à la guerre. Il est de la taille d'un gros dogue, et sa vivacité est peut-être plus grande que celle du chacal et de la panthère. C'est l'animal le plus cruel du nouveau monde, qu'il parcourt en véritable dominateur, tantôt sur les plaines ou les montagnes, tantôt aussi dans l'intérieur le plus épais des vastes forêts vierges qui pèsent sur le sol américain. Lorsqu'il est repu, il perd une partie de son courage et de son activité; quelques voyageurs assurent même qu'un tison enflammé lui fait prendre la fuite : je ne vous conseille pourtant pas de l'essayer.

Il se trouve plus communément au Brésil, au Paraguay, au Turcuman, à la Guyane, au Mexique, au pays des Amazones et dans toutes les contrées méridionales de l'Amérique. Son cri lugubre *hou! hou!* a quelque chose de grave et de plaintif devant lequel s'arrêtent les prudents voyageurs.

La couleur de la peau du jaguar varie suivant l'âge : les jeunes l'ont d'un fauve très-foncé, presque roux, même brun. Mais ces teintes s'éclaircissent lorsque l'animal vieillit; et je me hâte d'ajouter que la guerre continuelle que lui font les Paulistes, les Gaouchos et les Patagons ne lui laisse guère le temps d'arriver jusque-là.

CHASSE

Il y a des peuples dont la conquête morale est impossible. Sauvages comme leurs éternelles solitudes, ils mettent entre eux et la civilisation une barrière de sable, de roches aiguës ou de forêts vierges dont eux seuls osent interroger le silence et la profondeur.

Les savants explorateurs n'ont ni le temps ni le courage nécessaires à l'amélioration des races primitives, dont les seuls ennemis jusqu'à présent sont les bêtes féroces ou venimeuses, et la colère des éléments. Là pourtant serait la vraie gloire du voyageur européen qui comprendrait l'importance de sa mission; là seulement il trouverait le prix de ses travaux et de ses fatigues; là seulement il y aurait utilité dans le présent et dans l'avenir pour le prédicateur et le disciple, pour l'homme de la nature et l'homme de nos cités.

Quand les navires ont laissé tomber l'ancre dans une rade, croyez que le premier regard est un regard d'avidité. Si le sol est riche, on s'en empare; s'il est abrupte, à peine les cartes nautiques se donnent-elles le soin d'en indiquer la position douteuse. L'avarice a les bras bien plus longs que l'humanité.

Maurice, Mascarenhas, l'Indoustan, les îles Malaises et quelques autres archipels des océans ne sont pas restés longtemps sans dominateurs, dès que les découvertes des Portugais les ont eu signalés à l'Europe. Mais demandez si des expéditions se préparent pour soumettre les féroces insulaires des Fitgi, de Solor, de Savu et d'Ombay, où l'on boit le sang dans le crâne des ennemis vaincus. L'anthropophagie ne nous occupe guère, et il faut bien que les détails des cruautés dont sont victimes les voyageurs qui touchent à la Nouvelle-Zélande viennent tous les ans amuser nos loisirs. Nous vivons si peu et si mal quand il ne nous arrive pas des antipodes des bulletins de meurtre et de sang!

La Patagonie est une terre libre et sauvage comme Ombay et Rawack : les voyageurs la laissent dans l'oubli. Ne soyons pas aussi dédaigneux, et prenons chez elle le second drame de la série que nous promettons à nos lecteurs.

On a dit que les Patagons avaient communément une taille de neuf pieds. Le mirage probablement avait fasciné les yeux de l'observateur. Le Patagon est, sans contredit, le peuple le plus grand de la terre; mais sa taille, si c'est un mérite, est le moindre de ceux qui le distinguent. Ecoutez :

A ses pieds le désert; devant lui, sur ses flancs et après qu'il a franchi un nombre immense d'horizons, le désert avec son silence, sa solitude, ses bruyères dévorées par un soleil, brûlant ici, glacé là; et puis, de temps à autre, un roulement lointain faisant retentir le sol comme s'il répercutait la voix du tonnerre; des milliers de chevaux sauvages à la crinière épaisse et flottante, aux jarrets fins et nerveux, à la queue onduleuse, aux naseaux ouverts à toutes les brises, coursiers infatigables façonnés aux bizarres caprices de la température de cette partie du nouveau monde, courant en écervelés d'une plaine à l'autre, traversant à la nage les rapides torrents et les larges rivières, s'animant et bondissant aux sauvages rauquements du jaguar indigné qu'on ose lui disputer le large empire où il règne en dévastateur; et puis encore, l'effrayant *pampero*, né dans les glaces polaires, vomissant ses écrasantes rafales sur le terrain qu'il nivelle, s'emparant des vieux troncs séculaires, les tordant en spirales ou les arrachant de leur berceau et les faisant tournoyer dans les airs au gré de sa furie; le *pampero*, plus redoutable encore que le *sirocco* du désert de Saarah, car il se déchaîne, lui, sans dire gare, éclate comme la foudre, ne remonte jamais comme le fait le brûlant *simoun*, et ne s'arrête qu'après avoir renversé les premières barrières des forêts éternelles qui, au nord de la Plata, séparent le triste Paraguay du Brésil aux villes royales, aux solitudes embaumées.

Eh bien! là, là et là le désert, ici des chevaux indomptés, plus loin le jaguar, partout le *pampero*. Et un homme s'élance; il s'élance seul ou presque seul, puisqu'il n'a pour compagnon qu'un ami, mais un ami fidèle, soumis, dévoué, reconnaissant la voix qui l'anime, qui le seconde dans son entreprise téméraire et qui mourra sans pousser le moindre gémissement, surtout s'il a le bonheur de sauver son maître. Car lui, voyez-vous! il ne demande

Le maître, c'est le Patagon; l'esclave, c'est le coursier.

pas mieux que d'être esclave, quoiqu'il ait longtemps et rudement lutté pour son indépendance.

Le maître, c'est le Patagon; l'esclave, c'est le coursier.

Ils partent. Le premier ne dit jamais adieu à sa famille, qu'il laisse là dans une ville à moitié européenne, mais il lui dit : *Au revoir*; et son excursion cependant sera peut-être de quelque mille lieues au travers des pampas désolées, qui ont donné leur nom au vent meurtrier sous lequel se courbent si près de leurs tiges les têtes desséchées des bruyères dont cette partie du monde est couronnée.

Au nord, la rivière de la Plata, aussi large que les nôtres sont longues; à l'est, l'Atlantique, dont les îles sont de bitume; à l'ouest, la Cordillère neigeuse avec ses crêtes aiguës, ses volcans d'air et de lave, ses lacs au-dessus des nuages et ses cascades retentissantes; au sud, la Terre-de-Feu et le détroit célèbre par lequel le Portugais Magellan arriva si heureusement à la découverte du vaste océan Pacifique.

Voyez, le théâtre est immense : toutes les populations du globe pourraient s'y promener à l'aise. Eh bien! un seul homme part, vêtu de son puncho de drap, assis sur un recado, couverture de laine bigarrée sanglée fortement sous le ventre de son cheval, à l'abri du soleil sous son chapeau à larges bords noué au menton par un ruban noir, n'ayant pour toute arme que son escopette, deux poignards enfermés dans une gaine cousue à ses bottes faites de la peau du jarret d'un cheval, et quelquefois aussi un lacet pareil à celui des Gaouchos, et une corde aux extrémités de laquelle sont fortement assujetties deux boules en fer qu'il fait tournoyer sur sa tête et qu'il lance avec une adresse merveilleuse aux jambes du tigre, du cheval sauvage, du lion ou de l'autruche, souvent plus dangereuse dans sa déférence que les redoutables quadrupèdes qui peuplent ces déserts.

La chasse du Gaoucho, je vous l'ai dite autre part, et vous avez sans doute été épouvantés de l'audace de cet indigène du Paraguay venant apporter à Buenos-Ayres ou à Montevideo le produit de ses courses aventureuses.

Le poignard du Patagon a pénétré dans les entrailles du tigre. (Page 11.)

Le Patagon qui arrive de l'extrémité méridionale de l'Amérique jusqu'aux bords de la Plata se proclame et se croit le fils aîné du Gaoucho ; et s'il ne l'est point par le courage, il l'est du moins par la vigueur de ses muscles et l'imposante majesté de sa taille de géant. Le Gaoucho est petit, osseux, parleur ; le Patagon est colossal, charnu, taciturne, ses cheveux sont longs et flottants, et sa poitrine velue comme celle d'un ours.

Nul être au monde n'est moins marcheur que le Patagon, qui croit en Dieu et pense que l'Être suprême n'a créé le cheval que pour les seuls habitants de ses déserts. A qui a vu le Patagon essayant la conquête d'un cheval sauvage, la fable des Centaures ne semble plus une fiction. Tant que l'animal sera sur ses pieds, il aura le Patagon pour dominateur ; et quand le quadrupède se couche pour dormir, il n'est pas rare de voir le maître, étendu sur le sol, reposer aussi sans cesser d'enfourcher son inséparable compagnon.

Il n'y a là, pour parler avec justesse, qu'une seule pensée, une seule vie, une seule âme pour deux corps.

Le langage du Patagon tient de la nature du climat qu'il habite : il est rapide, saccadé, turbulent ; mais, comme la rafale, il cesse bientôt, et l'on dirait que les longues conversations le blessent. La périphrase n'est point dans son idiome, que vous diriez composé de monosyllabes. Dans les querelles, le Patagon bourdonne quatre mots, s'arme de ses deux poignards, les agite, frappe, tue ou est tué.

Quand on habite un si vaste pays, quand on a un si long chemin à parcourir, on n'a pas de temps à perdre ; et, d'ailleurs, la prestesse des mouvements du jaguar, son ennemi naturel, l'a déshabitué de la réflexion. Les Napolitains ne sont lents et assoupis que parce que le Vésuve les menace longtemps avant de les frapper ; et le Cafre, si souvent traqué par le tigre et le lion, imite en tout le Patagon dans sa marche altière et dans sa façon de combattre.

Le Patagon s'est mis en route en allumant sa cigarette et en sifflant un air d'indépendance ; son coursier s'est élancé dans l'espace, docile à la parole du maître plus encore qu'au frein et à l'éperon; et bientôt cavalier et monture ralentissent leur marche, car ils sont loin de toute habitation, et l'ennemi peut les guetter à quelques pas d'eux dans le creux d'une roche ou derrière une touffe d'arbustes rabougris. Tout à coup le cheval s'arrête et frémit, non de peur, mais d'impatience; ses oreilles et ses naseaux sont dans un perpétuel mouvement, ses jarrets tremblotent, ses poils se hérissent, et d'un bond il fait face à l'ennemi, que son instinct a deviné.

Le Patagon a rejeté le reste de sa cigarette, il essaye si les poignards de sa botte sortent aisément de la gaine, si le lacet fatal a l'élasticité voulue et si les ressorts de sa redoutable escopette sont en bon état. Vous croyez qu'il se prépare à la lutte comme le fait un de nos soldats, silencieux et résigné sous les armes? Non. Le Patagon qui attend le jaguar a pris le parti de se parler à lui-même comme s'il y avait deux volontés distinctes en lui; et puis il s'adresse au cheval, dont il caresse les précieuses qualités et dont il gourmande les défauts. Tout cela se fait comme s'il récitait à demi-voix une leçon, ainsi que les dévots répétant une prière par habitude et toujours sur le même ton. C'est une sorte de bourdonnement monotone, pendant lequel toutes les mesures de sûreté sont admirablement prises. Vous croiriez que, pour mieux se souvenir, le Patagon a besoin du témoignage de ses lèvres : « Et mon lacet, se dit-il tout bas, est-il bien assujetti? ne se noue-t-il pas dans ses sinuosités? Allons! allons! la pointe des poignards est aiguë, elle entrera froide au cœur. Ah! ah! l'escopette qui ne m'a jamais fait défaut me sera fidèle cette fois... Tiens! et mes deux boules si rapides que j'allais oublier presque, ingrat que je suis! » Et il applique ses lèvres sur ses deux boules de fer. « Et toi, Bep! dit-il encore à son cheval attentif, songes-y bien : si tu tournes le dos au jaguar, tu n'auras plus de défenseur et tu mourras comme un lâche. Fais comme moi, regarde-le en face; présente-lui ton poitrail, et, s'il s'y précipite, sois sans inquiétude, mon brave compagnon : les balles de mon escopette sont de plomb et vont droit au but quand mon œil les dirige. Maintenant j'entends les bonds de notre ennemi : alerte! et à nous trois! »

Le jaguar s'est présenté en effet; mais, en face d'un adversaire qui ne fuit point, il fait halte à quelques pas de distance, couché ventre à terre afin de donner moins de prise à la balle; car lui aussi, tout brave qu'il est, a l'instinct du danger qui le menace.

Vous savez, car je vous l'ai raconté dans la chasse du Gaoucho, comment le lacet, après avoir tournoyé sur la tête, se précipite et étreint le terrible jaguar; vous savez aussi comment il arrive parfois que les boules emprisonnent les jarrets de la bête furieuse; mais ici le Patagon a imaginé une nouvelle manière de combattre qui tient du prodige, et il l'emploie afin de ne pas gâter la belle fourrure de son ennemi, qu'il s'est engagé à porter intacte à Buenos-Ayres comme un trophée de sa bravoure.

Dès qu'il est sûr de n'avoir qu'un seul adversaire à combattre, le Patagon descend de son cheval, auquel il dit tout bas à l'oreille : « Ne bouge pas, mon ami; je suis là pour te protéger. » Cela fait, il s'assied d'abord à terre, à la tête du cheval immobile, mesure de l'œil la distance à franchir, puis il se couche sur le dos, le lacet à boules à son côté, l'escopette meurtrière dans ses mains, le doigt sur le ressort, et il attend le jaguar. Celui-ci jette un regard fauve sur le coursier, qu'il croit sans protecteur; il se dresse lentement, gratte le sol de ses ongles aigus, agite ses lèvres furieuses, clignote pour affaiblir les rayons du jour qui blessent son orbite, pousse un lugubre rauquement, s'élance comme un trait... Et c'est alors qu'il plane sur le Patagon que celui-ci décharge son arme, l'atteint sous le ventre et l'étend roide sans vie. Si le coup n'a pas bien porté, les poignards font leur office, et c'est une nouvelle lutte à soutenir. La bête féroce a des dents et des ongles acérés, mais le Patagon aussi a des lames effilées et un bras robuste. Le sang de l'un et de l'autre coule par plus d'une large blessure, et, dans ce choc ardent, il faut qu'au moins une victime meure.

Par un dernier effort, le tigre se dresse sur ses pattes de derrière et se précipite sur son jouteur. Celui-ci, au lieu de fuir, se rue à son tour sur le poitrail ensanglanté de son féroce ennemi, et les deux poignards, à la fois pénétrant jusqu'au cœur, vont y chercher un dernier battement.

Le cadavre est sur le sol.

Tandis qu'a lieu ce dernier combat, qui parfois dure quelques minutes et qui souvent tient pendant une demi-heure en haleine ces deux adversaires habiles à s'observer, qu'a fait le fidèle et dévoué camarade du Patagon, épuisé de lassitude? Rien. Il est resté fixé à la place que lui avait assignée le maître, suivant seulement de l'œil les chaudes alternatives de la querelle, comme le ferait le témoin impassible d'un de nos duels européens.

Il arrive parfois aussi que, dans ses courses au travers du désert, le Patagon fait la conquête de quelque peau de jaguar sans qu'il en coûte rien à son courage. Un cheval blessé ou malade est resté sur le sol : deux tigres haletants se sont rués sur la victime, et les voilà, furieux, avides, se refusant tout partage, commençant entre eux un terrible combat qui laissera au vainqueur deux proies à dévorer. Si vous frémissez au tableau d'une lutte engagée entre un Patagon et un jaguar, jugez combien le drame est palpitant alors que les deux bêtes furieuses se déchirent de leurs dents et de leurs ongles avec de rauques rugissements! Le premier festin est oublié, et les fauves prunelles des deux tigres en fureur ne cherchent plus un ennemi sans défense. Le Patagon peut s'approcher alors sans crainte des deux athlètes : il peut juger de la vigueur de la défense et de l'attaque, on ne songe point à l'inquiéter; et si les deux champions, après la lutte, ne sont point étendus sur l'arène, le vainqueur sera une proie facile pour le Patagon, qui méprise pourtant de semblables triomphes. Ce qu'il faut d'abord à celui-ci, c'est un danger; ce qu'il veut ensuite, c'est une peau de jaguar bien conservée qu'il puisse vendre pour quelques piastres au profit de sa famille.

J'ai vu à Montevideo un de ces indomptés promeneurs du désert qui refusa dédaigneusement trois piastres pour deux de ces peaux de tigres déchirées, et qui me les offrit gratis un instant plus tard parce que, me dit-il, il les avait obtenus sans le secours de ses lacets, de son escopette et de son poignard.

— Elles ne me coûtent rien, poursuivit-il en les jetant à mes pieds, je vous les laisse au même prix. Au reste, monsieur, me dit-il quelques instants plus tard et lorsqu'il me vit prendre des notes sur mon calepin, je tiens à me justifier auprès de vous de ce que vous appelez sans doute ma maladresse ou ma couardise. Etes-vous homme à me suivre à quelques lieues de Montevideo? je vous promets de vous faire revenir de votre premier jugement sur mon compte.

— Je le voudrais bien, mais je ne sais pas monter à cheval.

— J'en ai un fort docile que vous mènerez comme un mouton. Ainsi donc, vous ne me refuserez pas le service que je vous demande?

— Ma foi! monsieur, sous votre escorte je ne crains rien, et j'accepte.

Le Patagon me mena dans un vaste hangar où plusieurs chevaux de petite race, mais d'un modèle parfait, mangeaient dans un râtelier en pierre. Il en fit seller un, le conduisit dans la rue, et nous partîmes. A peine hors des murailles, le Patagon prit le galop; mon cheval imita son exemple, et il était si docile et moi si bon cavalier, que nous ne tardâmes pas à faire séparation de corps.

Cependant, grâce à ma bonne volonté et protégé par les conseils de mon guide, nous nous trouvâmes bientôt en rase campagne, seuls et sous un soleil pénétrant. Vers le soir je demandai grâce, je refusai d'aller plus avant; et, au risque de me perdre, je déclarai à mon Patagon que je voulais retourner à Montevideo.

— Vous êtes bien Européen, me répondit-il en souriant. Il est grand dommage que nous n'ayons pas ici des lièvres et des lapins à tirer... Mais j'entends du bruit dans cette clairière, dit-il : attendez encore et suivez-moi.

Ce n'était point un jaguar, c'était une autruche, une autruche vieille, pelée, qui n'avait sans doute plus la force de chercher sa nourriture.

— Mystification ! s'écria le Patagon désappointé. Je m'attendais à quelque chose. Cependant, comme je ne veux pas rester les bras croisés et que ceci est curieux encore, regardez-moi.

Aussitôt il poussa un cri retentissant. L'autruche effrayée se leva aussi vite que pouvaient le lui permettre ses forces épuisées ; et, voyant son ennemi si près, elle s'enfuit avec assez de rapidité, la tête à demi courbée vers le sol. Le Patagon mit son cheval au trot, agita à l'air ses deux redoutables boules, les lança, et l'autruche, saisie par le cou, s'abattit pour ne plus se relever.

— Ainsi aurais-je fait du jaguar, me dit le Patagon avec fierté. Et certes, si vous m'aviez vu à l'œuvre, vous n'auriez pas tracé tout à l'heure les notes sans doute injurieuses que je vous ai vu prendre sur votre livre.

Nous revînmes sur nos pas ; et, je le dis à ma gloire, je ne tombai plus que deux fois pendant le trajet.

Je fus un autre jour témoin, dans une café, de la conversation suivante entre un Patagon et un Gaoucho, tous deux intrépides et renommés chasseurs de jaguars. Elle eut lieu, du reste, avec un calme et une politesse de manières qui donnaient un parfait démenti à la vivacité des expressions dont chacun des adversaires semblait vouloir adoucir l'amertume.

— Eh bien, Marchena, dit en ricanant le Patagon, quelqu'un vient de m'assurer que tu avais fait, le mois passé, une chasse magnifique.

— On t'a menti, Llaurens, répond celui-ci sans ôter de sa bouche sa petite cigarette : jamais je n'ai été moins heureux.

— Pourtant tu as apporté à Montevideo trois peaux de jaguars, et tu n'es resté que dix jours absent.

— Tout cela est vrai ; mais les trois peaux étaient trouées au-dessus de l'épaule, et même l'une d'elles avait le front déchiré.

— Tiens ! tu n'étais donc pas en veine ?

— Je ne sais ; mais, les jaguars esquivant adroitement mon lacet, je me trouvai dans la nécessité d'avoir recours au poignard.

— Trois fois de suite ? C'est jouer de malheur.

— Cela peut arriver à tout le monde.

— Cela ne m'est jamais arrivé à moi.

— Cela peut t'arriver demain.

— Dans ce cas, je renoncerais au métier.

— Pourquoi donc, puisque je le continue ?

— Chacun agit à sa manière.

— On m'a dit, poursuivit Marchena en pinçant ses lèvres, que, dans tes courses, tu n'aimais guère à t'éloigner de Buenos-Ayres. Est-ce vrai ?

— Si peu vrai que j'ai fait mes dernières prises à deux cents lieues dans l'intérieur des pampas.

— Personne n'était là pour garantie de tes paroles.

— Le jaguar dont j'apportais la peau en était une suffisante.

— Andreu me dit qu'il te l'avait vendue trois piastres.

Les deux interlocuteurs se levèrent, et le poignard des bottines se trouva dans leurs mains. Des voisins s'élancèrent sur eux, on les calma ; et le résultat de ces provocations fut un défi accepté de part et d'autre avec une insolence de regard admirable.

Ils partirent le lendemain : huit jours après, tous deux furent trouvés morts sur le bord de la Plata, et horriblement mutilés. A côté de leurs cadavres presque méconnaissables gisaient sans vie deux jaguars criblés de blessures.

L'épisode dont je vous ai parlé avant la conversation précédente n'est, à vrai dire, qu'un jeu, un divertissement, peut-être même un ennui pour cet intrépide nomade qui userait rapidement sa vie à la tiédeur de nos cités. Ce n'est pas assez d'un jaguar pour lutter avec lui d'adresse, d'agilité, de force et de courage : ce qu'il veut encore, ce sont des rencontres plus périlleuses, c'est une bataille et non pas une escarmouche. Après avoir vaincu un ennemi, loin que ses forces soient épuisées, il prétend que le voilà en train, et il accuse la disette d'adversaires : il vous dit que l'appétit vient en combattant, et à peine si un cadavre de jaguar étendu sans vie à ses pieds a occupé son énergie. Il n'oserait pas, je vous l'atteste, rentrer à Buenos-Ayres avec une seule peau de victime, comme le fait cependant chez nous le chasseur qui dans sa journée de fatigue n'a vaincu que le chardonneret de la route.

Voici donc deux adversaires redoutables qui s'offrent au Patagon : le jaguar et sa femelle ardents à la curée, la gueule béante exhalant une haleine fétide de chairs corrompues, les flancs ruisselants d'une sueur jaune, les yeux lançant des flammes. La rencontre sera terrible. Oh ! c'est pour le coup que le Patagon récite à voix basse et rapidement ses conseils et ses oraisons de bataille. Plus le péril est éminent, moins rudes et moins âpres s'échappent ses paroles ; et c'est pour cela peut-être qu'elles ont plus d'énergie.

Les deux acharnés jouteurs s'avancent côte à côte comme des soldats exercés, et l'escopette du Patagon lui vient en aide, ainsi que le lacet qu'il a d'abord dédaigné et le cheval généreux qui fuit parfois quand son maître va être vaincu, afin de laisser croire au jaguar qu'il est prêt lui-même à lui servir de pâture. Mais les choses tournent rarement ainsi, car le Patagon a deux poignards, deux lacets, deux cœurs pour auxiliaires, et il n'y a là devant lui que deux tigres forts et robustes, harmonieusement tachetés de noir. Les adversaires ne sont séparés les uns des autres que par une douzaine de pas. Il faut que la première balle qui frappera soit mortelle, ou la vie du Patagon court le plus grand danger. Le coup est parti : un des jaguars pousse un cri, tombe et se redresse. Ce n'est pas à lui que le Patagon doit avoir affaire maintenant ; le plomb a bien porté, la bête féroce exhalera encore quelques sourds gémissements et tombera plus tard : le combat s'engage entre deux autres jouteurs ; et le duel à mort se termine presque toujours à l'avantage de l'homme, car son adversaire est à demi vaincu par la chute de son partner à l'agonie.

Ce sont là deux épisodes assez communs de la vie du Patagon. Mais c'est lorsque trois ou quatre jaguars associés pour le carnage se ruent sur un seul ennemi au milieu du désert que le moment de la lutte est effrayant. Le Patagon qui a vu de loin la meute affamée n'aurait pour unique témoin de sa fuite que le cheval qu'il a dompté : eh bien ! il ne peut se résoudre à tourner bride ; il reste là d'un pied ferme, et pourtant il pressent le sort qui va l'atteindre. Presque au hasard il fait partir sa redoutable escopette, mais les balles sont souvent impuissantes contre le tigre : la race en est vivace comme celle de tous les animaux meurtriers, et il faut aller fouiller profondément dans ses flancs pour y trouver les dernières sources de la vie. Le plomb a été bien dirigé, tant le Patagon est habile, même dans son insouciance. Il a également envoyé le lacet à boules ainsi que la longue courroie bouclée à la sangle du recado. Maintenant il serre de ses doigts crispés le manche de ses deux stylets, il frappe, il troue, il refrappe encore ; les griffes et les dents des tigres le déchirent, et il frappe toujours. Les deux autres adversaires, irrités par la perte qu'ils viennent d'éprouver et par l'espérance d'une victoire facile, bondissent avec une rage et une soif de meurtre que rien ne peut assouvir ; ils voltigent à droite et à gauche du cavalier, ils déchirent les flancs du coursier, qui n'a de foi qu'en son protecteur. Le poignard du Patagon a pénétré dans les entrailles du tigre suspendu à la croupe du cheval, et qui glisse presque sans vie sur le sol profondément labouré, tandis que le troisième jaguar achève son œuvre de destruction. Le Patagon et son ami perdent leur sang par vingt larges entailles, ils fléchissent, ils tombent sans pousser une plainte, ils exhalent enfin un dernier soupir. Un horrible festin a lieu, et le lendemain les aigles et les vautours qui planent dans l'espace voient sur le sol des débris effroyablement mutilés et deux jaguars repus couchés dans le sang.

La vie du Patagon est complète.

CHASSE AU LÉZARD DES PAPOUS

NOTICE

C'est avec la racine de curcuma que les Indiens se guérissent de la morsure du lézard venimeux qui s'abrite sous leurs éternelles forêts.

Le lézard dont je parle est le gecko de la grande espéce; son cri ressemble à celui de la grenouille ou d'un petit baudet. La tête du gecko est presque triangulaire et fort grande; ses yeux sont en saillie, et sa langue, tréslongue, est revêtue de petites écailles; ses dents sont tellement aiguës, qu'elles laissent leur empreinte sur les pierres les plus dures; son corps est couvert de petites verrues, ses pieds sont larges, sa queue est plus longue que son corps; elle est ronde, couverte d'anneaux visibles à l'œil nu à quelques pieds de distance, et la couleur générale de l'animal est d'un vert clair tacheté d'un rouge vif. Hasselquits et Bontius regardent comme un des poisons les plus corrosifs l'humeur gluante qui le couvre; les habitants de Java s'en servent pour empoisonner leurs flèches.

Il y a cinquante-cinq espèces connues de lézards. Celui dont nous parlons, et qui a trois pieds et demi à quatre de longueur, se trouve dans l'Inde, en Égypte, dans les Moluques, et surtout à la terre des Papous, où il m'a été permis de l'étudier.

Ce sont là de ces devoirs difficiles et pénibles à remplir; ce sont là de ces recherches qui fatigueraient des hommes plus patients que moi, mais dont les résultats, quelque faibles qu'ils semblent tout d'abord, n'en sont pas moins d'utiles enseignements pour de plus précieuses recherches.

Plaignez-moi de n'étudier presque jamais que la superficie des choses.

CHASSE

Si cet animal rongeur n'est pas une bête féroce qui attaque et déchire les hommes, c'est du moins un bien importun et bien dangereux reptile. Il tient du lézard européen par l'astuce et la souplesse, et du crocodile par l'hypocrisie et la voracité. On a peur de lui sans trop savoir pourquoi l'on a peur; on le fuit avant de s'être bien assuré qu'il a du venin à jeter dans les plaies faites avec ses crocs aigus; et, quoiqu'on le trouve calme et bavant au soleil, on s'en éloigne en tremblant comme si l'on sentait déjà sur les chairs le froid de son ventre gélatineux. Voyez comme il incruste ses griffes dans le sol, afin de vous faire sans doute comprendre qu'il est sa propriété, son domaine. Il ne veut pas qu'on le lui dispute; il rampe sous les fleurs, il les imbibe et les flétrit de sa jaune salive, il ronge leur tige et rend fétides par son contact les parfums les plus suaves de ces terres privilégiées. On dirait que pour vivre il a besoin que tout meure et meure par lui.

Il n'y a point à Rawack, à Timor, à Waiggiou, un seul arbre dont ce hideux lézard n'ait *gratigné* toutes les branches, dont il n'ait souillé les larges feuilles et empoisonné les fruits les plus purs. La flèche élancée du cocotier lui sert souvent de lit de repos; et, s'il y passe le temps des ténèbres, c'est qu'il s'y trouve plus prés des oiseaux imprudents qui viennent y chercher un refuge au milieu des grandes palmes onduleuses qui couronnent la tête de ce roi bienfaiteur.

Toutefois, quand le ciel est lourd, quand l'horizon rouge fait présager une colère atmosphérique, aussitôt l'industrieux reptile, dont la demeure est menacée par les eaux, descend vite, vite du belvéder aérien qu'il s'était choisi, regagne son gîte, s'y glisse, la queue en avant, plonge sous la voûte sinueuse, joue avec vivacité des pattes de devant, et parvient, en se faisant un rempart du reste de son corps, à fermer l'orifice de l'antre aux envahissements des eaux.

L'orage a passé, le ciel a fermé ses cataractes; et lorsqu'à l'abri de l'inondation, sous un riche bananier, vous regardez le sol déserté par le déluge, vous remarquez, se mouvant petit à petit, un large espace de pierres amoncelées. Elles glissent et se séparent d'abord, se réunissent plus tard à la surface, se groupent, se soutiennent les unes par les autres, forment une haie ouverte au milieu; et à l'instant, comme pour saluer le retour du soleil, ou plutôt pour chercher une proie, le reptile s'élance et pivote sur lui-même, fait mille évolutions fantastiques, pousse un léger sifflement, signal de sa joie ou de son impatience, s'étend de tout son long sur le dos, et s'épanouit aux douces impressions d'une chaleur renaissante.

Et cependant il est imprudent de tolérer dans le voisinage des maisons, bâties ou non sur pilotis, ces visiteurs insolents qui, dans leur rapacité, se jettent souvent sur les mets préparés aux charbons ardents, et répondent aux coups de massue ou de baguettes de latanier par des morsures cruelles contre lesquelles on n'a pas toujours de remèdes efficaces. Leur venin est actif, il tue en quelques minutes un enfant mordu dans les plus fortes chaleurs de la journée.

Je me hâte d'ajouter que j'ai vu un jeune Papou âgé de dix ans mordu par un de ces gros lézards au-dessus de la cheville; que son père n'accourut à ses cris qu'une heure après l'événement; qu'il frotta vigoureusement la plaie avec une herbe dont plusieurs bottes étaient conservées sur une natte; et que le Papou en fut quitte pour quelques vomissements. A la vérité, le ciel était couvert et le soleil se levait à peine.

M. Bérard, un de nos élèves, fut aussi mordu un jour au doigt par un de ces reptiles qu'un naturel nous apporta à bord après l'avoir solidement lié à un gros bâton; et, malgré la promptitude d'une cautérisation assez profonde et presque instantanée, notre ami se vit contraint de garder le lit pendant huit jours sous les vives atteintes d'une fièvre fort douloureuse.

A Timor, la familiarité de ces dégoûtants reptiles va souvent jusqu'à l'impertinence, et ce n'est que par de minutieuses précautions que nous pouvions nous garantir de leur voisinage. On nous avait donné pour passer les nuits à Coupang une vaste salle close avec des bambous fort artistement liés entre eux; et, soit par insouciance, soit par ignorance du péril dont nous étions menacés, nous étendions presque toujours nos matelas par terre au lieu de suspendre à quelques pieds du sol nos cadres ou nos hamacs.

Un soir que, sous la flamme rougeâtre d'un bois résineux, j'achevais de compléter mes notes de la journée, j'entendis presque à mon oreille un cri pareil au braiment d'un âne. Je l'avoue, je bondis effrayé ; je tournai la tête vers le point d'où était parti ce cri lugubre, et je vis, cherchant à se blottir sous mon drap, un lézard de plus de trois pieds de longueur, qui semblait bien aise de se voir laisser le champ libre.

Je réveillai mes camarades, je leur montrai le reptile, dont les yeux suivaient avec inquiétude nos mouvements précipités. Nous fermâmes les issues d'une porte presque inutile, nous nous armâmes de baguettes de fusils, nous nous précipitâmes tous à la fois sur le lézard ainsi que d'agiles cardeurs ; et, quand nous crûmes avoir achevé l'œuvre de destruction, nous cherchâmes à saisir le cadavre en lambeaux : nous ne vîmes rien, nous ne trouvâmes rien ; mon matelas seul avait reçu les étrivières.

Le lendemain, je demandai à M. Tilmann, secrétaire du gouverneur, si ces animaux étaient nombreux dans l'île : il me répondit que la quantité en était immense, surtout auprès des rivières, mais qu'on ne cherchait pas à les détruire, par suite d'une ancienne croyance religieuse qui dit que ces lézards, servant de pâture aux crocodiles, fournissent ainsi des vivres aux rajahs vertueux changés en alligators.

Je crois l'avoir écrit autre part, les hommes n'ont adoré les êtres bienfaisants qu'après que les tigres, les lions, les serpents et les crocodiles ont eu leur culte et leurs autels.

La chasse à ces reptiles est active à Rawack et à Waiggiou ; elle l'est surtout ici en dépit de l'indolence des naturels, parce que, là aussi, ces reptiles ont plus d'adresse, plus d'audace, et ne craignent point d'attaquer les hommes. Il est même rare que, lors d'une expédition contre le gîte du lézard, il n'y ait pas quelque sauvage mortellement atteint par ses dents et ses griffes, habiles aussi à déchirer très-profondément les chairs.

Dès qu'on est certain qu'un de ces lézards repose au fond de ces larges rigoles, plusieurs hommes, courbés sur les bords de l'orifice et armés de glaives en fer ou de tranchantes spatules en bois fort dur, appellent au dehors leur ennemi. Pour cela, assis à genoux sur le trou, mais dans une direction opposée à celle du gîte, un d'eux présente et fait même pénétrer à quelques pouces de l'ouverture une douzaine d'insectes bourdonnants, liés par les pattes à des brins d'herbe. Alors l'animal gluant, attiré par ce bruit, qui lui annonce une facile capture, monte lentement, avec précaution, et se glisse plutôt qu'il ne marche. En ce moment un homme, l'oreille à terre, écoute et devine, pour ainsi dire, la marche du reptile ; il touche du doigt l'épaule du principal chasseur, habile à retirer les insectes prêts à être saisis. (J'ai si bien et si sérieusement examiné !)

Le lézard entend les victimes effrayées, dont les mouvements fébriles et plus bruyants accusent la terreur ; on les retire, on les rapproche de l'air, du jour ; les glaives sont levés, les spatules, tenues des deux mains au-dessus de la terre, tombent en même temps, pénètrent le sol, et forment presque toujours une barrière que le reptile ne peut franchir. Parfois aussi il arrive que, pris par le milieu du corps, le lézard a les reins brisés et meurt en jetant autour de lui une bave verdâtre.

Cependant, je vous l'ai dit, le trou du lézard est toujours creusé en zigzag ; de sorte qu'il arrive souvent que le reptile fait retraite et échappe ainsi aux armes meurtrières, se tenant dès lors en garde contre une nouvelle attaque.

Mais, si, surpris par un élan rapide, les chasseurs ont laissé sortir de son gîte le reptile irrité, gare à celui qui, le premier, sentira les pointes aiguës de ses dents creuses, sur lesquelles dort le venin dans un tube capillaire ! La cautérisation à l'aide du feu doit être faite sans nul retard, ou il y aura probablement au bout d'une heure un cadavre roide et gonflé sur le sol.

Cette étrange et dangereuse façon de combattre le lézard des Moluques, ou plutôt celui de Rawack, de Waiggiou et de toute la terre des Papous, n'est pas la seule employée par les naturels de cet archipel, si enorgueilli de la richesse de sa végétation réchauffée par un soleil à pic, et habité pourtant par des hommes courts, laids, trapus, inactifs, hideux à voir, plus hideux encore à toucher.

On fait, à l'aide de l'écorce tressée des bananiers, des filets à mailles extrêmement petites qu'on étend à terre sur un gazon uni ; on lie dessus des grenouilles, des crapauds, des insectes, que l'on excite de loin à l'aide d'une ficelle invisible. Lorsque le reptile s'avance avec rapidité pour saisir sa proie, un violent coup donné au filet lui fait faire la culbute, et le lézard se trouve pris. Il faut toutefois se hâter d'aller l'emprisonner par une barrière plus solide, car de ses dents et de ses ongles il déchire très-vite les mailles et reprend sa liberté. C'est lorsqu'il se débat sous le réseau que les sauvages se jettent sur lui, le saisissent de leurs doigts avec une extrême précaution, et lui appliquent sur le dos un fort bâton. Ils le lient aussi avec des joncs et le portent triomphants à leur brasier, où ils le font cuire pour manger sa chair ; ou bien ils le vendent pour quelques pièces d'étoffes, du tabac, un briquet, des couteaux ou un peu de poudre, aux naturalistes européens que l'ardeur de la science pousse jusque dans ces archipels de feu.

Nous poursuivîmes un jour à Rawack, et nous ne tardâmes pas à nous en emparer dans les bois, où il tomba de lassitude et peut-être de faim, un chien sauvage qui se laissa doucement conduire à bord, où il fut reçu avec toutes les attentions imaginables : les restes les plus succulents de notre dîner, composé de biscuit, de fromage et de bœuf conservé d'après la méthode d'Appert, lui furent généreusement présentés. Notre nouvel hôte accepta sans façon, ou plutôt avec une joie qui tenait du délire, les débris de notre somptueux festin ; et il y eut dès lors accord parfait entre les bienfaiteurs et l'obligé. Nous devînmes les protecteurs-nés du quadrupède recueilli ; notre brave lieutenant Lamarche lui donna le nom de l'île où nous l'avions trouvé ; nous l'aidâmes à vivre ; et, il faut le dire à la louange de la race canine, il se fit chérir sur la corvette par ses gentillesses et les élans de la reconnaissance la plus expansive. Bientôt *Rawack* devint notre ami de cœur, ce dont *Méra*, chienne toulonnaise partie avec nous de France, parut vivement inquiète. Petit à petit cependant les deux rivaux d'affection sentirent qu'il pourrait y avoir près de nous un trône à partager, je veux dire une niche commune : ils se prêtèrent de fort bonne grâce à cette rivalité que de bons chrétiens auraient envenimée, et peu de temps après Méra fut mère. Hélas ! qui n'a pas eu ses moments de faiblesse sur cette terre de tentation ?

Quoi qu'il en soit de mes réflexions philosophiques en présence d'une honte que nous prîmes à tâche d'oublier, et de mes digressions, pour lesquelles je vous prie, cher lecteur, de recevoir mes ferventes excuses, vous saurez que, soit à bord, soit à terre, il n'entra jamais dans la pensée de Rawack de nous faire repentir de notre humanité, et qu'il chercha sans cesse à nous amuser par ses joviales gambades. Historien fidèle, je me hâte d'ajouter qu'en quittant cette terre parée des colosses les plus élégants et les plus majestueux, parfumée des exhalaisons les plus balsamiques, Rawack ne jeta pas sur elle un dernier regard de douleur, et ne nous parut point regretter le berceau de ses premiers jeux. Nul être n'est parfait ici-bas, pas même le chien le plus dévoué à son maître. Ainsi de la pauvre humanité !

Or donc, maintenant que j'en ai fini de mon héros de Rawack, j'ajouterai que, dans une de mes courses quotidiennes au bord du canal tranquille et bleu qui sépare Waiggiou de l'île où nous étions mouillés, je montrai notre conquête à quelques sauvages papous qui étaient venus là dans leurs pirogues voilées à l'aide d'une branche de cocotier, et que ceux-ci me firent comprendre à merveille, malgré leur native stupidité, que c'était avec de tels animaux qu'on faisait à Waiggiou une guerre fatale aux grands lézards. Mon parti fut pris à l'instant même : je présentai aux sauvages deux mouchoirs, un couteau, trois ou quatre poignées de poudre, et je leur dis que tout cela leur appartiendrait s'ils consentaient à me mener avec eux à Waiggiou et s'ils me faisaient assister à une de ces chasses si curieuses. Les naturels ne se laissèrent point trop prier ; je payai d'avance le prix de leur promesse encore incertaine, et nous voilà tous dans de frêles pirogues où l'on peut à peine se tenir accroupi, naviguant dans le frais canal dont je vous ai parlé. Deux heures après nous arrivâmes à terre, tant mes gaillards mettaient d'amour-propre à pagayer avec vigueur, et ils me conduisirent en gambadant auprès de la facile aiguade où les navires font remplir les barriques, et que je recommande aux navigateurs, car l'eau y est infiniment supérieure à celle qu'on trouve sur la plage de Rawack, à droite des tombeaux des naturels adossés à un magnifique bouquet de cocotiers.

Arrivés là, les sauvages poussèrent un cri trois fois répété avec une certaine modulation, et bientôt une demi-douzaine de leurs camarades cachés dans les bois vinrent nous rejoindre. Ceux-ci amenaient, libres et vigoureux, quatre ou cinq chiens de la race de notre *Rawack* ; et quand mes nouveaux *amis* eurent montré mes libéralités princières, nous nous enfonçâmes dans une petite allée marécageuse où d'énormes trous se faisaient remarquer çà et là. A un grognement guttural poussé par celui des naturels qui me semblait commander aux autres, les chiens se placèrent à l'orifice du gîte du lézard, et ils défilèrent sans faire entendre un seul cri. Nous allâmes à un autre trou, puis à un troisième, puis à un quatrième sans que les chiens, par leur impatience ou autrement, nous donnassent le moindre indice de la présence d'aucun reptile. Je l'avoue, je me crus mystifié ; mais un des chiens que j'accusais si témérairement, s'élançant tout à coup vers un nouveau trou à demi caché par des touffes épaisses de verdure, poussa un lugubre gémissement et tourna la tête vers son maître. Celui-ci s'avança vers moi et me demanda si je voulais que le combat eût lieu entre son chien seul et le lézard ou entre le lézard et tous les chiens réunis. Je

préférai la première proposition ; et, comme le sauvage me tendait la main pour me demander un cadeau, j'ôtai ma cravate, que je lui donnai de grand cœur.

Il saisit alors le chien par le cou, lui mit le nez au bord du gîte, et excita l'animal par des grognements très-peu harmonieux. Celui-ci se mit alors à gratter la terre de ses deux pattes, et, la rejetant au loin, s'élança impatient à la recherche du reptile, sans que ses camarades lui vinssent en aide quoiqu'ils fussent en liberté.

A l'ardeur toujours croissante du chien chasseur, et à mesure que la rigole s'élargissait, on devinait aisément que la lutte ne tarderait pas à avoir lieu. Bientôt le chien s'arrête, s'accroupit ; il flaire ou plutôt il renifle avec une effrayante rapidité ; la terre se meut, se sépare, se soulève, le lézard s'est élancé. A son tour, le chien ouvre la gueule et cherche à saisir par les flancs son agile adversaire, qui le mord aux jambes, qui le mord au cou, et qui ne fuit pas. Le chien pousse d'affreux hurlements et ne quitte pas non plus le champ de bataille ; il pose une de ses robustes pattes sur le corps gluant du reptile, qui s'aplatit et échappe à la pression. Les dents du chien ont cependant saisi la queue de la bête venimeuse, qui se recourbe et rend morsure pour morsure. Le chien lâche prise et cherche un endroit plus commode à broyer. Le voilà : le lézard, en s'élançant, tombe entre les dents du chien harassé ; le quadrupède serre le reptile sans que la tête de celui-ci puisse faire un seul mouvement ; toute respiration lui est interdite, les convulsions le saisissent ; il essaye encore de se défendre à l'aide de ses griffes ; il devient flasque, puis immobile, puis il change de couleur... il est mort. Un instant après le chien tomba pour ne plus se relever. Pendant la lutte les sauvages inattentifs causaient familièrement entre eux, tandis que moi, tout entier occupé de l'ardente querelle, j'écrivais ce que je publie aujourd'hui.

<hr>

CHASSE A L'OURS BLANC

NOTICE

Le plus dangereux quadrupède des terres septentrionales est sans contredit l'ours blanc. Continuellement en guerre avec tous les éléments du sol tourmenté qu'il habite, il faut bien que l'instinct de sa défense le rende féroce et lui fasse prendre en haine les hommes qui vont le combattre et les animaux qui le redoutent et qu'il regarde comme ses ennemis. Quelques naturalistes ont prétendu que, malgré sa fourrure blanche, longue et soyeuse, il était de la même race que l'ours européen ; mais des études approfondies ne laissent plus aucun doute sur la différence qui existe entre les deux espèces.

L'ours blanc du Nord a la tête beaucoup plus longue que notre ours et le corps moins ramassé, le poil plus souple et le crâne infiniment plus dur. L'extrémité de ses pieds n'a rien de commun avec celle des pieds de l'ours terrestre ; les pieds de celui-ci offrent quelque ressemblance avec la main de l'homme, tandis que l'extrémité de ceux-là est faite à peu près comme celle des grands chiens ou des autres animaux carnassiers de ce genre.

Gérard de Vera, qui a longtemps habité les terres polaires, assure qu'ayant tué un de ces ours blancs et l'ayant mesuré, il lui a trouvé vingt-trois pieds de longueur : M. Gérard s'expose à trouver bien des incrédules, quoiqu'il demeure parfaitement avéré que l'ours blanc du pôle est beaucoup plus gros et plus long que l'ours des Pyrénées, des Alpes ou de la Lithuanie.

<hr>

CHASSE

Veille ! veille ! veille !

— Et des hommes de fer, hissés sur le beaupré, grimpés sur les hunes et accoudés aux bastingages de tribord et de bâbord, ont l'œil ouvert sur les récifs au milieu desquels, avec le moins de voiles possible au vent, vogue lentement le navire. C'est que les récifs signalés sont des bancs de glace qui ouvrent à merveille les bordages des plus solides baleiniers ; c'est que, si les flancs cuivrés qui viennent le braver se déchirent au choc, l'équipage n'a plus qu'à lever les yeux au ciel et à songer à sa famille et à ses amis, qui ne sauront peut-être jamais quelle mer l'aura dévoré.

Dans ces périlleux voyages aux pôles tout naufrage au large est une catastrophe terrible ; et quand on a été assez malheureux pour se jeter sain et sauf dans un canot afin de tenter un abordage sur quelque terre éloignée, un ennemi plus redoutable encore que les glaces anguleuses se montre là, debout, prêt à se ruer sur vous, avide de votre chair qu'il veut mâcher, de votre sang qu'il veut boire, et ne songeant qu'au festin que vous allez lui procurer.

Cet ennemi, c'est l'ours blanc.

Le ciel est bas, froid et serré ; il jette sur toute la nature une teinte blafarde qui vous attriste. On dirait un vaste linceul couvrant la terre et les eaux pour leur dérober les obliques rayons d'un soleil sans couleur : cela fait mal à l'âme.

Si le calme règne à l'air, si les flots sont sans turbulence, vous vous croyez aux premiers jours d'une création encore imparfaite. Rien de ce qui vous entoure ne semble achevé. Les montagnes de glace qui s'agitent lentement comme des fantômes ont des formes si bizarres, si capricieuses, qu'on jurerait qu'elles souffrent de leur grimaçante irrégularité et de leur immobile mouvement. La mer n'a point de couleur décidée, la terre au loin fatigue l'œil qui veut y trouver une lutte contre la stérilité la plus uniforme, tandis que les arbres couronnés des neiges qu'ils portent avec effort sont privés de sève et de verdure. Ils se trouvent jetés là sur des pentes, ainsi que les phares sinistres indiquant aux navigateurs la roche sous-marine qu'ils doivent redouter ; et s'ils ont résisté aux jours tempétueux, c'est que le vent n'a nulle prise sur leurs troncs décharnés et passe sans pouvoir les saisir. Mais quand l'hiver se dresse, quand il vomit ses écrasantes rafales ramassées aux pôles, quand le soleil sous l'horizon laisse pendant la moitié de l'année la terre dans un lugubre cercueil, quand les vergues crient et tombent sous les violences des ouragans qui poussent devant eux comme des flocons de neige les rochers immenses de glaces se heurtant avec un horrible fracas les uns contre les autres, et font croire à une catastrophe universelle, oh ! alors le chaos est là, le chaos et son redoutable cortège qui descend sur les flots et s'empare de la terre avec d'affreux gémissements. Ce sont des sifflements horribles, des secousses à ouvrir les montagnes ; ce sont des volcans d'air et d'eau qui se mêlent, se croisent, se battent et se confondent. Le jour n'arrive point au milieu de ce désordre et de ces terreurs, et pourtant vous voyez comme si de violâtres flambeaux éclairaient l'espace, car l'étincelle électrique petille incessamment pour que vous puissiez bien distinguer votre tombe. Puis vient la nuit profonde avec toutes ses ténèbres, et vous attendez que le navire démâté se déchire et s'engouffre. Le lendemain, des débris de mâts, des lambeaux de voiles, des bordages avec leur cuivre enroulé flottent sur l'Océan apaisé ; mais des hommes, point ! des cadavres, aucun ! tout est redevenu silencieux et froid.

C'est qu'au milieu des effroyables convulsions d'une nature âpre et rude, un seul être est là insouciant et tranquille. Que lui importent à lui les colères des éléments et les flagellations des rafales déchaînées ? Il est toujours dans ses domaines, il trouve partout une retraite assurée. Lorsque la terre est envahie, il voyage avec les flots dominateurs. Si l'ouragan refoule la mer vaincue, l'ours blanc ne quitte point le sol, il se blottit nonchalamment sur la neige ou la mousse et attend sans impatience le retour des lames voyageuses.

Indolent comme l'unau, sournois comme ses cousins bruns ou noirs des Alpes ou des Pyrénées, industrieux comme le castor, nageur comme la dorade, cruel comme le tigre et l'hyène, l'ours blanc est sans contredit le plus privilégié des quadrupèdes. Il ne craint, lui, ni l'aiguillon qui déchire les flancs du coursier, ni l'ingratitude du maître envers son chien fidèle, ni le plomb du chasseur qui tous les jours siffle et tue. Il est presque seul au milieu de ses terres boréales ; il est le plus fort ou du moins le plus habile ; et s'il nous arrive quelques-unes des fourrures épaisses qui le vêtissent, c'est que l'ennui l'a frappé au cœur, c'est qu'il n'a pas daigné lutter avec tous ses avan-

tages contre une de ces rares et hasardeuses attaques dont nul être au monde n'est affranchi ; et plus souvent encore parce que la vieillesse est venue lui ravir son énergie, et qu'il a senti enfin que la mort était le repos.

Cependant, comme le lion après sa colère, l'Océan a aussi ses heures de générosité. Dès que ses montagnes mouvantes ont poussé leur dernière secousse jusque sur les falaises creuses du rivage, on voit parfois alors, errants et taciturnes, des hommes de fer, des explorateurs intrépides, des marins infatigables, grelottant et demandant en vain un peu de nourriture à cette terre marâtre et inhospitalière.

A qui s'attaquer ? à quelle bienfaisante racine quêter un suc vivifiant ? à quelles branches pendent des fruits savoureux ?... L'hiver a passé par là avec ses ailes de neige et son haleine glacée, tout y est ridé, froid et mort.

Je me trompe pourtant. D'un énorme quartier de glace arrivant en soubresauts, un corps blanc comme l'asile qu'il s'était donné se jette à l'eau, qui jaillit autour de lui en brillantes gerbes.

On a sauvé du naufrage des fusils et de la poudre ; on a glissé des balles dans les canons, on s'ameute contre le vorace amphibie, qui chemine avec calme, ignorant du danger qui le menace. Les balles sifflent, elles percent l'épais vêtement du monstre, et si la tête ou le cœur est atteint, on a des vivres pour quelques jours, et l'on se laisse doucement aller à l'espérance !

Il y a là aussi des bouleaux, des lichens, des fougères, un peu de mousse, des branches solides qu'on implante dans le sol ; on serre celles-ci les unes contre les autres, on jette par-dessus de larges fragments d'écorce, on les mastique à l'aide de goëmon et d'un peu de terre imbibée, on ferme au vent toutes les issues, on n'en garde qu'une seule étroite et basse par où l'on se glisse courbé et avec effort. Quand on est bien enfermé, on clôt cette porte naine à l'aide d'un lambeau de toile à voile, on dépèce la victime du jour ; un trou profond est creusé au milieu du palais boréal, ouvrage de quelques heures de patience, du bois sec y est jeté, le feu s'en empare, il petille, monte d'abord en spirale blanchâtre qui s'échappe à travers les interstices de la voûte... La flamme s'agite, des charbons se forment, et sur eux noircissent et se racornissent des tranches d'ours fraîches et huileuses sur lesquelles on se jette avec voracité. On a vécu un jour, le lendemain s'offrira sans doute escorté des mêmes ressources, et l'on se laisse doucement aller à l'espérance !

Mais la nuit vient, nuit profonde et solennelle troublée seulement par la branche qui cède et se casse sous le poids de la neige amoncelée et le vent du pôle qui éparpille devant lui les nuages chargés de grêle. Les voyageurs alors s'étendent dans leurs demeures réchauffées, se rapprochent les uns des autres pour combattre l'hiver qui vient les visiter ; ils parlent de leur patrie absente, de leurs amis dans l'inquiétude, de leur pieuse mère priant pour eux ; ils s'endorment dans des idées de bonheur, et ils se laissent aller à l'espérance !

Si je vous dis toutes ces choses, moi, c'est que je les connais. Si je vous les dis avec tous leurs tristes détails, ce n'est pas au moins pour vous décourager des voyages ; au contraire, c'est pour vous y exciter, pour vous pousser d'une zone à l'autre. La monotonie c'est la torpeur, le contraste c'est la vie. Rien ne doit être fatigant comme un bonheur sans mélange ; un parfum continuel deviendrait un supplice. Souffrir est une colère de Dieu, avoir souffert est un de ses bienfaits.

Il est impossible que vous ayez oublié l'admirable drame que le poétique pinceau de Biard traduisit sur la toile il y a deux ans à peine : cela faisait mal à voir, tant il y avait là d'horreurs et d'agonies pressées les unes contre les autres. Eh bien ! ce drame tout chaud, tout palpitant, est un des mille épisodes lugubres dont sont témoins les sinistres parages du Groënland, du Spitzberg et des régions polaires. Vous trouviez dans ce cadre assiégé par la foule émue le miroir parfait des zones glacées dont je vous parle. Une bande d'ours affamés se ruant contre des hommes abandonnés dans de fragiles embarcations, des malheureux transis de froid, à demi nus, voyant venir à eux la mort avec son hideux cortège, la mort sans espérances, sans

Vous coupez la griffe énorme qui se cramponne à votre embarcation.

consolations, sans prières à l'heure suprême! L'ours est dans son élément. Depuis longtemps privé de nourriture, il voit à sa portée de la chair fraîche à dévorer; sa gloutonnerie naturelle s'accroît encore de la facilité d'une conquête; il nage, il nage l'œil enflammé, la gueule béante; et le pauvre martyr peut déjà voir les dents aiguës sous lesquelles s'éteindra son premier râle, entre lesquelles s'exhalera son dernier soupir.

Il n'y a nulle supplique à tenter, nulle grâce à attendre. L'ours blanc est le plus sévère des juges, le plus implacable des bourreaux. Il sait que vous ne lui accorderiez point merci dans votre triomphe, il n'use donc que de réciprocité en vous brisant les os et en fouillant dans vos chairs palpitantes. C'est en vain qu'armé d'une hache bien aiguisée vous coupez la griffe énorme qui se cramponne à votre embarcation et tente de la chavirer, l'autre va la saisir à son tour; et quand vous l'aurez abattue, ce sera encore à recommencer, car l'ours n'est pas venu seul à la curée. Ses amis, ses frères l'ont suivi, chacun a voulu sa

joie dans la fête, ils s'y sont conviés avec des grognements pareils aux glapissements d'une eau croupie et fangeuse tourbillonnant au fond d'un égout; et vous épuiseriez en vain vos forces à cette lutte où vous devez succomber. Je vous l'ai dit, nul être vivant n'a la permission de se promener avec sécurité dans les domaines de l'ours, et ses domaines sont la terre et les flots. Vous n'êtes que des hommes et vous voulez combattre l'ours blanc! Mais vous ne savez donc pas jusqu'où va l'ardeur de son courage? Une baleine glisse sur les eaux et fait trembler d'un seul coup de sa queue gigantesque les rochers de glace au milieu desquels elle navigue; une baleine, c'est-à-dire le plus monstrueux enfant de la création et dont la puissance est telle que le cétacé peut faire en vingt jours le tour du monde. Eh bien! l'ours blanc entend retomber sur les flots la cascade vomie par les auvents du colosse; vous croyez qu'il va prendre la fuite et éviter le combat? non, non : il s'élance au contraire vers le roi des mers, il l'accoste, plonge, remonte, s'accroche de ses dents et de ses griffes

Imprimé par H. Didot, Mesnil (Eure), sur les clichés des Éditeurs.

Une pique lui perce la poitrine. (Page 18.)

au ventre de la baleine, enfonce son museau pointu dans les chairs, y fouille avec voracité sans songer en aucune façon dans quels lieux éloignés il va se retrouver quand le monstre vaincu par la douleur viendra sur la plage rendre son dernier soupir.

N'est-ce point à ces audacieuses attaques que nous devons d'avoir trouvé parfois sous des zones tempérées des ours blancs pour ainsi dire perdus dans ce monde nouveau pour eux et dont nos balles de plomb ont fait prompte et bonne justice? donnez-moi une plus logique explication, je l'accepte.

Mais le vent du nord jette de rapides bouffées, et, se dégageant du pôle, s'étend, se développe avec un horrible fracas sur les montagnes de glace, il les précipite les unes contre les autres en chassant les saillies de celles-ci dans les anfractuosités de celles-là, il les cloue comme avec des étaux et des chaînes, il les contraint à ne plus se quitter, à vivre et à mourir ensemble comme deux amis dévoués ou plutôt comme deux ennemis irréconciliables; et quand il a promené dans tous les sens son haleine frémissante, vous regardez autour de vous et vous voyez non un horizon lointain, mais un horizon à deux pas de distance, vous avez à peine de quoi respirer, vous ne pouvez plus étendre vos bras sans toucher à ce redoutable mur que vous tenteriez en vain d'ébranler ou d'ouvrir. Une heure a tout changé; un monde mouvant est devenu un monde immobile, l'Océan est de glace, le ciel de glace, la terre de glace, et le navire, sous des verrous de glace, attend pendant des mois entiers qu'un craquement universel le rende à la liberté ou au néant.

Et pendant cette éternelle captivité sous laquelle fléchit tant de courage et de patience, qu'a fait l'équipage du baleinier ou du vaisseau explorateur? Il a fermé les sabords, il a hermétiquement calfaté toutes les issues, il s'est isolé de l'extérieur, et, résigné à la tombe, il s'est croisé les bras. Si je puis m'exprimer ainsi, il a emprisonné le dehors pour se séparer de lui, et il s'est tristement préparé à la catastrophe terrible qui le menace.

Voyez : officiers et matelots se regardent d'un œil terne et vitrifié, ils interrogent silencieusement le ciel blafard à travers les épaisses lentilles qui leur apportent un jour douteux; et quand ils ont bien lu là-haut leur arrêt, ils cherchent à donner un démenti au destin à l'aide de la science dont ils se sont fait un inutile cortége. Hélas! l'arrêt de la science est plus fatal encore et sa parole plus solennelle. Le baromètre et le thermomètre sont immobiles, le mercure est glacé dans les tubes, la tête tombe morne sur la poitrine figée, les bras se roidissent; et pour quelques instants du moins le désespoir fait oublier la douleur.

Mais, ce que la brise et le froid n'ont pas eu le pouvoir d'exécuter, l'ours blanc, toujours aux aguets, ne craint pas de l'entreprendre avec la certitude d'une réussite complète. Il n'est pas seul non plus contre un si puissant obstacle; ils se dessinent là, par bandes affamées, haletants, l'œil glauque ouvert à toutes les heureuses probabilités, prêts à les saisir et à ne plus lâcher prise que le succès n'ait couronné leur attente. Ils bondissent l'un après l'autre, avides de destruction, sur le pont muet du navire qu'ils creusent de leurs ongles longs et durs; ils flairent avec ardeur à travers toutes les écoutilles, ils mâchent les cordages, les tolets de fer, les prélarts goudronnés comme pour aiguiser leur appétit, et, furieux de l'insuccès de leur tentative, quelques-uns des plus audacieux se suspendent aux porte-haubans, s'accrochent aux bordages, glissent leurs griffes dans les plus imperceptibles fissures, les élargissent et montrent enfin aux prisonniers atterrés un ennemi de plus à combattre.

On se ranime dans la batterie, on s'excite mutuellement à une vigoureuse défense; on s'arme de sabres, de crocs, de gaffes, de pistolets et de fusils; tous se placent en bataille en face du monstre affamé qui les désemprisonne afin qu'ils lui servent de pâture. Tout à coup arrive à l'équipage le jour moins sombre, mais plus froid aussi, un sabord s'est ouvert sous la puissance de l'ours blanc, une pique lui perce la poitrine, une balle lui ouvre le front, il tombe sur la glace qu'il rougit, et son dernier grognement demande un vengeur... Le voilà. Il se pose bravement à la brèche agrandie, rêvant aussi de sang et de carnage; il saisit d'une griffe vigoureuse le fer dont on cherche à le frapper; son adversaire surpris veut faire résistance et sert ainsi de point d'appui au redoutable quadrupède. Déjà matelots et voyageurs ne songent plus aux glaces contre lesquelles ils auraient vainement épuisé leur énergie. C'était un grand péril sans doute, mais c'était un de ces périls qu'un chaud rayon de soleil aurait vaincu peut-être en quelques heures. Ici chaque ouverture faite aux flancs ou sur le pont du vaisseau va bientôt introduire l'ennemi dans la place assiégée. Les débris des bordages déchiquetés crient et tombent de toutes parts; les ours voraces s'élancent sur les prisonniers déjà soumis par le froid: et peu de temps après, si les glaces s'ouvrent et permettent au vent de lancer le navire, c'est une immense bière qui passe et qui va s'échouer sans pilote sur une terre désolée.

Les peuples nés près du pôle arctique portent empreint sur leur charpente frêle ce caractère inachevé que nous avons signalé dans la structure du sol qu'ils foulent d'un pied nonchalant. Ils sont industrieux par instinct comme le castor qui le premier peut-être leur a donné des leçons de cette intelligence animale dont il doit tant s'enorgueillir. Leurs cabanes ou plutôt leurs huttes ont de la solidité, mais elles sont incommodes, malsaines; on dirait des tombeaux où des vivants veulent s'ensevelir; et si depuis des siècles cette architecture de brute n'a fait aucun progrès, c'est que le progrès est enfant du génie et que le génie ne croit presque jamais que sous un soleil régénérateur.

Petits, trapus, osseux et le front déprimé, les Groënlandais sont les frères des Lapons et des naturels du Spitzberg. Chez les uns et les autres il y a paresse dans les habitudes, paresse dans les mouvements, paresse aussi dans les joies. Ils portent sur leur physionomie jaune et tannée un caractère endolori qui vous les ferait prendre pour des malades en convalescence. Dix Européens armés tenteraient heureusement la conquête d'un bourg islandais ou lapon.

Eh bien! dans la chasse à l'ours blanc, ces naturels, si faibles et si timides en présence des hommes de la civilisation, trouvent une force et une énergie vraiment merveilleuses contre certains périls. L'habitant du Spitzberg n'attend pas que l'ours blanc vienne lui chercher querelle autour de sa paisible demeure; il va, lui, armé de pointes de fer incrustées sur un morceau de bois fortement lié à son estomac par une courroie bouclée aux reins, provoquer le monstre au moment où celui-ci descend au rivage après son aventureuse course sur quelque banc de glace; là, loin de fuir, il attend son ennemi de pied ferme. Courbé et pour ainsi dire accroupi quand l'ours s'appuie sur ses quatre pattes, mais debout aussi quand son adversaire se dresse pour lutter corps à corps. C'est dans cette position favorable qu'il se précipite d'un seul bond, ses pointes de fer en avant, et les fait profondément pénétrer dans les flancs de l'ours qu'il embrasse en ayant soin de poser son crâne sous le cou de la bête féroce. Vous comprenez qu'au premier choc il doit y avoir une victime sur le sol; car si le coup est mal porté par le Spitzbergeois, c'en est fait de lui, le monstre commence son repas.

Les Kamschadales font à ce dangereux quadrupède une guerre constante et acharnée. Un district souvent se lève en masse pour ces sortes d'expéditions où le sang coule de part et d'autre. Les chasseurs, armés de flèches, de piques en fer, de fusils et de tridents, se jettent pêle-mêle sur un de ces monstres qu'ils ne tardent point à dompter, quoiqu'ils fassent stupidement entre eux la part de la bête vaincue. Encore faut-il que le quadrupède succombe à la première blessure; car la douleur le rend furieux; et s'il se rue alors sur ses adversaires, il y aura bien des membres broyés avant sa dernière agonie. La longue agonie de l'ours blanc est presque toujours la punition d'un outrage reçu.

Lorsque les armes manquent au Kamschadale, il se sert pour combattre l'ours d'un moyen commun à presque tous les peuples de la terre pour soumettre les bêtes féroces. Sur des branches mal assujetties il dépose un cadavre en putréfaction; l'ours blanc se précipite dessus et tombe avec sa proie dans une fosse profonde où on l'achève à coups de pierres, ou bien on l'y laisse mourir de faim. Quant aux fourrures qui deviennent leurs conquêtes, ils les portent aux comptoirs les plus voisins où ils les échangent contre de la poudre, des armes et des pièces d'étoffes. Le vêtement de l'ours est la fortune du Kamschadale.

Outre les moyens que je viens de signaler et à l'aide desquels les Kamschadales et les habitants de la Sibérie s'emparent des ours blancs, il en est d'autres fort ingénieux qui procurent aux chasseurs les mêmes bénéfices sans les exposer au moindre danger; par exemple, ils dressent un échafaudage traîtreusement formé de grandes pièces de bois faisant bascule sur lesquelles grimpe le monstre sans défiance et d'où il ne tombe que pour être écrasé par les charpentes mêmes culbutées par le poids de son corps.

D'autres fois les Koriaks choisissent un arbre incliné en forme de potence et au sommet duquel pend une corde terminée par un nœud coulant. Près de ce nœud des viandes sont placées par le chasseur, de sorte que l'ours, qui veut les saisir à l'aide de sa griffe ou de sa gueule, glisse et se trouve souvent suspendu par la patte ou par le cou. Vous comprenez que dans cette position difficile il lui est impossible de se défendre, et qu'il devient ainsi victime de sa gloutonnerie.

Dans la Sibérie, un moyen non moins singulier, mais plus certain, est généralement adopté par les intrépides chasseurs de l'ours, plus cruel dans cette contrée que dans toutes les autres parties du Nord. Sur le bord escarpé d'un précipice, et dans le sentier même que l'ours est contraint de parcourir pour ses voraces pèlerinages, on attache à un bloc de pierre fort lourd une corde solide terminée aussi par un nœud coulant très-adroitement disposé auprès de quelques fragments de viandes fraîches. Le quadrupède se débat contre l'obstacle qui retient les vivres trompeurs, le nœud se serre; et, en luttant pour ressaisir sa liberté, il fait tomber dans le précipice la roche qui entraîne l'animal après elle. Là, il est bientôt achevé et dépouillé par d'autres chasseurs qui ne lui donnent pas le temps de reprendre haleine.

Devons-nous croire cependant au récit de quelques voyageurs très-véridiques sur d'autres détails, mais qui assurent que dans le Kamtschatka on trouve des ours blancs si débonnaires, que, pour les soumettre, le chasseur les attire à lui par des gestes caressants, par la douceur de ses paroles; et que c'est seulement lorsque le quadrupède en jouant roule tout joyeux sur le sol, que son perfide ennemi lui brûle la cervelle à l'aide d'un pistolet ou lui perce le cœur avec une pique? Pour moi, je crois qu'on aura pris une exception pour une règle presque générale; quelque ours blanc, vaincu par la vieillesse ou les maladies, sera venu se jeter aux pieds d'un chasseur pour rendre son dernier soupir, et je ne conseille à personne de croire à la bénignité de ce redoutable citoyen des glaces polaires. Si c'était de l'ours noir du Nord qu'eussent voulu parler les hardis explorateurs auxquels j'emprunte ce détail, ils me trouveraient moins rétif à leur assertion. Ceux-ci, en effet, descendent par bandes énormes des hautes montagnes neigeuses, et viennent à l'approche du printemps faire de grandes excursions dans les plaines et près de l'embouchure des fleuves où ils se nourrissent des myriades de poissons que l'Océan leur apporte à chaque marée. Ces ours ont beaucoup moins de férocité que leurs frères vêtus d'une fourrure blanche; et il n'est pas rare d'en voir un ou deux se détacher parfois de leurs camarades pour venir prendre leur nourriture dans la main d'une femme ou d'un enfant assis sur le rivage.

On s'est fort souvent demandé pourquoi l'Islande recevait si rarement l'importune visite des ours blancs, tandis que les autres îles du pôle boréal en sont infestées, surtout au temps des hivernages. La cause en est, selon moi, fort aisée à trouver, et peut-être parviendrons-nous par rapprochement à signaler un nouveau moyen de faire à l'ours blanc une chasse productive et peu dangereuse.

Vous connaissez l'allure paresseuse de cette bête féroce qui, pour voyager, se perche joyeusement sur les bancs de glace comme nous le faisons, nous, dans nos chaises de poste; vous savez qu'elle ne s'émeut et ne s'anime qu'alors que la faim la pousse, ou quand les menaces de son ennemi deviennent trop ardentes. Si vous offriez à l'ours blanc des vivres frais pour chacun de ses repas, vous le verriez tranquille dans son charnier recevoir sans grommeler sa pâture et y mourir, comme un sybarite glouton, d'indigestion et de vieillesse.

Mais les tortures de la faim ont un aiguillon qui pénètre avant dans les chairs; et il n'est point de faible et frêle animal ici-bas qui ne soit possédé de violentes colères contre tout adversaire qui veut lui disputer sa vie. Jugez quelle doit être la rage de celui qui peut se protéger et se défendre en appelant à son secours ses ongles aigus, ses dents tranchantes et la vigueur de ses muscles!

L'Islande est un volcan. Le mont Hécla, dont la cime se perd dans les plus hautes régions du ciel, voit son front toujours couronné de neige, tandis que de sa bouche énorme s'échappent souvent d'effrayantes gerbes de feu vomissant au loin des masses imposantes de lave envahissant les eaux au fond desquelles Dieu les laissait dormir depuis la création. L'île tremble sur sa base bitumineuse, les neiges s'amoncellent, poussées par des courants invisibles et capricieux, l'Océan fuit et revient avec un horrible fracas; c'est un déluge général cherchant en vain à éteindre le vaste incendie qui l'éclaire et le domine; c'est un chaos sans issue; on meurt sans pouvoir lutter contre ce qu'il embrasse et dévore. Et lorsque l'Hécla, épuisé de fatigue, se repose au milieu de l'épouvante qu'il a jetée jusque dans les îles les plus éloignées, vous voyez sur ses flancs crevassés, à sa base en désordre sur le bord des lacs qu'il a creusés, au rivage bouleversé et jusque dans les flots océaniques, s'agiter comme des âmes en peine des langues de feu jaunes, bleues, rouges, violâtres, puis disparaître et se remontrer sous les formes les plus fantastiques.

Quelle serait, je vous le demande, la puissance de l'ours blanc contre cette querelle si violente des flots, de la terre et des feux dévorants qui s'en échappent? Il a compris (car je ne refuse l'intelligence à aucun être vivant), il a com-

pris, dis-je, que l'Islande était pour lui un sol sacré; aussi le voit-on souvent, porté par une glace voyageuse que le vent pousse vers l'Hécla, quitter son gîte aventureux et se diriger à la nage vers une terre plus tranquille.

Mais ce qui, dans ce terrible combat des éléments, épouvante le plus le velu quadrupède, ce ne sont ni les envahissements des vagues amoncelées, ni les avalanches tourbillonnantes, ni les secousses d'un sol prêt à disparaître dans l'abîme; ce qui surtout a fait reculer de terreur l'ours blanc, c'est la lave rouge qui calcine la végétation sur son passage, c'est le bitume pétillant qui chauffe la mer jusqu'au plus lointain horizon, ce sont les gerbes enflammées du volcan qui vont alimenter le tonnerre jusque dans ses domaines.

L'ours blanc a donc peur du feu; le pétillement des flammes, l'éclat des charbons embrasés, et peut-être aussi les ombres fantastiques projetées sur toute la nature par les capricieux reflets d'une lumière variant à chaque instant ses couleurs et son intensité, tout cela, disons-nous, l'épouvante et lui ravit son énergie et sa voracité.

Eh bien, pourquoi n'essayerait-on pas, la nuit, à la lueur de cent torches résineuses, quelques chasses à ces implacables quadrupèdes? Craint-on d'en appauvrir le pôle, et ne doit-on pas plutôt tenter une lutte si utile dans un pays où les animaux, la mer, les vents et le ciel immolent chaque année tant de victimes? On y songera quand la frayeur et le récit de nouvelles catastrophes auront appris aux Européens ce qu'il en coûte pour l'exploration des terres et des mers boréales, alors qu'un inflexible hiver a tout arrêté sous son haleine de glace.

Si l'expérience du malheur est la plus efficace, elle est aussi la plus lente.

Je donnerais le souvenir de bien des heures de bonheur dans ma vie, si pauvre cependant en paisibles émotions, pour avoir assisté à un combat de deux ours blancs égaux en force et voyageant de compagnie. Un sol mouvant pour champ clos, un abîme pour barrière, un ciel pâle pour témoin, un océan pour tombe. La scène doit en être imposante et solennelle à la fois.

Comme faible compensation, disons à nos lecteurs la guerre acharnée que fait souvent l'ours blanc au phoque alourdi qui vient nonchalamment sur la plage respirer l'air du matin et se reposer de ses longues courses sous-marines. L'issue n'en est pas douteuse; et pourtant il arrive souvent que l'ours vainqueur se repent de son triomphe. Dès qu'il voit le monstrueux amphibie assoupi, le quadrupède, avec sa gloutonnerie ordinaire, se glisse furtivement entre lui et la mer afin de couper toute retraite. Quoique lent dans sa course, il l'est beaucoup moins que le phoque, dont les mouvements sur le sable sont parfaitement semblables à ceux d'une lourde gabarre au roulis. Placé en embuscade, l'ours arrive presque couché près du monstre, sur lequel alors il s'élance avec voracité. Le phoque cherche d'abord à regagner les eaux, où ses moyens de défense sont moins paralysés; mais son adversaire lutte dans un sens opposé, l'ouvre de ses dents, le déchire de ses griffes, et esquive d'une manière merveilleuse le corps du cétacé qui voudrait l'écraser de son poids.

Ces querelles ne sont guère de longue durée, car l'ours blanc est la terreur du phoque, qu'il s'est habitué à regarder comme une victime dévouée à ses appétits.

Eh bien, les peuples du Nord errants sur les rivages de l'Océan glacé ne demandent pas mieux que d'assister à pareil combat, car la voracité du vainqueur est telle, que, lorsqu'il mâche la chair de l'amphibie, il ne daigne même pas s'occuper des chasseurs qui vont le frapper au milieu de son triomphe.

Scrions-nous forcés de croire à la tendresse extrême de l'ours blanc pour sa compagne, et devons-nous adopter autrement que comme une rare exception le récit d'un fait extraordinaire rappelé par Anderson, un des plus intrépides, des plus instruits, des plus véridiques explorateurs anglais? Il rapporte qu'il a vu dans la Finlande deux ours blancs, l'un mâle, l'autre femelle, se ruer avec une égale ardeur et côte à côte sur une proie étendue au bord d'un piége; il ajoute que tous deux tombèrent dans un fossé profond, qu'ils y demeurèrent sans nourriture pendant dix-sept jours, et qu'ils se laissèrent mourir de faim sans exhaler aucune plainte, sans se livrer le plus petit combat. Quant à moi, je recule devant une accusation de mensonge dirigée contre M. Anderson ; et son récit, tout extraordinaire qu'il paraisse, me semble devoir être accepté par chacun de nous comme un fait avéré.

Et pourtant, ce qui n'est pas moins positif encore, c'est que deux ours blancs en rivalité pour la conquête d'un ennemi mort se déchirent à belles dents, et que presque toujours l'un des deux sert de pâture à l'autre.

Oh ! rassurez-vous toutefois, curieux explorateurs, la race des bêtes féroces n'est pas encore près de s'éteindre ; et, si vous consentez à passer un hiver au Spitzberg, au Groënland, en Laponie ou dans la Finlande, je vous réponds que vous serez témoin de certains épisodes qui adouciront l'amertume de vos craintes. Ce n'est point par elles que s'effaceront de la terre les races haineuses et malfaisantes, et nous n'avons nous-mêmes ni assez d'énergie ni assez de patience pour essayer de les détruire ou d'en diminuer le nombre.

Longtemps encore le jaguar parcourra les solitudes du Paraguay, le lion syrien poursuivra les caravanes dans le désert, le rhinocéros bouleversera les plantations africaines, l'éléphant dévastera les villages hottentots, le crocodile infestera le Nil et les rades malaises, le tigre royal promènera ses fureurs dans tout l'Indoustan, et l'ours blanc attaquera les navires baleiniers emprisonnés dans les glaces des pôles. Nous allons volontiers à la conquête de quelques pieds de terre, mais nous laissons en toute liberté les hôtes dangereux qui la dépeuplent et la ravagent.

Quel est le plus coupable, ou de la bête féroce ou de l'homme ?

COMBAT D'UN TIGRE CONTRE UN LION

Ceci n'est pas une chasse, c'est un combat. C'est une de ces luttes terribles qu'on ne voit qu'une fois dans une vie séculaire. Cette imposante majesté vous poursuit dans vos insomnies, au milieu de vos terreurs du moment. C'est une scène de carnage et de mort qui se retrace à votre mémoire et y laisse, sans que rien au monde puisse les affaiblir, les impressions instantanées qui vous ont saisi tout d'abord ; vos yeux, votre cœur, votre âme, se repaissent du tableau.

Oh ! ne me dites point que vous avez vu des tigres, des lions, vous qui n'avez étudié ces redoutables quadrupèdes qu'au sein des ménageries et dans des cages solidement bardées de fer. Ce qu'il faut au lion, ce qu'il faut au tigre son rival, c'est de l'air, c'est de l'espace. Là, mais là seulement, ils marchent, ils courent, ils bondissent, ils trônent. La baguette du gardien les maîtrise dans leur prison ; au désert, une armée ne les fait point reculer. Voyez ces deux monarques se promenant avec gravité dans leurs domaines ; on devine au premier coup d'œil leur force, leur puissance et presque leur caractère.

Autour du lion et du tigre royal il y a toujours une odeur de sang qui s'échappe au loin et épouvante les populations ; le massacre est derrière eux, et devant eux encore sont des victimes, des lambeaux de chair et des ossements broyés. Le lion tue et laisse là sa proie s'il n'est point aiguillonné par la faim. Quant au tigre, il a beau s'être repu, il tue, il mâche, il triture, il se roule dans le sang, et ne s'en va que vaincu par la lassitude ou l'appât d'un nouveau triomphe. Le tigre n'a pas même de générosité pour le cadavre.

Nous descendions avec le flot sans jamais éloigner nos regards de cette riante et fraîche végétation des bords du Gange, du milieu de laquelle s'échappaient comme par enchantement des aiguilles aiguës ou des dômes réchauffés par un large soleil. Tout était calme et silencieux dans la rapide barque, les courtes pagaies des rameurs sifflaient seules sur les flots à coups monotones et cadencés comme le tic tac d'une pendule, car l'extase était dans toutes les âmes.

Le nuage vert, comme les Sipayes appellent le redoutable choléra, avait passé depuis peu de temps sur la ville en deuil, les cadavres amoncelés dormaient sous la terre refermée ; l'épidémie ne menaçait plus l'active population de ses exhalaisons fétides, et le bonheur inespéré de n'avoir pas été frappé par le fléau destructeur apportait quelques consolations à l'âme de ceux qui s'étaient vus privés d'un ami ou d'un frère. Hélas! il y a de l'égoïsme dans toutes les affections.

Nous savions que nous serions reçus par le major Ling avec une cordialité toute britannique ; car en Angleterre on fait bien les choses, quand on veut les bien faire. Nous allions nous trouver bientôt à table à côté des dames les plus aimables de Calcutta, et, quelque variés que fussent les paysages qui passaient et fuyaient vite derrière nous, nous accusions la tiédeur des bras nerveux qui faisaient glisser l'embarcation comme un oiseau pélagien.

Cependant au loin sur la rive gauche, à demi caché par un magnifique rideau de cocotiers aux panaches toujours verts, pointa bientôt l'élégant kiosque où nous attendaient de joyeuses soirées. Nous fûmes à l'instant même debout pour être plus tôt aperçus et pour voir de plus loin. Une heure après nous saluâmes de la main un groupe de personnes qui nous attendaient auprès d'un facile débarcadère et qui nous montraient déjà, sur leurs traits épanouis, tout le plaisir qu'elles avaient à nous bien accueillir. C'était l'Europe dans l'Inde, mais l'Europe des salons élégants, l'Europe artistique, bien élevée, heureuse, riche et parfumée, l'Europe comme on la rêve alors qu'on en est séparé par le diamètre de la terre.

Et ceci est un fait à constater, car il n'offre point d'exception, ou du moins je ne lui en connais aucune. Nous quittons notre pays parce que la vie nous y semble trop régulière, trop compassée ; nous le quittons, affligés que nous sommes des grandes petites choses dont on cherche à occuper notre oisiveté et notre paresse. Terres, châteaux, palais, spectacles de toutes sortes, monuments immortels d'une gloire immortelle, tout nous déplaît, tout nous assoupit, tout nous écrase. Nous quittons cette Europe pour ainsi dire tirée au cordeau, et à peine sommes-nous poussés sur un sol abrité par une nouvelle végétation, chauffé par un autre soleil, baigné par d'autres flots, que nous cherchons, fous d'une singulière espèce, à nous rebâtir le monde dédaigné que nous venons de fuir.

Le souper fut délicat, sans faste, sans prodigalité, ordonné avec un goût exquis et assaisonné par une conversation toute cordiale et pleine de saillies. Après le souper, il y eut jeux et concerts, et l'on se retira fort tard dans des chambres élégantes, toutes exposées à la brise du Nord, sous des galeries spacieuses où l'air n'est jamais captif.

Le lendemain, chacun était debout de bonne heure; et le soleil avait à peine montré son disque resplendissant, que les allées des jardins qui cerclent la belle habitation du colonel étaient parcourues par les visiteurs. La journée semblait vouloir être brûlante, l'air était muet comme le feuillage. Il y avait dans l'atmosphère une sorte de torpeur qui nous gagnait petit à petit, et nous nous sentions fatigués comme si nous venions d'achever une pénible course. Tout à coup, deux superbes chiens qui nous accompagnaient et jouaient dans les contre-allées s'arrêtent et poussent ensemble de douloureux aboiements. On veut leur imposer silence, on les menace, on les rudoie, ils ne changent point de place, et leurs cris deviennent plus fréquents, plus endoloris.

— Ce sont les tristes symptômes d'un ouragan, dit le colonel, allons nous barricader.

— Non, ce n'est point ainsi que hurlent les chiens, répondit sa femme, quand la tempête nous menace; et cependant j'ai peur.

Un esclave malais accourut en toute hâte et s'écria du plus loin qu'il put se faire entendre :

— Lion! lion là-bas! sur les bords du fleuve, un gros, un terrible lion!

— Raison de plus pour nous barricader, poursuivit le colonel; rentrons, mes amis, et armons-nous : le lion est un importun visiteur.

Les solides portes de l'habitation furent fermées en effet; les esclaves en armes veillèrent au rez-de-chaussée, et nous, impatients de bien recevoir un pareil hôte, nous montâmes dans la galerie à petites flottilles qui dominait le Gange. Un lion monstrueux se promenait gravement sans même regarder autour de lui s'il avait un ennemi à combattre; il allait à petits pas ainsi qu'un philosophe, et seulement de temps à autre il faisait halte pendant à peu près une minute, puis il poursuivait lentement sa route.

Arrivé au pied d'un magnifique cocotier planté pour servir de signal la nuit aux embarcations qui sillonnent le fleuve, il s'arrêta, pivota deux fois sur lui-même, choisit sa place à l'ombre et s'y coucha. C'était une quiétude de monarque généreux qui ne craint pas qu'on vienne troubler son sommeil; c'était le repos du juste.

Ce fut une commotion électrique; il y avait à peine dix minutes que le lion était assoupi qu'il se dressa prompt comme la foudre, poussa un lugubre gémissement, gratta la terre de ses deux griffes de derrière, baissa la tête et s'élança d'un seul bond à une grande hauteur sur le tronc du cocotier. Là il tourna ses regards à droite et à gauche, retomba sur le sol et s'accroupit de nouveau, l'œil toujours fixé vers le même point de l'horizon.

— Un ennemi se présente, nous dit M. Ling, un ennemi formidable. Si j'en juge par l'attitude du lion, la lutte sera ardente, et bien des riches donneraient une fortune pour se trouver en ce moment auprès de nous.

— Pourquoi, répliquai-je, les riches de Calcutta ne se donnent-ils pas quelquefois ce plaisir que selon vous ils achèteraient fort cher?

— Ah! ah! c'est que celui dont nous allons jouir est rare. Ce n'est pas contre des hommes que va combattre le lion, c'est contre une bête féroce aussi puissante que lui peut-être : un rhinocéros, un éléphant, un tigre.

— Un tigre, en effet, poursuivit M. Young en nous montrant du doigt au loin un de ces dangereux promeneurs du désert qui venait de notre côté par bonds retentissants comme une cascade. Nous avions le cou tendu, nous respirions à peine, nos regards allaient sans cesse du lion au tigre et du tigre au lion toujours aux aguets. C'était déjà un terrible spectacle, car nous comprenions quelle en devait être l'issue.

Voici les deux adversaires en présence. Ils se sont vus, ils ne se quitteront plus désormais que l'un des deux ne soit un cadavre.

Le tigre était monstrueux par sa taille, magnifique par les lignes longues, noires et régulières qui zébraient son dos jaune vivement accentué; sa gueule était béante, sa queue basse ainsi que sa tête, dont les yeux rouges lançaient de rapides éclairs. Nous n'étions séparés des adver-saires que de deux cents pas tout au plus, le soleil le plus ardent les frappait à plomb, et nous ne perdions aucun de leurs mouvements; notre cœur battait vite et fort, je vous jure.

Le tigre gagnait toujours du terrain, le lion immobile le laissait venir. Il y avait dans celui-ci le calme de la force, l'attitude de la puissance; on croyait deviner chez celui-là les violents efforts de celui qui a assez de cœur pour affronter un péril imminent, et qui pourtant ne se flatte point de le vaincre. Sa marche était tortueuse, mais il s'approchait de son ennemi. Un certain frémissement se faisait sentir dans ses jarrets nerveux, et cependant il ne fuyait point. Eût-il été satisfait de voir le lion lui laisser le champ libre? Je le pense, et c'est pour cela que j'admirais ce tigre royal prêt à se jeter dans une fournaise plutôt que de se laisser taxer de lâcheté.

Le lion n'avait point bougé, mais sa crinière hérissée disait assez ce qui se passait dans son âme; de temps à autre un soubresaut de ses flancs amaigris indiquait un rugissement comprimé; il ne voulait pas, lui, le roi des quadrupèdes, qu'une frayeur prématurée arrachât quelque chose à l'audace de celui qui venait à sa rencontre. Ses griffes et ses dents lui suffisaient, un combat à deux était arrêté. Pour le tigre, c'était peut-être un jour de gloire; pour le lion, c'était, à coup sûr, un jour de fête.

D'un élan, ils peuvent se saisir, se mordre, se déchirer. D'un élan ils auront franchi les vingt pas qui les distancent. Ils se sont élancés, et ce choc terrible est pareil à celui de deux navires qui se heurtent au milieu d'un ouragan. Vous entendez crier les os sous les poignantes étreintes, vous voyez les lambeaux de chair fumer et tomber sur le sol profondément creusé. Nul cri, mais des glapissements ténébreux attestant la rage et non la douleur. Ils sont collés l'un à l'autre ainsi que deux solides béliers dont on veut essayer les forces à peu près égales, et l'immobilité des bêtes féroces accuse précisément l'instant des plus incroyables fureurs. Nul n'a le dessus, mais nul n'a ployé les jarrets : on prévoit à qui demeurera la victoire, et quand vous croyez le tigre vaincu, il ressaisit sa place, perdue par un mouvement qui, à son tour, ébranle le lion étonné.

Depuis plus de dix minutes le combat durait sans perdre de sa violence, et, comme d'un commun accord, le lion et le tigre se quittèrent enfin pour reprendre haleine. C'était l'immobilité de la rage, c'était le repos du volcan.

Quelques instants après, un incident nouveau, imprévu, donna plus de vie encore à ce terrible drame qui approchait du dénoûment. Le tigre, qui prévoyait non sa défaite, mais sa mort, saisit le moment où son adversaire léchait de sa langue raboteuse une large entaille sur sa cuisse, s'élança sur le tronc du cocotier à plus de dix pieds de hauteur et s'y maintint cramponné avec ses ongles. Le lion regarde devant lui et n'aperçoit plus son adversaire : il rugit, lève la tête et s'élance à son tour au niveau du tigre. Il n'y avait pas moyen de combattre dans cette position, et, toutefois, il était bien décidé maintenant que des deux bêtes féroces une seule devait rester debout. Le tigre le premier se laissa tomber, le lion le suivit à une demi-seconde de distance, et cette fois ce fut lui qui éprouva ces mouvements saccadés que nous avions d'abord remarqués dans le tigre. Une longue lutte devenait impossible, trop de sang inondait le sol, trop de dents s'étaient usées à mordre, trop d'ongles s'étaient émoussés à déchirer; une nouvelle commotion devait être la dernière.

Voyez : les deux jouteurs se tiennent debout et pressés, les deux mâchoires sont enchâssées l'une dans l'autre et serrées comme des étaux, on sent les os qui craquent et se brisent. Mais le tigre recule, il faiblit, il chancelle, il tombe..... Et le lion, avec un terrible rugissement, le prend à la gorge et semble vouloir punir le vaincu de sa longue résistance.

Il ne lâchait point sa proie, l'impitoyable roi des forêts, le monarque redouté des déserts : il la tenait toujours là sous sa puissante griffe, il la déchirait par lambeaux, il broyait sa tête osseuse, et il allait donner son dernier coup de mâchoire quand un monstrueux crocodile, sortant vivement des eaux, s'élança sur le quadrupède vainqueur, le saisit par les pattes ensanglantées et l'entraîna au fond des eaux

Un cadavre seul resta sur la plage au pied du cocotier, et, quelques instants après, une large traînée de rouge se dessina sur le Gange et annonça le repas du vorace amphibie.

CHASSE AU LION

NOTICE

Au premier aspect on voit que le lion est le plus noble des quadrupèdes, qu'il commande et qu'on lui obéit. Sa démarche est grave, son œil tranquille et posé, sa voix retentissante. Il n'a ni la stature lourde et colossale de l'éléphant, ni l'épaisse charpente du rhinocéros, ni les osseuses irrégularités du dromadaire, ni la tête hypocrite et basse de l'hyène, ni la démarche oblique du tigre. Au contraire, il est dans les proportions les mieux ordonnées pour caractériser la force et la souplesse. Il n'est chargé ni de chair ni de graisse, ses muscles se dessinent en vives saillies et donnent à comprendre la rapidité de sa course et l'audace de ses bonds immenses. Sa queue peut d'un seul coup terrasser un homme, et, dans ses luttes contre les chasseurs et les bêtes féroces, il s'en sert parfois comme d'une massue.

Sa large face prend aisément tous les caractères de la passion qui le domine. Sa prunelle fauve dit sa colère ou ses sympathies, son front est profondément ridé quand il menace, et ses lèvres frémissantes couvrent une gueule énorme dans laquelle vous voyez s'agiter une langue rouge ainsi qu'une flamme ardente. Quant à la crinière épaisse qui orne son cou et ses épaules, le lion a aussi la faculté de la mouvoir dans tous les sens comme des vagues, de la hérisser comme les flèches d'un porc-épic, de la faire retomber comme une cascade.

La taille des plus grands lions est d'environ quatre ou cinq pieds de hauteur sur une longueur de huit à neuf pieds, à partir du museau jusqu'à la naissance de la queue, qui elle-même est longue d'environ quatre pieds et terminée par un gros flocon de poils.

La lionne est d'environ un quart plus petite que le lion, sans avoir cependant moins d'audace et de férocité que lui, surtout lorsque ses jeunes rejetons ont besoin de sa tutelle.

Aristote dit qu'il existait de son temps des lions crépus beaucoup plus petits et moins forts que ceux dont nous venons de parler. Mais, jusqu'à présent, nul historien n'est venu garantir l'assertion d'Aristote, et les naturalistes modernes ont, je crois, quelque raison de la récuser.

Élien et Oppien ont osé écrire qu'en Éthiopie les lions étaient noirs comme les hommes ; qu'il y en avait dans les Indes de parfaitement blancs, et qu'il n'était pas rare d'en rencontrer de tachés comme le léopard ou de rayés comme le zèbre, mais avec des couleurs rouges, noires ou bleues. L'histoire naturelle de nos jours s'est appauvrie de la perte de ces curieux individus.

N'a-t-on pas dit aussi naguère avoir vu, près de la colonie du cap de Bonne-Espérance, des tigres recouverts de poils frisés et longs? J'aime mieux croire à l'existence de la licorne, surtout si je m'appuie d'un dessin grossièrement ébauché par un Cafre, dans une des admirables caves de Constance, et que le sauvage me montra un jour du doigt avec orgueil, en me faisant comprendre qu'il l'avait croquée d'après nature.

Il y a aussi des lions en Amérique, mais ils sont petits, faibles et sans crinière, comme les lions des Indes ; les Péruviens les appellent *puma*, et, dans les chasses qu'ils leur font, ils ne semblent pas beaucoup craindre leur férocité.

Le lion de tous les pays de la terre supporte la faim avec un grand courage, mais fort difficilement la soif, et il se jette fréquemment avec avidité sur tous les ruisseaux de la route ; il boit en lapant ainsi que le chien ; mais, contrairement à la nature de celui-ci dont la langue se courbe en dessus pour injecter la gorge, celle du lion se courbe en dessous.

Il a besoin pour apaiser sa faim de quinze livres de viande par jour, et vous comprenez qu'il sait à merveille où se les procurer.

L'histoire des hommes et des animaux ne dit pas qu'un seul monarque soit mort d'inanition.

CHASSE

Depuis l'histoire véritable du lion d'Androclès, et celle non moins attestée du lion de Florence, qui rendit à une mère éplorée son enfant à demi englouti dans la gueule du terrible quadrupède, on a raconté, toujours escortées d'une foule de détails authentiques, plusieurs centaines d'anecdotes fort intéressantes où le lion est montré si bon, si noble, si généreux, que les mérinos ou les gazelles en rougiraient de honte et de jalousie. A en croire certains historiens, jamais plus douces et plus caressantes créatures n'ont parcouru les déserts sauvages, et vous croiriez que ces redoutables hôtes de l'Afrique intérieure n'osent pas même regarder de loin les caravanes aventureuses.

Oh! ce n'est pas ainsi qu'il faut envisager cet indompté promeneur, ce dévastateur intrépide qui, dès que la faim l'aiguillonne, s'élance sans compter ses ennemis, et, les prévenant d'abord par des rugissements de tonnerre, va bientôt se ruer sur les voyageurs armés du désert et jusque dans les cités les mieux défendues.

La menace du lion est un arrêt de mort, et si Rouvière, dont je vous ai parlé dans un livre, ne m'avait pas initié à la puissance de son courage, je ne croirais pas qu'il y eût au monde un homme assez audacieux pour oser tenter une lutte contre ce fier et implacable dominateur.

Étudiez ses mouvements : sa physionomie, le jeu terrible de sa prunelle, les sifflements de sa queue battant des flancs maigres et accentués ; voyez ces membres courts et musculeux terminés par des griffes effrayantes armées d'ongles qui entrent dans les chairs comme une pointe d'acier; arrêtez-vous en présence de cette large face encadrée dans une crinière énorme se hérissant au premier sentiment de colère, et disant par son calme ou son agitation si celui qui en est revêtu va combattre ou s'il refuse d'entrer en lice.

Il y a une imposante majesté dans tout, et c'est pour cette raison que nul être vivant ne regarde le lion sans terreur ou sans respect.

Un des plus magnifiques lions qu'on ait jamais vus en Afrique, c'est celui que possédait, à mon passage au cap de Bonne-Espérance, la ménagerie élevée dans le jardin de la Compagnie des Indes. Il n'était pas, comme nos tristes quadrupèdes du Jardin des Plantes, pressé dans une cage étroite, sans air et presque sans lumière; mais il avait, au contraire, pour donner de l'élasticité à ses membres, un vaste espace entouré de grandes et solides murailles. A hauteur d'appui, d'énormes barreaux de fer permettaient aux curieux de s'approcher du monstre qui, fort souvent, se couchait sur le banc circulaire élevé dans sa retraite. Je l'ai trouvé plusieurs fois dormant la tête appuyée contre les grilles, et lorsque j'arrachais violemment une touffe de poils de sa crinière, l'animal demeurait parfaitement immobile, et ses yeux à demi fermés ne clignotaient même pas. En d'autres instants, nous nous sommes réunis deux ou trois pour saisir sa queue de nos deux mains, et, lorsque la serrant de toutes nos forces nous espérions lutter contre lui, le lion donnait de petites secousses et nous étions vaincus ou renversés.

· Le lion ne court pas, il bondit, et chacun de ses bonds creuse la terre. Tous les autres quadrupèdes choisissent par instinct le lieu qui convient le mieux à leur repos, et rarement ils s'en éloignent assez pour ne pas le retrouver la nuit. Après ses courses de la journée le lion se couche à tout hasard auprès d'une habitation de planteur, sur la lisière d'un bois, au milieu de la forêt, au sein du désert ou au sommet d'une montagne. Comme il a le sentiment de sa force, il ne craint pas qu'on vienne troubler son sommeil, et son repos est celui du maître du monde.

Entendez sa respiration, c'est un bourdonnement monotone, un roulement creux, profond, sonore, mais calme, régulier. On dirait un être bienfaisant rêvant de paix et de bonheur. Le tigre, au contraire, respire par soubresauts, il s'agite fébrilement et élargit de temps à autre ses griffes, il ouvre ses yeux et les referme, il se roule sur le sol, et quand il s'est bien repu dans la journée, sa nuit est une nuit de turbulence, image fidèle des heures de meurtre et de carnage qu'il vient de passer. Dans toute espèce créée, si le premier est noble et magnanime, le second est vil et cruel. Après l'aigle, le vautour; après le lion, le tigre.

Il y a des lions en Amérique, mais ils sont beaucoup plus petits et moins redoutables aussi que ceux d'Afrique ou d'Asie. Là, le jaguar ne craint pas un tel adversaire, et c'est presque toujours celui-ci qui est vainqueur dans la querelle. En Asie, l'éléphant et le rhinocéros peuvent seuls lutter contre le lion, et c'est à peine si le tigre du Bengale, aux allures si souples, à l'adresse si prodigieuse, ose braver sa présence.

Les historiens ont-ils menti, ou est-il en effet bien constaté que, dans les belles fêtes célébrées à Rome, plusieurs centaines de lions étaient souvent immolés au profit des joies populaires? D'où venait cette immense quantité de bêtes féroces? Quels navires les portaient d'Asie ou d'Afrique? Par quels moyens s'en emparait-on au milieu des déserts ou au sein des montagnes? Il y avait donc des troupeaux innombrables de lions et de tigres? Et ces troupeaux se laissaient donc parquer comme des bêtes de somme? Supposez au contraire que la race de ces terribles quadrupèdes ne se soit point abâtardie; où était la sécurité des voyageurs et des villes? Comment et par quelles armes opposer une digue à une irruption de lions affamés se précipitant sur une cité; car cela devait fréquemment arriver, puisque le désert, qui était leur domaine, n'offrait pas alors plus qu'aujourd'hui les aliments nécessaires à leur voracité de chaque jour? Ne me dites pas qu'ils se servaient mutuellement de pâture, car encore je vous répondrai qu'ils auraient dû se détruire, et que, par conséquent, les cirques de la cité éternelle n'eussent point été témoins de si imposantes hécatombes.

Et pourtant, tous les historiens sont d'accord sur les faits écrits, et nous sommes bien forcés de courber notre front devant leurs récits, alors même que la raison nous dit de nous tenir en garde contre tant de témoignages.

La taille, la force et la couleur des lions africains varient d'une façon singulière. Le voyageur qui n'aurait vu ces hôtes dangereux que sur l'Atlas chercherait longtemps à en découvrir la race dans l'aspect des lions abyssiniens, de Sahara, du Sénégal et de la Cafrerie. On dirait encore que leur vêtement et leur férocité tiennent de la nature du sol qui les a vus naître.

Dans le nord de l'Afrique on les croirait en quelque sorte civilisés, car ils osaient, surtout avant nos conquêtes, s'approcher assez des caravanes pour laisser supposer qu'ils voulaient voyager avec elles, et venaient aussi parfois se livrer au sommeil jusque sous les murs des villes arabes.

Le lion du grand désert est le plus inexorable de tous, soit que l'ardente soif dont il est sans cesse dévoré le pousse à ses violentes colères, soit plutôt qu'il s'irrite d'avoir trop peu d'ennemis à combattre. Au surplus, ses habitudes sont prises; il serait mieux ailleurs sans doute; mais il est né au désert, il veut y vivre, il veut y mourir. C'est le Patagon dans ses pampas immenses, c'est le Lapon au milieu de ses glaces, c'est le Hottentot dans ses huttes souterraines et enfumées.

Quant au redoutable lion qui ravage le pays des Cafres, les bords des rivières de Zaïre et de l'Éléphant, ainsi que le voisinage de la belle colonie de Table-Bay, c'est, sans contredit, celui qui joint à un plus haut degré l'astuce à l'agilité, la cruauté à l'audace. Lui, par exemple, il part, il va sans s'inquiéter du nombre de ses ennemis et visite isolément les plantations les mieux fortifiées. Les piques, les tridents, les fusils, ne l'arrêtent pas, il se rue dessus avec une intrépidité aveugle, et l'on devine qu'il lui importe fort peu de mourir pourvu qu'il tue.

Je vous ai dit autre part comment un colon de la ville du Cap osait approcher du lion, le regarder en face, l'attaquer et le vaincre. Mais lui, M. Rouvière, est une exception que la raison a peine à comprendre, et il faut bien des siècles pour la reproduction d'un pareil homme.

Voici le rugissement du lion qui envahit l'espace; il n'est point court, rapide, saccadé, comme lorsqu'il se trouve en présence de son adversaire, mais long, grave, solennel, pareil au roulement de la foudre. Dès qu'il a retenti, la population cafre se dresse, s'arme, se serre et rugit à son tour. Hommes, femmes, adolescents et vieillards saisissent leurs tridents, leurs flèches dentelées, leurs massues et leurs fusils, et se jettent au dehors de leurs cases qu'ils ferment solidement sur les enfants au berceau ou sur les malades; et, sans ordre, sans qu'un seul d'entre eux prenne le commandement, ils vont au-devant de la bête féroce qui n'aime pas trop à se faire attendre dans ces rencontres terribles où doit couler tant de sang.

Les voici en présence : d'un côté, une armée ; de l'autre, un seul combattant au regard fauve, à la crinière hérissée. à la gueule rouge, à la langue haletante. Sa face se ride, son corps se raccourcit et s'allonge ainsi que le fait celui d'un reptile, sa queue siffle et bat les flancs avec violence, et ses ongles aigus entrent dans le sol comme afin d'y creuser une fosse pour les ossements qu'il va triturer et dépouiller de leur chair.

On a beau être façonné à la présence du lion, on a beau l'avoir combattu plus d'une fois, il est impossible, en le retrouvant là, près de soi, libre, ardent à la curée, mesurant l'immense espace qu'il va parcourir d'un seul bond et agitant ses redoutables griffes, de ne pas se sentir troublé, presque abattu. Sa puissance est si grande! Il est si difficile à tuer? Une balle lui perce le cœur, et il ne tombe pas encore. Quand il meurt, il ne meurt jamais, ou presque jamais seul. Quand son cadavre est immobile sur

Ce n'est plus un combat, c'est une boucherie horrible!

le sol, c'est qu'il y a autour de lui d'autres cadavres mutilés. Le lion ne tombe isolé que sous les coups de la foudre ou de la vieillesse.

Mais l'espace qui sépare la horde farouche des Cafres du terrible ennemi s'est rétréci, les flèches pourraient porter, le fer entrer peut-être dans le cuir. Qu'est-ce, bon Dieu! des piqûres légères qui ont à peine le pouvoir d'occuper le quadrupède, lequel, dans son instinct de fierté, ne daigne pas même songer à son adversaire. Il devine que ce n'est point de cette arme que lui viendra la première blessure qui le fera bondir et lui arrachera une douleur. Il cherche de son regard de feu les ennemis protégés par le fusil et le trident de fer; c'est sur eux qu'il se ruera tout à l'heure, c'est une ou plusieurs de ces poitrines qu'il lui tarde d'ouvrir avec ses dents si aiguës et si éclatantes. Aussi voyez comme les combattants les mieux armés serrent maintenant leurs rangs! Voyez comme le soin de leur conservation les rend habiles à la défense! Tant que le lion a été éloigné, tant qu'on a eu espoir d'éviter son attaque, ils se sont tenus au milieu de la foule compacte.

Mais, dès que la bête furieuse avance encore d'un élan, ils se groupent, se serrent et essayent de ne faire qu'un seul corps, une seule muraille, afin d'opposer une plus solide barrière à qui ne connaît point de barrière alors qu'il a résolu de vaincre. Quant à la foule ambulante, presque hébétée, qui est venue à la rencontre du lion comme pour lui dire qu'il ne manquerait pas de vivres, elle respire à son tour plus librement, et cependant se prépare à seconder contre ce terrible souverain les efforts de ses frères devenus chefs par privilége de danger.

On s'est observé de part et d'autre; on a bien mesuré ses forces; les fusils solidement appuyés sur l'épaule vont envoyer le plomb brûlant. Le lion est couché et occupe le moins d'espace possible : il se fait petit pour devenir colosse un instant plus tard. Il est immobile et silencieux avant qu'il devienne cataracte ou volcan.

Les balles ont sifflé, des poils fauves se jouent à l'air,

Les Arabes de l'Atlas combattent le lion à cheval et armés de fusils et de piques. (Page 26.)

le sang coule, la douleur est morte. Ce n'est pas assez, c'est trop peut-être pour lui, car la douleur du lion, c'est la dernière heure de celui qui l'a causée.

Il s'est redressé. Son épaisse chevelure se hérisse comme les flèches d'un porc-épic en présence du serpent, les poils de ses lèvres vibrantes ressemblent à des glaives qui se heurtent et se croisent; il ne donne pas le temps à son ennemi de recharger l'arme; il se baisse, s'élance comme une bombe et tue de la dent et des griffes. Ce n'est plus un combat, c'est une boucherie horrible! et pourtant c'est seulement alors que le quadrupède va succomber. Les dards aigus s'attachent à sa face, les casse-têtes se brisent sur son front royal; ses reins et ses jarrets nerveux sont épuisés sous la masse qui les accable... Il tombe, et les vainqueurs nagent dans une mare de sang.

Ne croyez pas toutefois que ces jours de désolation et de carnage se renouvellent souvent : ils sont rares, au contraire, même parmi les Cafres, aussi sauvages, aussi agiles, aussi indomptés que les Hottentots se montrent paresseux,

faibles et lâches. Non, ce n'est pas toujours ainsi que le lion est combattu au milieu de ces steppes effrayants, ou au sein de ces forêts silencieuses qui cerclent le nord de la colonie anglaise ; et de semblables événements ne se révèlent que lorsque le redoutable dominateur de ces contrées vient à l'improviste surprendre une bourgade. Quand c'est elle, au contraire, qui va au-devant de lui, elle a recours à la ruse, qui lui est si familière pour lutter contre les hommes, et le lion, qui n'a que l'instinct de sa puissance, est presque toujours victime de sa vanité royale. Dans une plaine labourée par les bonds du lion ou du tigre, les Cafres creusent des trous profonds qu'ils hérissent quelquefois de piques aiguës la pointe en l'air. Cela fait, ils les couvrent de branches d'arbres avec leurs feuilles, placent dessus un cadavre de bête fauve et regagnent leurs huttes. Dans sa voracité, le lion bondit contre sa proie, qu'il ne veut pas se donner la peine de réveiller, et qui tombe avec lui, car les branches ont cédé à la secousse. Brisé, blessé par les fers aigus qui ont pénétré ses chairs, il rugit d'une façon terrible, car il sent que sa force lui est désormais inutile. Les Cafres accourent alors, contemplent avec joie, autour de la fosse béante, leur ennemi vaincu, et attendent pour l'enchaîner que la faim lui ait ravi toute puissance.

Ce qui surtout doit étonner dans ces ardentes rencontres de l'homme et du lion, c'est l'admirable courage et la stoïque résignation du Cafre en présence de la bête féroce, lorsque seul il se trouve avec elle au sein du désert, lui toujours si brave et si téméraire dans les luttes sans fin qu'il a à soutenir contre les peuplades qui envahissent son royaume, et même contre les nombreuses troupes anglaises forcées souvent de venir opposer une puissante digue à ses rapines et à ses menaces. Si un Cafre isolé est traqué par un lion, il est rare qu'il songe à la défense par la fuite ou par les armes : il s'accroupit, il ferme les yeux et reçoit le coup mortel comme le ferait un Hottentot : il pense peut-être que sa soumission lui vaudra sa grâce; mais la générosité du lion n'est que dans les récits des hommes.

Sur le bord de la rivière de Zaïre, et même dans quelques parties de l'ouest de la Cafrerie, on combat le lion et le tigre d'une manière assez ingénieuse, mais qui parfois ne laisse pas que de présenter d'immenses périls. On noue fortement un buffle par les naseaux à un tronc vigoureux. Dès que les animaux domestiques annoncent par leurs cris et leurs trépignements l'approche de l'ennemi, des chasseurs agiles escaladent avec quelques vivres les arbres les plus élevés, s'y blottissent au milieu de l'épais feuillage, et attendent que le lion s'empare de la bête muselée. Des coups de fusil partent alors de chaque retraite, et il est rare que le lion ne trouve pas la mort au milieu de son festin. Si cependant les coups n'ont point porté, et si la poudre est usée, le lion attend là quelques jours que le chasseur descende de son gîte; vous comprenez dès lors que la bête féroce ne manque point d'aliments.

Les Arabes de l'Atlas, des monts de la Lune, du nord du Sahara, combattent le lion à cheval et armés de fusils et de piques. Dès que les hennissements et les mouvements fébriles de leurs coursiers les préviennent de la présence d'un lion au fond d'une caverne, ou couché au milieu des steppes, ils cerclent l'espace où repose leur ennemi, et ne s'éloignent cependant jamais assez les uns des autres pour qu'ils ne puissent se prêter secours en quelques minutes. Aussitôt que la bête féroce se réveille, se redresse et se voit menacée, elle calcule l'imminence du danger, et s'élance vers celui qui lui paraît le plus difficile à vaincre. On a remarqué, disent Boutin et Clapperton, tous deux victimes de leur zèle ardent pour la science; on a remarqué, assurent-ils, que si un seul cavalier arabe est dans la plaine, et que, non loin de là, un groupe d'hommes armés se présente pour l'attaque, c'est contre ceux-ci d'abord que le lion vient se ruer avec fureur. On croirait qu'il mesure ses forces à la grandeur du danger, et qu'il sait bien qu'après ce triomphe il viendra aisément à bout de ses autres adversaires. Au surplus, il est juste d'ajouter que ces rencontres sont souvent provoquées par les Arabes eux-mêmes, qui n'aiment pas à se réveiller la nuit sous leurs tentes aux rugissements du lion. On a observé encore que la bête féroce s'attaque d'abord au cheval, et qu'alors que le fer du cavalier fouille dans sa poitrine, le terrible dévastateur n'abandonne sa première proie qu'après qu'elle est étendue sans vie sur le sable.

Sont-ce là en effet les habitudes méditées du lion, et n'y aurait-il pas audace à les citer comme authentiques ?

Pour moi qui, ainsi que je vous l'ai dit, ai vu au cap de Bonne-Espérance M. Rouvière aux prises avec un de ces redoutables quadrupèdes, et qui ai assisté à cette scène terrible où deux cadavres, celui du Cafre et celui du lion restèrent seuls sur la place, je suis porté à croire que le lion ne se jette sur le cheval que parce que celui-ci s'offre une chair à dévorer, et que si l'Arabe était nu ainsi que le Cafre, c'est sur l'Arabe d'abord que le redoutable monarque du désert planterait ses griffes et ses dents. La cruauté a aussi son intelligence, et la bête vorace n'ignore point que ce n'est point sous une ruade de coursier tremblant qu'elle succombera.

Quand l'histoire des passions des hommes est si difficile à éclaircir, répondez avec certitude des mœurs et des habitudes des animaux sauvages que vous ne pouvez étudier que la lance au poing ou derrière les barreaux épais d'une cage de fer. Demandez donc à ce lion affamé s'il s'amuse à faire un choix dans ce camp arabe qu'il vient de surprendre au milieu de son sommeil, et si tout ce qui est à portée de ses ongles ou de sa mâchoire n'est pas impitoyablement broyé. Non, non, nul n'est privilégié dans le massacre d'un lion irrité; forts ou faibles, grands ou petits, jeunes ou vieux, hommes ou coursiers, saisis à la gorge, aux flancs, au poitrail, crient, tombent et meurent.

Le lion a passé par là, et le lion, c'est la foudre.

En Asie, et dans le Bengale surtout, la chasse au lion est chose autrement terrifiante qu'elle ne l'est en Afrique. Là-bas on oppose à ce maître puissant et redouté un ennemi docile, apprivoisé, brave, terrible.

Ce n'est plus maintenant à l'homme armé de ses dards dentelés et de grands pistolets que s'attaque le lion surpris au milieu de son sommeil ou traqué dans les immenses rizeries qu'il choisit d'ordinaire pour sa moelleuse retraite. C'est à l'éléphant, au colosse qui a sa trompe pour lancer à l'air, et ses redoutables défenses pour éventrer ; c'est à l'éléphant, qui ne demande pas mieux que de combattre alors qu'on aiguillonne son amour-propre, et qui se fait un plaisir d'obéir au cornac dont la voix seule anime son courage. Certes, les ongles du lion sont aigus et rudes, certes, ses dents sont fortes et acérées, sa mâchoire étreignante comme un étau, et ses mouvements rapides et élastiques comme le jeu d'une fusée; mais il se lasse aussi à la peine, il s'épuise en stériles tentatives, en efforts infructueux ; il rugit, il bave une écume verdâtre; chacun de ses regards est un éclair, chacun de ses rugissements un roulement de tonnerre. Il creuse profondément le sol, il se crispe, il se tord contre la masse énorme qu'il ne peut ébranler, et sur laquelle il se rue sans relâche. Mais, terrible dans son calme, l'éléphant est là presque immobile ou ne piétinant que sur place, tournant et pivotant pour éviter les ruses de son agile adversaire, soufflant à l'air de bruyantes aspirations pareilles au sifflement d'une pompe à vapeur, et pesant de toute sa force sur le sol affaissé, dans l'espoir d'étouffer son ennemi sous ses pieds de géant. C'est qu'alors, voyez-vous, ils sont en présence l'un de l'autre, les deux vrais rois du monde, les deux monarques des déserts. L'attente des combattants est chaude; dans la chute de celui-ci il y aura plus de honte et de rage que de regrets et de remords; dans le triomphe de celui-là, il y aura plus d'orgueil que de gloire. Ils le savent, et voilà pourquoi ils ne se quitteront plus désormais qu'il n'y ait un cadavre à terre proclamant une omnipotence debout. Et pendant que la lutte du lion et de l'éléphant est si vivement engagée, pendant que des flancs ouverts des terribles jouteurs s'échappent des flots de sang noir et épais, les chasseurs indiens, solidement assis sur le plus colossal et le plus docile des quadrupèdes, viennent en aide à leur ami, et jouent vigoureusement du poignard chaque fois que le lion se trouve à leur portée.

Souvent même quelques hommes à pied, bardés d'acier sur les cuisses et sur la poitrine, s'approchent du lion furieux, l'attaquent face à face de leurs tridents, de leurs glaives et de leurs pistolets, et disputent à l'éléphant la gloire de l'abattre.

A la bonne heure, des jeux façonnés de la sorte! A la bonne heure, des délassements ardents et variés qui occupent la vie, parce que la vie y occupe elle-même le principal rôle! Là est le drame des voyageurs, là est la plus douce récompense des explorateurs européens qui savent qu'ils n'ont quitté leur pays que pour assister à des scènes moins mesquines que celles qui les assiègent dans leur existence de quiétude et de monotonie. Ah ! c'est que l'Indoustan est autrement taillé que nos contrées naines, où les arbres se dressent honteux comme de faibles arbustes, où nos rivières sont des rigoles sans colère, où nos plus hautes montagnes semblent doucement posées sur le sol. Qu'est-ce que le mont Blanc! Me voici à côté du Dawalakery. Dieu a mis de l'harmonie dans le monde, et le lion, le rhinocéros, le tigre et l'éléphant devaient peupler les profondes vallées et les flancs ténébreux de l'Hymalaya.

CHASSE AU CROCODILE

NOTICE

Il y a des mots et des noms qu'on n'écrit qu'avec répugnance et dégoût. Les lettres des substantifs crapaud, serpent, hippopotame, crocodile, me font mal à tracer : il me semble y voir quelque chose de gluant et de gélatineux qui m'irrite et me donne des nausées. Mon domestique Hugues, dont je vous ai parlé dans mes voyages, me dit un jour, dans sa naïveté de brute : « Ah ! monsieur Arago, je ne me consolerais jamais d'être avalé par un caïman. » Dieu sait pourtant si le crocodile eût voulu de lui !

Ce monstrueux et redoutable amphibie a le corps revêtu de plaques écailleuses carrelées, disposées sur des bandes transversales. Plusieurs carènes longitudinales sur le dos augmentent en hauteur vers la queue, qui est comprimée, et où elles forment d'abord une double crête dentelée, et, plus loin, une seule jusqu'à son extrémité. La tête est aplatie, la gueule défendue par des dents crochues, nombreuses et serrées, et la langue très-courte est attachée presque entièrement à la mâchoire inférieure. Il chemine et nage à l'aide de quatre pieds trapus dont les antérieurs ont cinq doigts et les postérieurs quatre, palmés ou à demi palmés, les trois doigts inférieurs de chaque pied sont seuls pourvus d'ongles.

Les crocodiles sont, comme vous le voyez, bien plus favorisés que les autres sauriens, et l'emportent sur eux par la grandeur de leur taille et par l'étendue de leur puissance. Ils sont aussi mieux protégés qu'eux par les plaques écailleuses qui recouvrent presque toutes les parties de leur corps. Leur peau, surtout celle du dos, est en quelque sorte garantie par de petits boucliers que les balles de fusil peuvent à peine percer ; leur tête, large et mince sur le crâne, est revêtue d'une plaque osseuse recouverte par la peau ; elle présente en avant de sa face un museau plus ou moins prolongé et dépourvu de gencives, de sorte qu'on aperçoit au dehors de fortes mâchoires armées de dents très-acérées, et qui, s'ouvrant jusqu'au delà des oreilles, font voir un gosier pareil à une fournaise. L'extrémité de la mâchoire supérieure présente en dessus une masse spongieuse, noirâtre, au milieu de laquelle sont placées les ouvertures des narines. La mâchoire inférieure est la seule mobile, et les dents pointues qui sont vers son extrémité dépassent les bords de la mâchoire supérieure dans les crocodiles qui habitent l'ancien continent, tandis que toutes les dents des mâchoires sont engrenées entre elles dans les caïmans des Amériques, comme Cuvier l'a prouvé dans un mémoire rempli de recherches également savantes et instructives. Il paraît, d'après la forme même de ses dents, et d'après le mouvement de haut en bas des mâchoires, que ces grands reptiles ne peuvent au plus que déchirer et briser leur proie, mais qu'il leur est fort difficile de la triturer et de la mâcher. Ils sont donc semblables en cela aux autres sauriens et aux animaux compris dans les deux derniers ordres de reptiles, puisqu'ils se voient contraints d'avaler et, pour ainsi dire, d'engloutir en entier leur proie dans leurs vastes intestins. Plusieurs autres naturalistes ont prétendu, mais à tort, que les crocodiles n'ont pas de langue. Il est, au contraire, reconnu maintenant qu'ils ont tous une langue courte, charnue et assez épaisse, attachée presque entièrement en dedans de leur mâchoire inférieure, à peu près comme les bactriens, de sorte qu'ils ne peuvent opérer avec elle qu'une déglutition peu sensible.

A quoi bon, je vous le demande, des crocodiles, des crapauds, des serpents sur cette terre ? Il n'est donné à personne de pénétrer tous les mystères de la création.

CHASSE

Le voilà dressant son rostre squameux au niveau des roseaux élevés et des joncs élastiques du bord. Sybarite amphibie, il jouit à la fois du calme de l'air et de la fraîcheur des eaux ; il se baigne dans les deux éléments. Il a ses joies et ses espérances doubles, il trouve partout un sûr aliment à sa voracité, et il paraît que sa digestion est prompte, car aux victimes qu'il vient de saisir succède promptement une nouvelle proie.

Il y a frayeur sur le rivage lorsque l'estomac du terrible crocodile a trop longtemps fait diète ; et l'on a remarqué que tous les êtres rampants ont encore plus de ruse que de force et de courage pour s'épargner une vie de privations et de souffrance.

Le fleuve est rapide au milieu, son lit est profond, ses habitants agiles, rares aussi, car le courant est un obstacle difficile à vaincre ; et toutes frétillantes que soient certaines nageoires, elles ne se plaisent point à une lutte perpétuelle. Aussi n'est-ce pas au milieu d'un fleuve que vous trouvez ordinairement l'alligator, et ce n'est guère que lorsqu'il le traverse pour aller chercher sur l'autre rive une proie confiante, que les barques voyageuses vont se heurter contre le dos du crocodile qui, glissant sous la lame, ressemble à une roche verdâtre.

Quelques-uns de ces audacieux amphibies, après à une curée qu'ils croient aisée, vont se soulever par un bond rapide, s'accrocher de leurs pattes de devant à l'embarcation menacée, et allonger le museau pour saisir une victime. Mais l'expérience a appris aux marins qu'il leur fallait des haches dans cette navigation si pittoresque, et l'imprudent cynégyre des eaux replonge bien vite dans le fleuve, laissant après lui une large traînée de sang, car ses deux pattes coupées sont restées dans le canot, dont le sillage n'a été qu'un seul instant suspendu.

Si pourtant, craintif devant une attaque, il regagne paisiblement le bord, vous le voyez l'œil ouvert, la gueule haletante, silencieux, immobile, blotti au milieu des joncs serrés, tourner la tête à droite, à gauche, guetter le quadrupède ou l'homme sur qui il va se jeter.

S'il l'atteint, ce n'est pas là que la rixe aura lieu, c'est dans le fleuve. Nul être vivant ne peut lutter avec lui au fond des eaux, et il vient y jouir de son bonheur dans toute sa plénitude.

L'alligator n'aime point les combats et les longues querelles. Il n'a de patience que pour l'attente, il n'a de résolution que pour se chercher un refuge contre le péril. Cet amphibie glouton a beau être repu, tout ennemi surpris dans le sommeil devient sa proie, et ce n'est que lorsqu'il se voit attaqué qu'il retrouve des forces pour la défense. Mais alors ses évolutions sont rapides, ardentes, saccadées ; et, quoiqu'il n'ait ni la souplesse ni l'élasticité du lézard, d'un seul coup de queue, aidé du mouvement de ses pattes s'imprégnant dans le sol, il fait volte-face et s'élance avec la vélocité de l'éclair sur l'agresseur qui le harcelait par derrière.

Pour combattre sur un plus favorable champ de bataille le vorace amphibie, que fait le sauvage habitant des bords des fleuves, souvent troublé dans son repos? Il a saisi un quadrupède inoffensif, lui a lié les pieds et l'a fortement attaché par la queue à une longue corde dont il tient un des bouts. Ces préparatifs achevés, il place avant le jour son innocente victime tout près des roseaux fréquentés par le caïman. Dès que celui-ci, aux premiers et chauds rayons du soleil, savoure les douces émanations de la brise, il jette un œil curieux et investigateur sur tout ce qui l'entoure, il cherche avec avidité sa pâture imprudente, aperçoit le quadrupède captif, et se traîne sourdement et obliquement vers lui. Le chasseur alors, à l'affût derrière un arbuste ou un rocher, pèse légèrement sur la corde tendue et à demi cachée sous l'herbe; il attire loin du fleuve, sur un terrain sec, le crocodile guetteur. Dès que cette manœuvre est exécutée, dès que le hideux amphibie, trompé dans son attente, peut être attaqué avec succès, puisqu'il ne sait aisément se mouvoir que dans les eaux et les endroits marécageux, d'autres chasseurs, placés en embuscade sur le chemin qu'il doit parcourir pour gagner son asile naturel, l'entourent, le cernent en poussant de grands cris, l'assaillent de coups de piques, cherchent à l'atteindre au défaut de l'épaule, laissent le fer dans la plaie, et lui présentent à la gueule une sorte de masse d'armes formée de pointes aiguës : le monstre presse et mord, et ses deux mâchoires sont horriblement déchirées.

Vous comprenez qu'avec un adversaire aussi redoutable que le caïman, dont la force est prodigieuse, il y a quelquefois un grand nombre de victimes, et que tous les combattants ne rentrent pas dans leurs cabanes. Mais alors la lutte est chaude et vive, je vous le jure, car les Indiens, à l'aspect d'un de leurs camarades en péril, ne l'abandonnent pas sans secours au triple rang de dents du monstrueux amphibie.

Voyez quelle ardeur et quelle audace de la part des assaillants! Voyez quelles merveilleuses évolutions de la part de leur adversaire! Tous les dards frappent à la fois; vingt masses tombent comme un roulement, vingt pointes aiguës sont dirigées contre ses yeux, les fers glissent sur les dures écailles, un léger mouvement du monstre rend inutile l'adresse des pointeurs qui cherchent à lui crever les prunelles; ce sont des cris de rage d'une part, ce sont des soufflements saccadés de l'autre; ici c'est l'espérance du triomphe, là c'est la crainte de la défaite; et, quand le sang du crocodile aux abois commence à couler, quand il comprend que ses forces s'épuisent à une lutte inégale et que la barrière de fer qu'on oppose à sa retraite est infranchissable, il se résout à la mort; mais il veut une victime, et il l'aura. Les masses de fer ou de bois tombent toujours, les pointes aiguës pénètrent, la terre sanglante est profondément déchirée; les dents tranchantes du caïman se sont usées à mordre des objets durs comme elles, la gueule est rouge, il s'arrête palpitant, il ne bouge plus, il ferme les yeux. Les vainqueurs satisfaits s'approchent alors pour mesurer la longueur du cadavre et assister aux dernières fureurs de l'agonie. Tout à coup le cadavre se redresse et s'élance, il saisit par la jambe un des chasseurs, qui crie et tombe, la gueule du monstre s'ouvre de nouveau, et va saisir et broyer le cou de son ennemi. En vain les efforts des Indiens essayent-ils de disputer la victime au caïman; car ils ont vain-ils retrouvé toute leur énergie pour la vengeance, il y aura deux corps inanimés, mutilés et déchirés sur le sol. C'était ce que voulait le crocodile avant de mourir. Et cependant, vous le savez comme moi, les animaux voraces des Amériques sont infiniment moins cruels et moins vigoureux que ceux des Indes ou de l'Afrique. Leur taille est moindre aussi, et la guerre que leur déclarent les peuplades sauvages est également moins chaude et moins meurtrière que celle qu'on leur fait à Angole, à Gambie, chez les Cafres, aux Moluques et dans tout l'Indoustan.

Les nègres du Sénégal, qui estiment fort la chair du crocodile, provoquent ce redoutable amphibie pendant son sommeil. Pour cela, ils vont à sa recherche dans des maré-

cages presque desséchés et dans lesquels le crocodile peut à peine nager. Ils s'avancent alors bravement vers lui, le bras gauche enveloppé dans un cuir épais; ils l'attaquent à coups de lance ou de sagaie, essayent de lui crever les yeux; puis ils lui ouvrent la gueule qu'ils tiennent plongée sous les flots, placent entre ses mâchoires un fer aigu qui les empêche de se refermer, et le crocodile, suffoqué par le manque d'air et l'eau qu'il avale en abondance, meurt après une douloureuse agonie.

Les Égyptiens ont recours à une autre ruse : ils creusent d'abord une large et très-profonde rigole qu'ils couvrent de feuillage et de sable. Ensuite ils effrayent le crocodile par leurs cris et le poursuivent de telle sorte qu'il soit dans l'inévitable nécessité de passer sur le piège qu'ils lui ont tendu. L'animal tombe, et alors il est assommé ou fait prisonnier dans de solides filets.

Les sauvages de la Floride ont une nouvelle manière de lutter avec plus d'avantage contre ce terrible amphibie qui vient aux jours de disette assiéger les habitations isolées. Ils vont par troupe à sa rencontre, portant un tronc qu'ils ont auparavant taillé en pointe; des naturels lui enfoncent rapidement l'arbre dans la gueule béante, tandis que d'autres se précipitent sur leur adversaire et le frappent au défaut des écailles. Vingt historiens dignes de foi racontent ce fait, et cependant je ne crois guère à sa véracité.

Si maintenant nous descendons les larges fleuves américains et nous nous laissons entraîner par ces grandes routes qui marchent, et si, traversant l'Atlantique, une brise d'ouest nous pousse vers le cap de Bonne-Espérance, dès que nous l'avons doublé, nous remontons vers le nord-est et nous voyons poindre à l'horizon une terre rouge, sauvage, marâtre : c'est Madagascar, Madagascar si fatale aux Français qui cherchent en vain depuis si longtemps à y planter leur pavillon dominateur et à la civiliser par le commerce et l'industrie. Que l'Européen s'éloigne sans regret de ce sol ingrat et destructeur; les populations y meurent plus vite encore que sous la zone torride du Sénégal !

Là, dans le sud de cette île immense, découpée du continent africain par quelque colère océanique, signalée encore aux navigateurs par les formidables ouragans qui s'engouffrent dans le canal de Mozambique, vous voyez Farafangane, rivière calme et profonde, et des centaines de crocodiles, inoffensifs tant qu'ils trouvent des vivres au milieu de leurs épais roseaux, sortir le matin de leur retraite silencieuse et s'assoupir pendant une grande partie de la journée sur la plage déserte.

Vous savez que ce sont là des hôtes et des voisins dangereux; vous savez s'ils aiment à faire leur repas de chair humaine : eh bien, à moins qu'un capitaine de navire ou un naturaliste étranger ne veuille acheter à prix d'or ou d'étoffes la dépouille de ces monstres à l'insouciant Madécasse, celui-ci, couché dans sa hutte, les laisse dans leur repos, qu'il semble craindre de troubler.

La superstition de ces peuples indomptés jusqu'à ce jour, ennemis de toute civilisation, entre pour beaucoup dans les motifs de leur triste apathie. Le crocodile est chez lui en certaines occasions l'auxiliaire obligé de la justice des hommes, et il serait plus exact de dire que c'est à lui seul qu'est réservé le droit d'absoudre ou de punir.

Quand une femme est accusée d'un crime, ou que ses juges naturels ne sont pas bien convaincus de sa culpabilité, la Madécasse est condamnée à subir une épreuve que le caprice du crocodile rend décisive.

Il y a au milieu du fleuve, à quelques lieues de son embouchure, une île de joncs serrés et droits où vous voyez s'épanouir à l'air une innombrable quantité de ces monstrueux alligators; c'est vous dire aussi que les eaux du fleuve en sont infestées. La femme que les lois du pays n'ont pas osé frapper est forcée, pour prouver son innocence, de traverser le fleuve à la nage, de s'asseoir devant la population attentive à côté de la première barrière de joncs dressés sur l'île, et de ne regagner le rivage que deux heures plus tard. Si l'alligator respecte la voyageuse, elle est conduite en triomphe à la bourgade, et nul indigène, depuis ce moment, n'oserait lui reprocher un crime dont les crocodiles l'ont déclarée non coupable.

Vous conviendrez que c'est prendre pour arbitres de singulières intelligences.

— Mais voulez-vous une lutte plus curieuse et plus terrible que celle qui a lieu aux bords des fleuves américains? Voulez-vous voir aux prises un de ces redoutables amphibies de trente à trente-six pieds de long contre un seul homme qui ose l'attirer à lui, l'attendre et le vaincre? Venez.

J'ai dit comment les naturels de Timor, sur la plage de Boni, s'emparaient par la ruse et l'audace des crocodiles qui infestent la rade de Coupang. Eh bien, à Solor, à Savu, à Kéra, îles sauvages, sol brûlant, rouge et foncé, abrité pourtant par les immenses parasols d'une verdure éternelle, une rencontre entre les farouches Malais et le terrible crocodile qui veut s'y reposer le jour sur le sable du rivage sera un drame plein d'intérêt et de curiosité.

— Ce ne sont ni les habitants de Coupang ni ceux plus intrépides encore de Dielhy que je vais vous montrer à l'œuvre : les uns et les autres façonnés à toute sorte de périls viennent à bout du crocodile à l'aide d'un moyen qui, s'il expose la vie d'un homme, permet au moins à ses compagnons armés de venir à son secours quand le monstre est près de remporter la victoire. Dans les deux établissements dont je vous ai déjà parlé, les chasseurs, qui ont vendu d'avance à quelque capitaine européen une carapace d'alligator, s'emparent de l'amphibie vivant en l'entraînant loin des flots dans un lieu sec et ouvert. Là, tandis qu'un seul homme l'occupe en imitant un cri plaintif d'enfant, d'autres Malais, armés de crihs et de flèches empoisonnées, entourent le monstre après que le plus audacieux des chasseurs lui a sauté sur le dos et passé dans la gueule ouverte un rude bâton noueux qui lui sert de frein et que deux mains vigoureuses placées aux deux extrémités n'abandonnent jamais. Lorsque l'alligator a reçu assez de blessures dans la gueule béante, sur les flancs et au défaut de la cuirasse, le cavalier saisit un moment de repos, désenfourche l'amphibie et s'échappe. Libre alors, le crocodile retourne dans son empire, et peu de temps après il nage sur les flots, dévoré par le poison du Bohon-hupas que les flèches aiguës et les lames ondoyantes viennent de déposer dans ses entrailles.

Certes, cela est beau et curieux à voir; certes il faut des courages de Malais, des crihs de Malais pour mener à bout de si audacieuses entreprises.

Mais les guerriers de Solor ont encore un degré de plus d'énergie et de témérité que ceux de Dielhy et de Coupang. Là on dirait qu'ils ne se servent point du glaive pour se défendre, mais seulement pour attaquer; et la cruauté est peut-être une vertu chez ces peuples farouches. Ombay l'anthropophage est à très-peu de distance de Solor. Ici, dès que l'alligator devient importun et trouble le sommeil de l'indigène étendu dans sa case bâtie sur pilotis, le naturel se dresse irrité, arme sa main droite du redoutable crihs, prend par le milieu et dans sa gauche un instrument en fer pareil à un pilon raccourci et terminé aux deux bouts par des pointes dentelées. Dès que les deux adversaires sont en présence, l'amphibie, étonné qu'un seul homme ose l'attendre, agite fébrilement sa queue aux frémissants anneaux. Le Malais, indigné aussi qu'on veuille se défendre contre lui, pose un genou en terre, plongeant son ardent regard dans le regard glauque du crocodile : et les voilà tous les deux à petits pas comme deux tigresses qui s'observent, prêtes à se déchirer de leurs dents et de leurs ongles, se rapprochant insensiblement, rampant l'un vers l'autre; et dès qu'ils sont assez près pour sentir la chaleur de leurs corps en haleine, le naturel de Solor présente audacieusement sa main gauche à la gueule du monstre : elle s'ouvre, elle se dilate : le poing armé y pénètre, les mâchoires se referment avec fureur, et quand les deux dards ont pénétré dessus et dessous, nul effort du monstre ne peut les arracher de la plaie. Le crihs fait alors son

office : il fouille dans les épaules de l'ennemi à demi vaincu et va déposer dans ses chairs le venin destructeur.

Vous comprenez le danger de ces merveilleuses attaques, car il n'est pas toujours bien certain que le crocodile morde à l'instrument qui lui est présenté. Oh! alors c'est un combat bien plus rude, bien plus ardu; la lutte s'engage terrible entre les deux jouteurs, et, tout brave qu'il est, le naturel de Solor est presque toujours forcé de succomber.

Devons-nous ajouter foi aux récits de quelques téméraires voyageurs qui osent assurer que si plusieurs hommes et une seule femme se baignent ensemble dans les flots, la femme d'abord est victime de la voracité du crocodile? Ce sont là de ces observations qu'il est aussi difficile de constater que de combattre : ce sont là de ces faits douteux que propagent sans doute de vieilles traditions ou peut-être même l'antique religion de ces peuples. Mais M. Thilmann, secrétaire du gouverneur de Coupang, qui habite la colonie depuis un grand nombre d'années et auprès de qui j'ai voulu prendre ce curieux renseignement, n'a pu attester ni détruire l'assertion de quelques explorateurs. Au surplus, la galanterie du crocodile est bien capable de donner gain de cause aux historiens qui ont pris la peine d'étudier sa vie d'embûches et de meurtres.

Hommes ou femmes, ne vous baignez jamais dans la rade de Coupang; si le vorace crocodile fait un choix, c'est seulement pour saisir la proie la plus facile et la plus volumineuse.

Savu est tout près de Solor, Savu la riche, la parfumée, la diaprée, baignant ses pieds rocheux dans les eaux diaphanes de Kéra aux ombrages délicieux où pourtant se promène en souverain le monstrueux boa. Savu est tributaire de Timor au gouverneur duquel il envoie des guerriers, dès que quelque rajah insoumis lève contre la domination européenne une tête audacieuse.

A Savu, le crocodile vient se reposer le matin et le soir de ses lointains pèlerinages dans les rades et les criques éparses au milieu de ce riche archipel. Eh bien, le sauvage indigène de Savu, plus téméraire encore que celui de Solor, de Coupang et de Dielhy, dédaigne d'attendre le crocodile sur la grève dans les allées de cocotiers qui ombragent les habitations. Il va, lui, armé d'un poignard empoisonné, le chercher au sein de son empire, il s'en approche à la nage, il suit ses rapides mouvements sous les eaux, et quand les deux corps se touchent, le naturel de Savu plonge, remonte presque en même temps, enfonce le dard aigu dans le ventre de l'amphibie, le retire, l'y replonge encore et ne songe à la retraite que lorsque les flots de sang rougissant les eaux annoncent que les derniers soupirs de l'amphibie rendent inutiles de plus grands efforts de courage. Savu est une des plus petites îles de cet archipel malais que je vous ai fait connaître; Savu en est sans contredit la plus remarquable par l'audace de ses farouches habitants.

Dans ses luttes terribles au milieu des eaux, il arrive quelquefois que l'intrépide combattant, vaincu par l'agilité de son adversaire, plonge sans pouvoir rencontrer en remontant à la surface le ventre qu'il voulait percer. Alors le crocodile aux aguets se précipite à son tour vers son ennemi pris au dépourvu, le saisit dans son immense gueule par le corps ou par l'un de ses membres, l'entraîne au fond de l'abîme, et, dès qu'il l'a noyé, reprend avec sa proie la route du rivage où il va la dévorer sous l'épais feuillage d'un bananier au pied duquel il laisse de hideux débris signalant une victime du redoutable alligator.

Dans une promenade que je fis un jour à Savu, je trouvai sous un magnifique rima des ossements humains horriblement mutilés et des lambeaux de chair en putréfaction. C'est qu'un crocodile était venu là quelques jours auparavant compléter son déjeuner aux rayons d'un soleil généreux. Chaque race a ses joies et ses fêtes.

CHASSE A L'ÉLÉPHANT

NOTICE

L'éléphant réunit à lui seul la prudence et l'industrie du castor, l'intelligence et l'adresse du singe, la reconnaissance et la fidélité du chien. Sa mémoire est prodigieuse, et mille exemples viendraient à l'appui de cette assertion si le moindre doute pouvait s'élever à cet égard. Il affectionne beaucoup les enfants et les femmes, dont il se plaît à écouter la douce voix. Il ne provoque presque jamais les hommes ou les animaux, mais en reçoit-il un outrage ou une blessure, il va bravement à eux et sait en tirer une vengeance éclatante.

Sa coquetterie est extrême, et il ne marche jamais plus fier et plus superbe que lorsqu'il est richement caparaçonné.

L'Afrique est le lieu de la terre où ces colosses se montrent en plus grand nombre. La durée de leur vie n'a pu être encore bien nettement précisée; cependant on s'accorde à dire qu'ils vivent deux siècles. Onésime assure même que leur existence peut aller jusqu'à cinq cents ans, et Philostrate rapporte que l'éléphant Ajax, qui combattit pour Porus contre Alexandre, vivait encore quatre cents ans après la célèbre victoire du fils de Philippe.

La couleur ordinaire de ces gigantesques animaux est d'un gris cendré ou noirâtre. Quelques voyageurs prétendent en avoir rencontré de blancs, mais la vérité de cette assertion n'est pas positivement démontrée, et, quant aux éléphants rouges que plusieurs explorateurs ont cru rencontrer chez les Hottentots et les Cafres, nous sommes certain qu'ils n'empruntaient leur couleur qu'au sol sanguin sur lequel ils avaient coutume de se rouler.

La taille des éléphants varie selon les zones qu'ils habitent. Ceux des Indes ont jusqu'à quatorze ou quinze pieds de hauteur; ceux du Sénégal dix ou onze seulement. Le corps de ce colosse est lourd et sans souplesse; son cou, très-court, est la principale cause de la roideur de ses mouvements, et bien que ses jambes de devant semblent être plus longues que celles de derrière, celles-ci en réalité le sont davantage. Son pied, excessivement petit, est partagé en cinq doigts non apparents, et la plante est revêtue d'une espèce de corne qui la protége complétement. Ses oreilles sont très-grandes et assez mobiles pour chasser les mouches qui viennent effrontément se poser sur ses paupières. Ses yeux sont petits et pleins d'expression; son odorat exquis se plaît beaucoup à respirer les fleurs et les parfums; son ouïe, fort délicate, est peut-être un des motifs qui le passionnent pour la musique, et l'on a vu des éléphants battre la mesure et marquer spontanément les différents temps à la première audition d'une symphonie instrumentée.

Sa trompe, que les naturalistes ont avec assez de raison appelée sa main, lui en sert en effet, et le petit rebord qui la termine fait l'office d'un doigt dans les exercices qui demandent la plus minutieuse dextérité.

Le terme moyen de sa force est celle de six chevaux; l'éléphant de l'Inde charrie sans peine trois et quatre milliers pesant; celui d'Afrique enlève facilement avec sa trompe deux cents livres qu'il place lui-même sur ses épaules, et peut porter plus d'un millier sur ses défenses.

Pour entretenir la vigueur de l'éléphant, il faut lui donner au moins cent livres de riz par jour. Dans les forêts, il se nourrit de racines, d'herbes, de feuillage et de bois tendre; ce fourrage est évalué à cent cinquante livres. L'éléphant aime beaucoup le vin et les liqueurs fortes.

Au pas ordinaire, il suivrait un cheval au petit trot; irrité, il l'atteindrait aisément au galop. Quarante lieues sont à peu près le chemin qu'il peut faire dans une journée sans être obligé pour cela de renoncer au même trajet le lendemain. Il est excellent nageur, et l'on n'est pas peu surpris de voir souvent entre deux eaux, la trompe seulement à l'air, un de ces immenses quadrupèdes, chargé même quelquefois de lourds fardeaux, traverser avec rapidité des rivières et des fleuves.

L'éléphant, quoique naturellement timide, est cependant peu craintif. Les feux artificiels le jettent dans une grande épouvante.

Sa pudeur est extrême; jamais il ne se livre à ses ébats amoureux que dans les retraites les plus isolées et dans les forêts les plus solitaires. S'il se voit surpris alors par des chasseurs, il s'abandonne à d'ardents accès de colère et se met à la poursuite des indiscrets qui payent souvent fort cher leur imprudente curiosité. La femelle porte deux ans pendant lesquels le mâle lui reste fidèle. Elle ne donne qu'un seul petit à la fois, lequel, à sa naissance, a des dents et est de la grosseur d'un sanglier. A six mois, il est plus grand qu'un taureau. — En état de domesticité, il n'y a pas d'exemple qu'un couple ait jamais produit.

Tout esclave, en effet, doit manquer de force et de virilité.

CHASSE

La civilisation est le plus implacable des dévorateurs. Dès qu'elle fait une trouée dans un pays, tout s'y modifie; dès qu'elle s'y établit, tout est changé, bouleversé, les hommes, les quadrupèdes, les fleuves, les montagnes et quelquefois même le climat. C'est que pour construire il faut creuser dans les abîmes, et que le besoin de possession est un aiguillon qui pénètre dans les flancs et qui n'en sort qu'avec la vie.

Nul de nous n'aime à jouir d'un bien commun à tous, car il y a de l'égoïsme dans la félicité, et l'on n'est réellement heureux dans le monde physique et moral qu'alors qu'on peut l'être sans le secours de personne. La stérilité et le désert sont les seuls ennemis que l'avide explorateur ne cherche pas à soumettre, et c'est pour cela peut-être qu'on a raison de dire qu'il y a beaucoup de paresse et de vanité dans le progrès. Quand Vasco de Gama doubla pour la première fois le cap des Tempêtes, il vit le sol âpre, rude, sombre, déchiré, et le flot, poussé par la brise de l'ouest, se ruer avec un fracas horrible sur les galets roulés de la grève envahie.

Les siècles marchèrent, de larges môles de granit opposèrent leurs flancs robustes aux colères océaniques, une ville surgit, et Table-Bay devint le principal point de relâche des navires voyageurs qui, sur la trace des Portugais, allaient interroger les richesses et les curiosités des Indes orientales.

Cependant des peuplades farouches chassées du rivage essayèrent de le reconquérir : elles ne répondirent, hélas ! aux fusils et au bronze européen qu'avec des flèches et des casse-têtes; elles furent vaincues, refoulées, et l'on comprit seulement alors tout le parti qu'on pourrait tirer d'une immense et riche végétation inconnue à nos climats. Ici se dressèrent de nouvelles difficultés. On avait dompté le Cafre, le Hottentot, il fallut songer à soumettre les rigueurs du sol et la férocité des quadrupèdes qui peuplent ces steppes et ces forêts éternelles.

Mille courses aventureuses furent tentées. L'amour du gain d'abord, et, plus tard, la curiosité vainquirent les premiers obstacles. On avançait pas à pas, on défrichait et l'on traçait des routes avec une grande prudence ; car le tigre et le lion laissaient autour des voyageurs des traces de leur récent passage. Le feu vint en aide au glaive et au bronze, des forêts immenses disparurent sous la **flamme, et leurs** cendres fécondèrent le sol.

Cependant les populations sauvages de **l'intérieur** cherchaient à effrayer les nouveaux venus **par le récit des dangers** auxquels ils allaient s'exposer **en se trouvant** face à face avec les bêtes féroces de ces **contrées** ; et, comme dans toutes les tentatives hasardeuses, les *courageux explorateurs* ne crurent à **la réalité** du péril qu'alors qu'il vint s'offrir à leurs regards. Il **y** eut un grand nombre de victimes de part et d'autre ; vainqueurs et vaincus, colons et bêtes féroces, se tinrent sur la réserve. **Les** Européens se bâtirent de **solides retraites,** s'entourèrent de nombreux serviteurs ; la destruction commença dans les rangs des premiers hôtes de cette terre régénérée.

Que sont devenues, depuis la possession du Cap, ces meutes écumeuses de bêtes féroces dont on trouve à peine aujourd'hui quelques individus dans l'intérieur des terres africaines ? Où sont ces terribles lions qui venaient par bandes mêler leurs rugissements à ceux des vagues irritées ? Dans quelle retraite assez profonde se cachent les monstrueux rhinocéros qui, dans leurs courses bruyantes, renversent d'un coup d'épaule les arbres les plus robustes ; ces troupeaux immenses d'éléphants voyageurs qui venaient, il y a peu d'années encore, faire de tranquilles promenades jusque dans les villages des Cafres et des Hottentots, qui les recevaient comme des amis ?

Levaillant vous le dit, et Levaillant est moins menteur qu'on ne s'est plu à le propager. Il a vu, lui, dans ses courses au nord de la colonie du Cap, des centaines d'éléphants ne se révoltant qu'alors qu'ils se voyaient attaqués ou qu'ils se sentaient blessés ; et encore fallait-il que la douleur du monstrueux quadrupède fût bien grande ou que toute retraite lui devînt impossible pour qu'il se décidât à accepter la lutte proposée. Aujourd'hui les éléphants sont presque aussi rares que les lions et les tigres ; et les explorateurs traversent souvent de vastes solitudes sans entendre un rugissement sourd et un seul cri de bête féroce.

L'effroi, l'impérieux besoin de sa conservation personnelle, ont-ils changé la nature primitive de l'éléphant, et devons-nous à la guerre permanente qu'on lui a faite cette turbulence, ce besoin d'envahissement et de destruction qui le possède aujourd'hui ? Cela peut être, cela est rationnel, et les peuplades sauvages au milieu desquelles vient se jeter à l'improviste ce formidable quadrupède le redoutent presque autant que le lion et le tigre. La masse est énorme, le cuir dur à percer, les balles des plus gros fusils sont mesquines contre une vie si puissante ; et, dès que la douleur s'est fait sentir, gare aux cabanes des sauvages contre lesquelles l'éléphant blessé va se ruer dans sa furie ! Il ne cherche pas d'abord à tuer, mais à détruire, à abattre, à bouleverser ; il piétine sur le toit des maisons et sur les cadavres des hommes ; il arrache de sa trompe vigoureuse les plus solides barrières ; il perce de ses énormes défenses les cloisons les plus épaisses ; vous voyez voltiger dans l'air des cadavres de Hottentots, de Cafres et d'animaux domestiques ; c'est une avalanche de débris qui retombe sur le sol pour monter un instant après jusqu'à la hauteur des arbres les plus élevés ; car, lorsqu'il manque un aliment à la colère de l'éléphant dont le sang a rougi le sol, il le cherche dans les massifs en ruines qu'il avait déjà abandonnés. Une peuplade entière est sans asile par cela seul qu'une balle aura frappé un éléphant sans l'abattre.

Et cependant Levaillant et quelques autres voyageurs n'ont pas craint de publier dans leurs amusantes relations que des éléphants blessés par eux passaient souvent à leurs côtés sans leur faire le moindre mal et sans chercher à se venger.

Toutes les races s'abâtardissent, disent les philosophes. Est-ce donc s'abâtardir que de gagner en cruauté ?

Dès que sur le terrain sont empreintes de fraîches traces de pieds d'éléphant, toute une bourgade est en émoi et se prépare au combat : ceux-ci sont armés de fusils chargés de balles de plomb où l'on a mélangé un peu d'étain ; ceux-là portent en main de durs casse-têtes ; d'autres, armés d'arcs et de très-courtes flèches empoisonnées, sont sûrs au moins que, si la peau du quadrupède est percée, la mort viendra bientôt saisir sa proie ; car il est actif, je vous jure, le poison dont les Cafres frottent leurs armes de guerre, et robustes aussi sont les bras qui s'en servent comme défense et comme attaque.

Je vis un jour, à quelques lieues au nord-ouest de Table-Bay, tout un village détruit sans que je pusse d'abord en soupçonner la cause. Je m'imaginai qu'en guerre avec un village voisin il avait été vaincu, et que la rage du vainqueur avait accompli cet acte de destruction ; mais plus loin j'aperçus, campés sur la lisière d'un bois épais, les pauvres habitants sans demeure ; et c'est alors seulement que j'appris que la colère d'un éléphant avait fait ces épouvantables ravages. A une lieue de là, guidé par un vol énorme de vautours affamés, je trouvai le cadavre d'un éléphant sur la tête duquel étaient encore incrustées des flèches aiguës. Il avait douze pieds de hauteur : les hyènes et les vautours ne manquèrent point de vivres.

Par quels moyens les Cafres parviennent-ils à se défendre contre les éléphants, au milieu desquels ils ont bâti leurs villages ? Ils emploient la ruse, bien convaincus que la force et le courage ne leur viendraient guère en aide. A cet effet, autour de leurs cases, et à une centaine de pas de leurs habitations, ils ont creusé des fossés profonds séparés les uns des autres par de petites rigoles étroites, qui leur sont indiqués à l'aide de pieux plantés en terre et sur lesquels ils se dirigent pour s'éloigner ou se rapprocher de leurs familles ; les fossés, profonds et larges, sont recouverts de perches flexibles sur lesquelles on a étendu des brassées de rameaux et de feuillage.

Sitôt que l'éléphant annonce sa visite, une trompe sonore dit à la bourgade la présence de l'ennemi : on s'arme, on va au-devant du quadrupède, qu'on laisse tranquillement poursuivre sa route s'il ne songe point à l'attaque. Mais, pour peu qu'il fasse mine d'accepter le combat, les Cafres fuient en cherchant à attirer le quadrupède sur leurs pas. Celui-ci s'avance, en effet, voit une proie facile qu'on semble ne pas vouloir lui disputer ; il arrive plein de confiance au bord du village, il pose un pied imprudent sur les feuilles amoncelées, et la masse énorme s'engouffre dans la fosse, où on le tue alors avec des balles sûrement dirigées.

Un des plus riches planteurs du Cap m'a assuré que, dans une de ces chasses terribles entre le pays des Cafres et celui des Hottentots, un de ses frères, qui venait de blesser un éléphant, se vit poursuivi par la bête furieuse qui laissa, sans daigner les regarder en passant auprès d'eux, les autres chasseurs ; que, gagné de vitesse par elle, il grimpa sur un arbre afin d'éviter la mort ; mais que, arrivé là, l'éléphant furieux attaqua le tronc de ses redoutables défenses, puis essaya de le déraciner à l'aide de sa trompe, et qu'il l'abattit enfin d'un terrible coup d'épaule : le malheureux frère fut broyé sous les pieds de son ennemi.

Le besoin rend ingénieux les sauvages habitants des pays où la vie de chaque jour s'achète par des sacrifices et des périls. Ils ont surtout un merveilleux instinct pour combattre les rigueurs du sol qu'ils foulent, du ciel qui les vêtit, ou les envahissements des bêtes féroces qui leur disputent le terrain. Aussi, quand les éléphants, à la piste d'une population prévenue, ont assez d'adresse pour ne pas se laisser prendre aux fossés creusés autour d'une bourgade, qu'arrive-t-il alors ? que le village est assiégé, bloqué dans toutes les formes ; que nul habitant ne peut en sortir sans s'exposer à une mort presque certaine, et que la faim dévorante est le plus sûr auxiliaire du quadrupède temporiseur.

Pour échapper à ce danger qui peut se présenter assez souvent, les Cafres d'abord, et à leur exemple les Hottentots, apprivoisèrent des éléphants pris au piège ; ils

Guidé par un vol de vautours affamés, je trouvai le cadavre d'un éléphant. (Page 31.)

les soumirent à force de soins et de tendresse ; ils les dressèrent aux combats et se mirent modestement sous leur protection. La guerre alors se faisait de colosse à colosse ; c'étaient des rochers énormes que la main puissante de Dieu poussait l'un contre l'autre. Les défenses aiguës entraient dans les flancs déchirés, les trompes calleuses se saisissaient, s'entremêlaient, s'enroulaient comme deux boas irrités cherchant à s'étouffer ; les sourds mugissements des bêtes furieuses remplissaient les échos des montagnes et des forêts, et la terre résonnait sous les pieds gigantesques des deux athlètes comme tous les battoirs d'un millier de blanchisseuses à l'ouvrage. Ce n'était plus un combat, c'était une horrible tuerie où les lambeaux de chair tombaient noirs et rouges des oreilles et des épaules. Le spectacle était magnifique.

Mais, comme dans presque toutes les luttes le courage joint à la générosité doit l'emporter sur la force brutale, le champ de bataille demeurait presque toujours à l'éléphant protecteur, et il rentrait en triomphe dans le vil-

lage sauvé par lui, au milieu des bruyantes acclamations de toute la population enivrée. Hélas ! hommes et quadrupèdes, oiseaux et poissons, sont soumis à une même loi, à une loi commune, éternelle, contre laquelle viennent se briser les plus fermes volontés, les plus énergiques courages. Qui vous dit que les mollusques, les madrépores, les coraux, les arbres, les plantes, les rochers, n'en subissent pas la rigueur ? Cette loi est volontaire, tyrannique ; tout front se courbe devant elle quand elle a parlé haut, tout orgueil s'abaisse quand elle a dit : Je veux. A sa voix puissante, le fort devient faible, le lâche brave, le poltron audacieux ; à sa voix encore, l'ami trahit son ami, le fils se révolte contre sa mère.

Le stupide Hottentot seul peut-être ne s'était pas douté de cette immuable loi qui régit le monde, et il a fallu que l'éléphant la lui fît connaître.

Lorsque dans une bourgade on avait apprivoisé un de ces intelligents colosses, il n'était jamais venu dans la tête du moins inepte de ces demi-brutes qu'il fallait av-

Le sauvage, armé d'une pierre, écrase la tête de son ennemi. (Page 36.)

défenseur autre chose que des soins assidus, une bonne litière et des vivres en abondance. Ils ne demandaient pas mieux que de donner ce qui est pour eux d'une absolue nécessité; mais l'éléphant est cent fois plus riche en intelligence que le Hottentot, il a même du cœur et des passions, et ce cœur et ces passions cherchent souvent au dehors un écho fidèle. Aussi qu'arriva-t-il? Que les malheureux Hottentots comprirent trop tard les motifs des fréquentes irruptions dont ils étaient harcelés.

Voilà des cris qui annoncent l'approche d'un éléphant! Vite, vite un appel à notre défenseur! On se mêle, on se presse autour de lui, on le caresse de la voix et de la main, on lui montre une conquête facile, on lui désigne son adversaire, on lui ouvre la lice... Et au même instant les deux combattants qu'on espère bientôt voir se déchirer partent côte à côte comme de vieilles connaissances, comme de chauds amis, et regagnent les bois et les profondes solitudes. C'est un mâle et une femelle qui vont peupler ces déserts.

La tendresse de l'éléphant mâle pour la femelle qu'il s'est choisie le pousse parfois jusqu'au dévouement le plus sublime. Dans les temps de disette, sur les terrains appauvris, la plus large portion de la pitance appartient à la femelle, et, dans les dangers à courir, on voit le mâle intrépide se jeter au-devant du coup destiné à sa compagne.

En 1822, lors d'une chasse générale, à laquelle pourtant M. Rouvière ne voulut point prendre part, car il n'aimait les dangers que pour lui seul, une femelle, isolée d'abord et blessée plus tard par plusieurs balles, fut faite prisonnière, fortement garrottée et portée au Cap sur un de ces chariots monstres dont je vous ai parlé dans mes *Souvenirs*. Elle revint à la vie et à la santé. Reconnaissante des soins qui lui avaient été prodigués par un colon, elle le suivait en esclave dans les rues, sur les promenades publiques, au pied de la Table; elle assistait avec lui, calme et obéissante, aux réjouissances populaires, aux parades de la garnison, et sa soumission était telle, qu'elle n'acceptait un gâteau ou un fruit des passants que lorsque son maître lui en avait donné la permission par un signe de sa tête ou un mot de sa bouche.

Depuis six mois Hella, comme on l'appelait, faisait l'admiration des habitants de Table-Bay et était l'orgueil de son maître. Une nuit, à peine le calme régnait-il dans les rues, et l'on n'entendait plus que le lugubre roulement des flots sur les galets, un cri terrible et prolongé se fit entendre dans une des rues qui avoisinent le Champ de Mars. Là, en effet, dans une cour immense abritée sur les côtés par une élégante galerie, se reposait mollement Hella de ses promenades de chaque jour; là aussi, guidé par sa tendresse, le mâle qui l'avait perdue s'était arrêté; et les curieux, appelés au dehors de leurs demeures ou de leurs terrasses, furent témoins d'un spectacle intéressant et terrible à la fois. Le fougueux éléphant frappait à coups redoublés de ses deux défenses les solides murailles de pierre, tandis que sa trompe cherchait à les démolir en fouillant dans les interstices où ses crocs pouvaient s'attacher; il se ruait dessus ainsi qu'il l'eût fait sur le chasseur dont il aurait ressenti la balle; il allait en furieux, tantôt à droite, tantôt à gauche, cherchant une issue où il pût pénétrer. Il trouva enfin la porte de la vaste enceinte : il l'abattit du premier coup et y pénétra d'un pas rapide... Il venait de reconquérir sa compagne, pour laquelle il s'était mis en pèlerinage depuis si longtemps.

Le lendemain le maître de Hella eut deux esclaves au lieu d'un. Quelques jours après, Hella seule se promenait dans les rues du Cap : le bonheur du mâle l'avait tué; peut-être aussi mourut-il du regret de sa servitude : l'air de la liberté va si bien à tout être vivant!

Partout où les armes à feu ont pénétré, elles sont devenues les terribles auxiliaires des sauvages habitants des déserts africains; mais, là où quelques individus seulement ont pu s'en procurer, les chasses aux bêtes féroces sont devenues très-dangereuses. L'éléphant surtout a été difficile à vaincre : une masse si colossale ne peut pas être aisément maîtrisée dans ses colères, et les pièges n'obtenaient pas toujours un heureux résultat. Plus vous pénétrez dans l'intérieur de l'Afrique, plus vous trouvez les populations tremblantes en face des ennemis cruels que Dieu leur a donnés : elles fuient au rauquement du tigre, au rugissement du lion, au glapissement de l'hyène, et lorsque la terre retentit au loin sous les pas lourds de l'éléphant, il est exact de dire qu'on se prépare plutôt à la mort qu'au combat. A la vérité, des trous profonds sont creusés; des filets énormes, tressés à l'aide d'écorces d'arbres et formant des nœuds coulants, sont placés sur la route que l'éléphant doit parcourir; mais là se bornent les efforts des sauvages, là s'arrête leur prévoyance, et l'animal captif les chasse encore au loin.

C'est que dès leur enfance ils ont été façonnés à ces terreurs, et que plus tard ils ont regardé les redoutables hôtes de leur pays comme ils envisagent les pluies qui les assiégent dans certaines saisons, les sécheresses qui les dévorent dans un autre temps, les bouffées de vent du désert qui les emprisonnent, et le soleil de plomb qui les calcine.

Européens, essayez maintenant la conquête de l'Afrique sauvage : vous voyez qu'il ne vous reste à soumettre que le climat. Un déluge de flots et de feux, qu'est-ce qu'un pareil obstacle pour la cupidité?

Quittez la sauvage Afrique, venez avec moi dans l'Inde visiter les riches comptoirs où l'éléphant, animal domestique, se charge avec tant de docilité du transport des marchandises et obéit en esclave aux ordres qui lui sont donnés. A Bombay, ainsi que dans les établissements voisins, il est l'hôte familier de la ville; il a ses habitudes, ses lieux de prédilection, ses amis, ses connaissances, ses antipathies.

Vous diriez que dans l'Inde ce monstrueux quadrupède a perdu tout son courage, toute sa puissance, toute son énergie, toute sa force, et que, tremblant sous le dard de son cornac, il s'est fait de la servilité une habitude dont il n'a ni le pouvoir ni la volonté de s'affranchir. Eh bien, détrompez-vous : c'est chez les Indiens surtout que l'éléphant se montre terrible dans ses violences et dans ses fureurs. On dirait aussi que celui qui vient rôder insolemment auprès des villes les mieux défendues veut insulter à l'esclavage de ses frères abâtardis, qu'il tient à prouver que l'indépendance est dans ses allures et dans ses mœurs, et qu'il ne recule jamais devant une rencontre avec des hommes ou avec les dangereux quadrupèdes qui, comme lui, habitent les forêts.

Dans l'Inde, en effet, on ne va à la chasse à l'éléphant qu'à l'aide des éléphants apprivoisés et avec de l'artillerie; ce sont des mêlées sanglantes, effrayantes à voir, impossibles à décrire. Il y a là des hurlements, de la rage, du désespoir, du délire; il y a là des déchirements affreux, des efforts incroyables de courage, des agonies et des cadavres. Il n'est pas rare d'avoir trouvé dans les flancs d'un éléphant encore plein de vie quinze ou vingt éclats de mitraille qui n'avaient pas pu même ébranler le colosse; il faut des boulets pour détruire et renverser les bastions. Quelques-uns de ces animaux atteints par le bronze se sont, dans leur furie, jetés sur les canons mis en bataille et les ont renversés de leurs défenses et de leur trompe.

Les chasses à l'éléphant du côté de l'Hymalaya ressemblent, dit-on, à des expéditions militaires telles qu'en font les princes alors qu'ils vont à la conquête d'un empire, et l'on raconte à ce sujet de terribles épisodes.

Nous ne publions dans ces récits que des détails avérés; nous ne voulons livrer à nos lecteurs que les faits dont nous pouvons garantir l'authenticité. Ne créons point le drame; nous n'avons qu'à fouiller dans la vie des hommes et des quadrupèdes : il y domine à chaque page.

CHASSE AU SERPENT NOIR

NOTICE

Ce redoutable reptile a communément cinq ou six pieds de longueur, et une épaisseur de deux ou trois pouces de diamètre, mais d'une élasticité telle, qu'il n'est pas rare de lui voir garder intact dans le corps un animal aussi volumineux qu'un lapin.

La tête du serpent noir est carrée, plate, osseuse; le museau est courbe, peu allongé. Il a deux petites écailles en forme de croissant aux deux coins de la bouche, mais elles se détachent de la peau à volonté par un bout ou par un autre; de sorte qu'elles ne nuisent en rien à la dilatation de la gueule.

La langue est bifurquée et fort longue, presque toujours en mouvement et à l'air; ses yeux sont vifs, petits, d'un jaune rouge, saillants, et se couvrant par intervalles d'un voile blanchâtre comme pour se reposer.

Ses dents, au nombre de dix-huit, se replient à volonté en dedans : elles sont creuses, extrêmement aiguës, et ne se touchent conséquemment que par la base.

Le venin est renfermé dans une vessie intérieure et extérieure à la fois, recouverte d'une membrane extrêmement déliée, un peu jaune. Quand le reptile mord, cette vessie crève, et le virus coule de la dent creuse dans la plaie.

Vous chercheriez en vain la place mordue par le serpent noir, c'est la piqûre d'une aiguille. Au reste, à peine auriez-vous le temps de vous occuper de ce soin : la mort est si prompte !

Sur le front et au-dessus de chaque œil le serpent noir a deux taches vertes, rondes, égales, et à côté de celles-ci d'autres taches plus petites qui se perdent graduellement vers le cou.

La couleur noire du reptile est sale ; quelques parties sont mates, d'autres brillantes ; mais tout cela sans régularité, avec désordre et confusion.

Le ventre est sensiblement moins foncé : il est d'un brun noir et gélatineux ; on dirait que ce hideux serpent bave par tout le corps.

Quelques taches semées çà et là se dessinent sur la partie élevée du ventre : celles qu'on remarque sur le corps sont d'une teinte jaune et verdâtre ; nulle symétrie dans leur position.

En regardant avec la loupe, on aperçoit des écailles sur toute la charpente du serpent noir, dont la queue se termine par un crochet moins teinté que le reste et peu visible à l'œil nu.

En repos, le serpent noir se tient presque toujours *lové* comme une manœuvre de navire ; sa tête est au centre, droite, mobile, et ne reposant sur les courbes que pendant son sommeil.

Dans sa course, le reptile ne touche la terre que du tiers de son corps à peu près, à moins qu'il ne soit pas pressé, car alors il rampe comme nos couleuvres, et toujours en légers segments de cercle ; la tête cependant ne pose point sur le sol, et la bouche est toujours fermée.

S'il est pressé d'atteindre le but, le serpent noir ne court pas, il vole ; c'est la rapidité de la flèche. Ici, point de sinuosités, point d'ondulations : c'est un frétillement imperceptible ; on dirait un projectile livré à son propre mouvement. Un cheval au galop n'échapperait pas au serpent noir.

S'attaquent-ils entre eux ? Je ne sais. Les personnes qui ont le mieux étudié les mœurs de ce dangereux reptile n'ont pas pu résoudre cette question. M. Lazzaretto, que j'ai trouvé à la nouvelle Liverpool, croit qu'ils vivent toujours en fort bonne intelligence.

Le serpent noir ne grimpe pas sur les arbres, m'a dit encore ce même naturaliste : et cependant M. Oxley, dont j'ai si souvent parlé dans mes *Souvenirs*, m'a assuré avoir vu plusieurs fois des serpents noirs suspendus par la queue à des branches fort élevées d'eucalyptus, et se balançant et tournoyant comme une flamme de navire agitée par le vent.

M. Oxley prétend encore que ce reptile craint le feu. Il ne doit craindre que cela, car il n'y a pas moyen de mordre dans une braise ardente.

CHASSE

Un naturel de la Nouvelle-Galles du Sud arrive tout nu à Sydney, admirable ville européenne bâtie à l'antipode de Paris : il entre effrontément dans la maison d'un riche banquier ou d'un planteur, demande une baguette de fusil, offre en échange un grossier casse-tête recourbé, quelques sagaies d'un bois très-dur ou une vieille peau de kanguroo. Le maître du logis lui tend une main généreuse, refuse les richesses proposées, lui donne la baguette convoitée, un morceau de pain, un peu de viande fraîche, un petit verre d'eau-de-vie, et jette un long regard de pitié sur le malheureux. Celui-ci, sans reconnaissance, sans un coup d'œil, sans un mot qui veuille dire merci, tourne sur ses talons durs comme de la corne, s'achemine en gambadant vers les bois vierges qui cerclent encore la belle colonie anglaise, va, va toujours, trouve au fond de ces immenses solitudes quelques cabanes faites avec l'écorce épaisse de l'eucalyptus, se couche sur le sol, et s'endort assez joyeux, parce qu'il a une baguette de fusil à l'aide de laquelle il pourra se défendre contre le serpent noir.

C'est qu'il a vu combien il y avait de péril à oser attaquer le dangereux reptile en le saisissant par la queue d'une main audacieuse et en le faisant tournoyer comme une fronde au-dessus de la tête ; c'est que le serpent noir donne la mort, une mort horrible, à celui qu'effleure sa dent aiguë ; c'est qu'il n'attend pas qu'on le poursuive dans la retraite qu'il s'est choisie, et qu'il s'élance au contraire, avec la rapidité de la flèche, contre tout être vivant qui passe à sa portée.

Aussi voyez quel singulier continent que celui qui est habité par de tels hôtes ! C'est une nature à part, une terre comme on n'en trouve que là, un ciel fait tout exprès pour ajouter aux phénomènes météorologiques qui le sillonnent, des eaux dévorantes venant comme des avalanches, on ne sait d'où, et disparaissant plus tard, on ne sait comment, par mille embouchures variant à chaque orage ; c'est une végétation neuve, forte, éternelle ; une côte élevée, coupée de criques délicieuses ; des plaines à fatiguer la vue et l'imagination ; des montagnes meurtrières pour tout investigateur, des oiseaux, des quadrupèdes, des poissons organisés de telle sorte, qu'on les prendrait pour les enfants d'un cerveau malade ; et, au milieu de tout cela, des hommes, je me trompe, des brutes à la tête monstrueuse, aux yeux petits et flamboyants, à la bouche mordant les oreilles, au nez aussi large que la bouche ; des choses mouvantes ayant des pieds comme de larges battoirs, un corps anguleux et presque diaphane, des cheveux crépus, et des jambes et des bras auxquels on ne croit point, à moins qu'on y regarde à deux pas de distance.

Tant de misères et tant de richesses sur un même terrain ! une nature muette, belle et majestueuse comme Dieu seul peut la rêver ; une nature vivante, pauvre, souffreteuse et crétine, comme si le malheur s'en était emparé à son premier jour !

A qui veut des contrastes je dirai : Allez visiter la Nouvelle-Galles du Sud ; vous ne changerez pas seulement de pays, vous changerez de monde.

Là aussi, au milieu des kanguroos, des ornithorynques, des opossums, vit le serpent noir, c'est-à-dire le plus mortel des reptiles, celui qui seul peut-être attaque l'homme, celui qui seul ne craint ni le bruit, ni les armes, ni la flamme ; le serpent noir, à qui l'on doit peut-être le silence solennel qui règne dans ces forêts si jeunes, si fraîches, et pourtant vieilles comme la création.

Ce fut une entreprise bien téméraire que tenta le roi de la Grande-Bretagne en envoyant ses malfaiteurs et ses filles de joie sur un continent où l'on voulait régénérer, avec le sol, les mœurs de ceux qui allaient le peupler. Peu d'années cependant ont suffi pour cette double conquête, et le plus intrépide des marins anglais, celui à qui toutes les nations doivent la connaissance de tant de terres et d'archipels inconnus jusqu'à lui, le capitaine Cook, a doté sa patrie de richesses impérissables. Hélas ! l'illustre navigateur ne devait pas jouir de sa gloire, et la rade de Carakakoa, aux Sandwichs, abrite dans un cercueil de plomb les restes du plus grand homme de mer des temps anciens et modernes !

Nous quittons la ville de Sydney, nous laissons à droite et à gauche, sans les regarder et avec une sorte de dédain, les magnifiques plantations européennes qui ont chassé loin du port Jackson les colosses primitifs pesant sur la terre. Ingratitude du voyageur, tout offensé de retrouver loin de son pays le pays qu'il regrette !

Jugez si l'expérience du malheur est puissante, puisqu'elle donne de l'intelligence à des hommes qui, pour les premières nécessités de la vie, n'ont pas même l'instinct de la brute !

Quand les torrents débordent et couvrent la végétation, ils se laissent stupidement engloutir par les eaux; quand les rafales de l'ouest font crier les forêts menacées, à peine songent-ils à se mettre à l'abri de leurs atteintes sous des cases d'écorce presque toujours emportées, et d'ailleurs brisées sur les troncs noueux; si le soleil calcine le sol, ils sont là se laissant crevasser par ses rayons pénétrants, et vous les trouvez sous vos pas suant et buvant comme de hideux crapauds au bord d'un marais verdâtre et fangeux.

Dès qu'il s'agit de son existence physique, l'idiot n'y songe guère que lorsque ses membres décrépits avant l'âge se tordent sous les tiraillements de la faim; et comme les vivres lui manquent, quoiqu'il pût en trouver de frais et abondamment à l'aide d'un travail facile au port Jackson, il aime mieux s'attaquer aux grosses araignées, dont les trames admirables joignent élégamment les arbres les plus distancés, aux fourmis voraces et gigantesques qu'il poursuit avec du feu dans leurs nids bombés comme des tumuli, aux kanguroos blessés qu'il peut atteindre, et aux serpents noirs qui lui disputent les vastes solitudes de ce continent sans pareil.

Ils avaient imaginé (comme je vous l'ai dit), ces êtres tenant le milieu entre l'huître et le corail, de s'emparer du serpent noir endormi, de le saisir d'une main par la queue, de faire tournoyer le reptile étourdi dans ce mouvement de rotation, de frapper ensuite sa tête contre un tronc d'arbre ou contre un rocher; puis ils séparaient, à l'aide d'un bois tranchant, la tête du corps, et faisaient de celui-ci un succulent repas. Mais qu'arrivait-il souvent? que le serpent glissait dans les doigts, qu'il se retournait, mordait son antagoniste au premier endroit venu, et qu'un quart d'heure après on voyait, étendu sur le sol, gonflé comme un ballon et la langue et les yeux en saillie, un corps énorme, hideux, que la veille vous auriez pris pour une momie desséchée au contact de l'air.

Cependant tout animal mouvant ici-bas est riche au moins d'une pensée. Voyez les mollusques, les coquillages qui s'ouvrent aux flots et pincent leurs ennemis; les polypes qui font le vide entre le sol et leur corps gélatineux afin de se donner dans leurs attaques un solide point d'appui; voyez l'unau qui monte avec tant de paresse sur un arbre qu'il dépouille feuille à feuille, et qui se laisse enfin tomber de sa branche pour s'épargner la fatigue du retour; voyez encore la taupe qui sillonne en tous sens les champs qu'elle dévaste, et la marmotte qui vit dans son sommeil pendant que l'hiver l'abrite chaudement sous son épais manteau de neige au fond de sa retraite ignorée... Tout a au moins une pensée ici-bas, même le naturel de la presqu'île Péron et celui de la Nouvelle-Galles du Sud.

Aussi, qu'imagina un jour ce dernier pour attaquer le serpent noir? d'arracher au pin de Norfolk une de ses fouettantes arêtes, et d'en frapper le reptile au moment où son corps se détachait de la terre. L'effort du sauvage fut grand, sans doute; mais il y avait mieux à faire, et de cette demi-pensée en surgit une autre, laquelle, jointe à la première, produisit le merveilleux résultat que vous avez déjà deviné. Le farouche habitant de la Nouvelle-Hollande osa se rendre à Sydney, où on l'accueillit toujours avec une pitié généreuse, où il obtint, en échange de quelques objets sans aucun prix, les baguettes de fusil dont je vous ai déjà parlé; de sorte que, muni de cette arme meurtrière, il alla sans crainte s'enfoncer de nouveau dans les vastes forêts, et déclarer la guerre au serpent noir, son plus redoutable ennemi après la faim.

O génie de l'homme, que de prodiges tu enfantes!

Et maintenant qu'il est armé, si vous avez le courage de suivre dans les bois un de ces audacieux chasseurs dont la vie est si malheureuse, ne l'approchez pas de trop près, de peur de le gêner dans ses mouvements quand il fera la rencontre du serpent noir. Il lui faut, voyez-vous? un espace libre, un espace élargi où la baguette de fer puisse vibrer sans rencontrer d'obstacle; car l'élan du reptile est rapide comme la pensée, et la mort, je vous l'ai dit, voyage avec lui.

Le sauvage chemine jetant à l'air ce que sans doute il appelle sa musique et que vous prendriez, vous, pour un grognement de pourceau ou un dernier râle de l'hyène expirant sous la flèche empoisonnée du Cafre. D'un arbre à l'autre, c'est un gazon vert et plein de vie; pas une ronce, pas un arbuste n'en troublent l'harmonie et la fraîcheur, et vous diriez le reflet un peu violacé de l'immense dôme de feuillage qui l'abrite, arrêtant dans leur course les rayons du soleil.

Mais, au pied d'un eucalyptus géant ou d'un casuarina plein d'élégance et de légéreté, vous voyez enroulé, pareil à une grande carotte de tabac brésilien, un serpent noir. Sa tête est verticale, mobile et protégée par des bourgeons naissants destinés à succéder un jour à l'arbre brisé par la foudre ou le frottement des siècles.

Dans son instinct, le sauvage a deviné le reptile plutôt qu'il ne l'a reconnu : il s'est arrêté à une grande distance, et a louvoyé afin de s'assurer si, en effet, le terrible combat allait se livrer. Nul doute : le feuillage a frémi autour du serpent noir; celui-ci va partir en se déroulant plus vite que ne le fait le câble entraîné dans les eaux par l'ancre de fer; et le sauvage, un genou à terre, le bras levé, le cœur battant fort, agite déjà la baguette fatale.

Le reptile est parti, la gueule ouverte, l'œil étincelant comme Syrius au ciel... Il s'est arrêté tout court. Sa courbe onduleuse devient une ligne brisée, il pousse un sifflement aigu, et tombe au milieu de convulsions saccadées et de bizarres soubresauts dont il ne peut diriger les mouvements. Le reptile s'est senti un de ses anneaux rompu; sa rage est désormais impuissante, inutile est son venin. Le sauvage, armé d'une pierre ou d'une branche épaisse, écrase avec des cris de joie la tête de son ennemi, et ne se réjouit de son triomphe que parce qu'il aura des vivres pour toute la journée. Je vous atteste qu'il ne m'est jamais venu dans la pensée de demander au naturel de la Nouvelle-Galles du Sud une faible part de son copieux repas. La discrétion, selon moi, est une demi-vertu, et j'aurais été sobre, même à la table de Lucullus.

De toutes les choses dont je vous ai parlé jusqu'à ce jour, ne comprenez-vous pas que celle-ci est la plus périlleuse et la plus difficile à la fois? Deux adversaires en présence l'un de l'autre sans pouvoir se quitter que l'un des deux ne soit mort, et point de gloire après le succès, pas un témoin de la victoire! Je suis bien tenté de revenir du jugement que j'ai porté sur le farouche habitant de cette partie de la Nouvelle-Hollande; mais, j'ai beau faire, cela m'est impossible, même avec l'imagination la plus bienveillante et la plus généreuse.

C'est l'être misérable, difforme, incomplet, dont on ne trouve nulle part une imitation, et d'autant plus repoussant qu'il tire vanité de ne pas vivre avec vous, et qu'il fuit vos cités comme vous fuyez ses imposantes solitudes.

Aux premiers jours de la colonie, lorsque de chétives cabanes se levèrent seules sur le sol vierge, il fallut songer d'abord à se donner un peu d'air libre et pur. Les forêts éternelles qui couronnaient d'une si brillante végétation le terrain où devait être bâtie la cité naissante, durent être abattues; mais la hache n'était pas encore assez active, on eut recours au feu. De vastes espaces furent circonscrits, la flamme dévora tout, et l'on trouva parmi les cendres une immense quantité de reptiles tordus et calcinés dont on ne connaissait point encore la fatale puissance. De leur côté, les serpents noirs désertèrent avec prudence le pays conquis, et se réfugièrent dans l'intérieur des solitudes. Les naturels, effrayés de la civilisation que leur apportaient les exilés de la Grande-Bretagne, se livrèrent des combats plus fréquents et plus acharnés.

Cependant, instruits par l'exemple, les nouveaux colons firent à leur tour de profondes coupes dans les bois, le feu dévora d'immenses espaces, et les reptiles, refoulés et vaincus, cédérent petit à petit le sol qu'ils ne pouvaient plus posséder. Les conquêtes européennes s'arrêtèrent. Il ne s'agit pas seulement d'usurper, il faut rebâtir, faire revivre, régénérer. Les sauvages habitants de cette cinquième partie du monde seuls ne comprirent point cette éternelle vérité : ils voulurent de la vie primitive que le ciel leur avait faite, et ils appelèrent la flamme à leur secours pour se découper un terrain où les serpents les laisseraient en paix.

Ainsi se dressèrent dans les forêts un grand nombre de petites cabanes parodiant de la façon la plus étrange les beaux établissements européens qui devaient un jour s'appeler Sydney. Grâce à l'apathie des sauvages, les serpents s'y logèrent pêle-mêle, et il y eut nouvelle désertion. J'ai traversé un grand nombre de ces villages : c'était le deuil et le silence.

Dans une de mes courses au torrent de Kinkham, à une demi-lieue de la délicieuse habitation de M. Oxley, savant et courageux explorateur, je trouvai un jour, à peu de distance les uns des autres, les débris putréfiés de quelques rats et de quelques ornithorynques placés à dessein aux pieds de certains eucalyptus ; et, lorsque je demandai l'explication de ces singuliers dépôts à mon nouvel ami, il m'apprit que ces restes étaient empoisonnés par les sauvages, que ceux-ci tendaient un piége au serpent noir, et

que, lorsque le reptile s'y laissait prendre, une mort prompte en était l'inévitable résultat.

Le serpent noir n'escalade point les arbres, et ses morsures ne vont jamais plus haut que les reins de l'homme ; dans sa course rapide, la moitié de son corps traine toujours à terre. Sa taille ne dépasse guère six à huit pieds.

J'ai voulu savoir aussi de M. Lazzaretto, chirurgien en chef de la nouvelle Liverpool, et qui s'est beaucoup occupé de ces reptiles, si jamais ils s'attaquaient entre eux. Il m'a répondu qu'il ne le croyait pas, et qu'il en avait parfois trouvé deux ou trois entortillés et abrités sous le même arbuste, vivant dans la plus parfaite harmonie. Voilà, je l'avoue, une paix bien plus funeste aux hommes que les guerres cruelles qu'ils se font souvent dans ces contrées pour la possession de quelques arpents de terre. Mais le repos même du serpent noir doit être une calamité.

CHASSE A L'HYÉNE

NOTICE

Jugez de l'humeur de la bête féroce par ses habitudes ; elles sont un miroir parfait de sa vie de rapines et de massacres. L'hyène, toujours solitaire, se blottit et s'abrite dans les cavernes des montagnes, dans les fentes des rochers ou dans des tanières au fond des bois touffus. Elle ne court après les lieux habités que lorsque la faim l'y pousse, et son instinct de destruction est tel, qu'elle ravage même les plantations alors qu'elle ne se nourrit que de chair ; quoique prise fort jeune, elle ne s'apprivoise pas ; elle vit de la chasse comme le loup, mais elle est plus forte et plus hardie que celui-ci. Elle suit de près les troupeaux, se jette avec voracité sur le bétail, brise pendant la nuit les portes des étables, les clôtières des bergeries, et ne craint même pas d'attaquer l'homme tenu sur la défensive.

Les yeux de l'hyène brillent dans l'obscurité comme deux étoiles, et l'on prétend qu'elle voit mieux la nuit que le jour.

L'hyène se défend quelquefois contre le lion, ne craint pas la panthère, et attaque l'once, trop faible pour lui résister. Son cri de guerre est à peu près pareil à celui d'un homme qui ferait de violents efforts pour vomir, ou qui pousserait de lugubres sanglots. Lorsque la proie lui manque, elle creuse la terre avec ses griffes, et en tire par lambeaux les cadavres des animaux et des hommes, qu'on enterre dans ce pays à très-peu de profondeur. On la trouve dans presque tous les climats chauds de l'Afrique et de l'Asie ; et il parait que l'animal appelé farasse à Madagascar, et qui ressemble au loup par la figure, mais qui est plus grand, plus vigoureux et plus cruel, pourrait fort bien être l'hyène.

Ce hideux quadrupède a de longs poils sur le dos. Il est peut-être le seul de tous les animaux qui n'ait, comme je viens de le dire, que quatre doigts tant aux pieds de devant qu'à ceux de derrière ; il a, comme le blaireau, une ouverture sous la queue qui ne pénètre pas dans l'intérieur du corps. Ses oreilles sont droites, longues et nues, sa tête plus carrée et plus courte que celle du loup, ses jambes, surtout celles de derrière, plus longues, ses yeux placés comme ceux du chien, son poil d'une couleur gris obscur mêlé d'un peu de fauve et de noir, avec des ondes transversales et noirâtres ; sa taille est plus grande que celle du loup, mais son corps plus court et plus ramassé.

Les anciens ont écrit gravement que l'hyène était mâle

et femelle alternativement ; que lorsqu'elle portait, allaitait et élevait ses petits, elle demeurait femelle pendant toute l'année ; mais que, l'année suivante, elle reprenait les fonctions du mâle et faisait subir à son compagnon le sort de la femelle. On voit bien que ce conte n'a d'autre fondement que l'ouverture en forme de fente que le mâle a comme la femelle, indépendamment des parties propres à la génération, qui, pour les deux sexes, sont dans l'hyène semblables à celles de tous les animaux.

Il existe dans la partie du sud de l'île Méroé une hyène beaucoup plus grande et plus grosse que celles de la Barbarie et de la Cafrerie, et qui a aussi le corps plus long à proportion et le museau plus allongé et plus semblable à celui du chien, en sorte qu'elle ouvre la gueule beaucoup plus large. Cet animal est si fort, qu'il enlève aisément un homme et l'emporte à une ou deux lieues sans le poser à terre. Il a le poil très-rude, plus brun que celui de l'autre hyène ; les bandes transversales sont plus noires, la crinière ne rebrousse pas du côté de la tête, mais du côté de la queue. M. le chevalier de Bruce a observé le premier que cette hyène, ainsi que celles de Syrie et de Barbarie et probablement de toutes les autres espèces, ont un singulier défaut : c'est que, dès le premier instant qu'elles sont poursuivies, elles boitent de la jambe gauche ; cela dure environ pendant une centaine de pas, et d'une manière si marquée qu'il semble que l'animal va culbuter du côté gauche comme un chien qu'on aurait blessé.

Ce sont là des observations qu'on ne saurait trop recommander aux voyageurs ; car elles blessent à la fois les lois de l'équilibre et celles de la raison.

CHASSE

L'hyène est, si je peux m'exprimer ainsi, le reptile des quadrupèdes : elle en a l'astuce, la lâcheté, l'hypocrisie ; son regard est oblique, ses allures sont tortueuses, ses glapissements honteux. On jurerait qu'elle est au désespoir de ne pas ramper et qu'elle a honte de cheminer comme le font les animaux de cœur et d'énergie.

Le lion, le tigre, le rhinocéros, l'éléphant, le crocodile, aiment beaucoup mieux s'attaquer aux vivants qu'aux morts; et dans leur rage il est permis du moins de trouver une certaine grandeur, puisqu'il y en a dans tout péril volontairement affronté; mais l'hyène ne voudrait jamais rencontrer que des cadavres sur son passage. Dès qu'il y a autour d'elle bruit et mouvement, elle fuit ou tout au moins elle se cache et attend l'occasion favorable de vous surprendre par derrière.

Quand deux yeux intrépides s'attachent sur elle, son corps tremblote, elle bave une salive verte et globuleuse, elle glapit, semble vous demander grâce; et, quand elle se flatte d'avoir excité votre pitié, elle ne vous a inspiré que le dégoût. On doit tuer l'hyène avec plus de bonheur encore que le crapaud : celui-ci n'a pas la force de se défendre, l'autre n'en a pas la volonté. J'ajoute qu'un des plus douloureux supplices de ce hideux dévastateur des tombeaux est d'être frappé en face, est de voir le coup qui va l'atteindre. La vie de l'hyène est une lâcheté de toutes les heures; sa mort est une honte, une dégradation.

— Pourquoi, demandai-je un jour à M. Rouvière, n'allez-vous pas à la chasse à l'hyène comme vous allez à la chasse au tigre ou au lion?

— Est-ce qu'on va à la chasse de ces bêtes féroces? me répondit-il avec un rapide mouvement de dégoût. On les écrase sous un bâton lorsqu'on les trouve sur ses pas; mais ce serait dégrader une balle que de la leur réserver. Si jamais vous rencontrez dans vos courses une de ces bêtes haineuses, croyez-moi, mon cher monsieur Arago, prenez votre fusil par le canon et frappez-la avec la crosse.

— C'est ce que je ferai, répondis-je en souriant au hardi colon, si elle essaye de me mordre avec la queue.

— En vérité vous découragez mon amitié pour vous. Que diable! il y a des choix à faire dans ses affections comme dans ses antipathies. Moi, je me croirais déshonoré à accepter certaines rencontres; et je vous jure qu'au lieu d'écraser le crapaud que je trouve sur ma route, je m'en éloigne avec précaution.

— Vous avez l'habitude de vous citer à ceux qui, comme moi, entreprennent de périlleuses excursions, et, dans votre modestie, vous ne vous apercevez pas que vous êtes une exception trop heureuse.

— Devenez exception à votre tour et n'allez qu'au-devant de périls honorables. Vous jetterez-vous avec plaisir dans un marais fangeux pour y chasser un reptile? Non sans doute, et je ne le ferai pas non plus, car il n'y a nulle noblesse à se vautrer dans la boue; mais un beau tigre, un agile léopard, un magnifique lion à combattre dans un bois épais, au milieu des taillis qui crient, des branches qui se brisent, en pleine campagne, sans témoins, sans obstacles, seul à seul, œil contre œil, cœur contre cœur, griffe contre trident, gueule béante contre bouche de fusil, à la bonne heure! voilà des duels à proposer, des combats à accepter sans honte!

— C'est un rude métier que vous me présentez là!

— Je ne dis pas non; mais ôtez la difficulté, vous ôtez le mérite; tout le monde chasserait le lion si le lion avait les habitudes du lièvre. Quand je dis tout le monde, je veux dire tout le monde excepté moi.

— Chassez-vous l'éléphant?

— Non. J'ai voulu en essayer, je me suis lassé à la besogne. Ce colosse n'offre rien de dramatique, rien d'inattendu. S'il est calme, il fuit à votre approche et il ne se retourne contre vous qu'alors que vous l'avez blessé. En ce moment, j'en conviens, il est dangereux, terrible, effrayant; mais que peut la balle, que peuvent le courage et le trident contre cette masse énorme roulant comme une montagne? Je vous l'ai dit, il y a des périls qu'il n'est pas honteux d'éviter, et je ne vais, moi, qu'au-devant de ceux qui ont quelque utilité ou qui offrent quelque gloire.

— Cependant l'hyène est fort dangereuse, surtout quand elle a faim.

— C'est vrai; mais, que voulez-vous? on ne peut se résoudre à la poursuivre. Si un torrent déborde, on s'éloigne, on se sauve, on ne combat pas : ainsi de l'hyène. On cherche à la repousser, à la refouler au fond des bois, sa retraite naturelle; mais on ne va point à elle, à moins qu'elle ne glapisse trop fort, car alors il faut lui imposer silence. Son grognement est en parfaite harmonie avec son allure, sa charpente, ses habitudes : cela ne sort ni d'une tête ni d'une poitrine, cela s'échappe d'un égout.

— Pourtant on m'a assuré que les Hottentots lui faisaient une rude guerre, ainsi que les Cafres et les Africains du nord de la colonie.

— Les Cafres peu; ils ont trop de cœur pour s'amuser à de pareils jeux. Quant aux Hottentots, c'est différent : ils sont, eux, les hyènes des animaux à deux pieds qu'on appelle hommes. La partie n'est pas tout à fait égale, mais elle peut être entamée.

— J'avais espéré cependant me procurer un certain plaisir à assister à une de ces chasses, et j'étais venu vous prier de m'en faciliter les moyens.

— Du plaisir, vous en aurez, car on en éprouve à la destruction des bêtes malfaisantes, et rien n'est aisé comme de vous satisfaire à cet égard. Je vais vous donner une lettre pour un planteur de mes amis; je lui dirai vos désirs : il vous donnera deux ou trois esclaves, et vous chasserez l'hyène tout à votre aise. Mon cher monsieur, je souhaite qu'à votre retour vous ne me reprochiez pas ma complaisance.

— Lorsqu'on voyage, c'est pour voir.

— Allez chasser le lion.

— Vous m'en avez déshabitué.

— Ne me dites-vous pas un jour que cela vous avait semblé admirable?

— Les tempêtes ont aussi leurs majestés; mais chasser l'hyène, ce sera toujours une distraction. Pourquoi ne viendriez-vous pas avec moi?

— C'est que je ne suis pas de ceux qu'un ouragan épuise. Voilà votre lettre : bon plaisir!

Muni de la recommandation de M. Rouvière, j'allai trouver le planteur, qui me reçut avec une grande cordialité et qui prétendit que le célèbre chasseur de lions n'avait pas complétement raison dans son mépris pour l'hyène.

— Certainement, me dit-il, c'est là une de ces bêtes féroces dont on peut se garantir sans trop courir de dangers alors qu'on est bien armé et que l'on a du sang-froid; mais M. Rouvière ne rend pas justice à sa férocité : une hyène en quête de nourriture est, je vous l'atteste, un voisinage peu récréatif; et je vous montrerai parmi mes Hottentots plus d'un ménage appauvri par l'astuce et la gloutonnerie de cette bête fauve qui, ainsi que le tigre, ne vit heureuse que dans le sang. Il n'y a pas huit jours encore qu'un enfant de quatre ans à peine a disparu de la case fort bien barricadée par un de mes domestiques, et je suis bien certain que c'est une hyène qui a commis le rapt, car nous n'avons trouvé aucun débris humain dans le voisinage; car vorace quadrupède ne dévore ses victimes que dans les creux des rochers ou au fond des plus épaisses forêts. A l'hyène il faut du calme pour les rapines, du calme pour les attaques, du calme pour les repas et les digestions; l'hyène a peur de tout, excepté du silence; et pourtant, je le répète, l'hyène est un animal fort à redouter.

— Est-ce que vous recevez souvent de ses visites? demandai-je au planteur.

— Trop souvent, ma foi! Mais j'ai des chiens excellents, pleins de courage et d'adresse; ils font cause commune contre l'ennemi commun; et pas une semaine ne se passe que je ne cloue à ma porte le cadavre d'un de ces lâches visiteurs dont mes Hottentots utilisent la peau à leur profit.

— Qu'en font-ils?

— Des oreillers, des espèces de guêtres qui les protégent contre les ronces. L'hyène n'est bonne à rien ni pendant sa vie ni après sa mort.

— Comment, avec cette lâcheté que vous lui reprochez, est-elle si redoutable aux planteurs?

— C'est que la faim lui donne du courage. Quand l'hyène n'a pas dîné, quand aussi elle se voit tombée dans un péril imminent, le désespoir et la rage lui inspirent une audace et une énergie inconcevables : elle mord les piéges qu'on lui présente, elle serre de ses dents noires les baïonnettes dont on l'assaille, elle mâche les cailloux, elle va au-devant des balles, des tridents; c'est une frénésie, un délire, auxquels ne peut pas même être comparée l'agonie du tigre. Si l'hyène avait de la force, ce serait l'hôte le plus dangereux de l'Afrique. Mais, poursuivit le planteur en se levant, la journée sera chaude ; le vent du nord souffle avec violence : votre chasse peut commencer, et je vous donnerai cinq ou six Hottentots qui vous guideront à merveille. Gardez-vous de les griser et de les traiter avec trop de bonté ! il y a de l'hyène chez le Hottentot : brutalité, couardise, hypocrisie. Je ne sais pas en vérité pourquoi bipèdes et quadrupèdes ne vivent pas en bonne intelligence.

Mes Hottentots me donnèrent le signal du départ : ils poussèrent trois cris sourds, gutturaux, caverneux, et je ne pus m'empêcher de faire dès les premiers pas l'application de la ressemblance peu flatteuse que le planteur trouvait entre ses esclaves et la hideuse bête que nous allions combattre. Cependant je ne me montrai pas trop soumis à ses leçons, et je fus bon envers mes nouveaux camarades, que j'amusai beaucoup avec mes tours d'escamotage. Il était planteur et j'étais Européen.

Un chien galeux et chétif avait été abattu à l'aide d'un casse-tête au moment du départ, et un Hottentot en chargea ses épaules tandis que deux autres emportaient une case de bois en forme de souricière, et à l'extrémité de laquelle devait être déposé le cadavre du chien sitôt que nous entrerions en chasse. Nos armes étaient des casse-têtes en bois très-dur et grossièrement façonnés, des sabres, des flèches, et moi seul avais à ma ceinture deux excellents pistolets que les Hottentots ne regardaient qu'avec frayeur.

Le soleil dardait sur nous ses flèches les plus aiguës, la terre se crevassait sous nos pieds, et mes camarades, dont les épaules ruisselaient, ne semblaient nullement souffrir d'une température qui faisait monter le thermomètre de Réaumur jusqu'à 33° à l'ombre et sans réfraction.

Arrivés sur la lisière d'un bois épais que nous devions tourner en suivant les sinuosités d'une source fort abondante, nous fîmes halte et nous déjeunâmes. De mes six Hottentots, un seul accepta un peu de vin, tandis que les autres me refusaient avec une espèce de dégoût qui semblait contrôler la recommandation que j'avais reçue du planteur. En un quart d'heure le repas fut achevé ; je bus de l'eau du ruisseau, qui me parut délicieuse ; et nous allions nous mettre en marche quand un des Hottentots qui s'était éloigné de quelques pas vint en toute hâte pour nous montrer les traces du passage récent de l'hyène sur le bord du courant d'eau. L'observation une fois confirmée, mes sauvages placèrent l'énorme souricière sur un terrain uni, glissèrent au fond le cadavre du chien, imposèrent silence à ceux qui nous accompagnaient et me firent entendre qu'il fallait nous éloigner. Ce n'était pas là mon intention, ce n'était pas là le but de ma course. Je refusai donc de suivre les Hottentots, qui se retiraient déjà, et je leur ordonnai de rester auprès de moi, car j'avais supposé qu'ils n'obéissaient qu'à la peur en quittant les abords du bois. Mais l'un d'eux, m'ayant montré au-dessus de la cage une autre cage où un homme seul pouvait se tenir blotti, me demanda par un geste si je voulais m'y placer. Je lui répondis que non, et je le vis sur-le-champ aller s'enfermer dans cette espèce de souricière, dont il abaissa la porte sur lui et aux parois de laquelle deux trous pour les yeux et un pour le jour étaient pratiqués. Je le laissai là tout entier à sa ruse, à ses méditations, et je rejoignis les autres Hottentots, à demi cachés derrière un monticule couvert de broussailles.

Peu de temps après une hyène toute petite, toute maigre, toute sale, sortit en effet du bois, s'avança obliquement vers la cage où reposait le cadavre, en flaira l'ouverture, y pénétra ; et sa queue avait à peine disparu, que la porte grillée de fer, retenue par le Hottentot, retomba sur le vorace animal, qui commença son repas comme s'il ne devait pas être le dernier.

Le Hottentot ouvrit sa retraite. Nous le rejoignîmes, et mes camarades, à l'aide de leurs fers aigus et de leurs flèches, mirent fin bientôt à l'appétit glouton de la bête fauve. Elle râla en mâchant, et elle rendit le dernier soupir avec un morceau de chair dans sa gueule fétide.

Jusque-là M. Rouvière avait eu raison : c'était une victoire sans péril, c'était un triomphe sans gloire. Mais, comme le planteur m'avait promis d'autres émotions, je poussai plus loin mon aventureuse promenade, et force fut aux Hottentots de me suivre, quoique je visse bien que de telles courses n'étaient pas trop de leur goût. La paresse et la nonchalance sont sœurs de la poltronnerie

Ils obéirent cependant avec assez de bonne grâce à mes ordres, et nous pénétrâmes dans la forêt.

Ce bois était sombre, difficile, tourmenté ; on eût dit que les vents, les orages, les flots, avaient longtemps combattu pour sa conquête, et qu'il n'était sorti du terrible choc que tordu et mutilé. Les ronces en couvraient le sol, également envahi par des débris immenses de branches robustes et de feuillages ; les troncs des colosses les plus vigoureux, déchirés par les rafales ou par les griffes des bêtes féroces, accusaient une longue décrépitude, tandis que là-haut, bien loin du pied, des parasols verts et touffus attestaient la jeunesse et la vigueur. Tout était mensonge dans cette forêt religieuse, où le silence même devenait effrayant.

Comme les jambes et les reins des Hottentots avaient beaucoup à souffrir de mes courses à travers les broussailles épineuses, je pris le parti de rétrograder, et je fis sentir à mes compagnons que ma résolution n'avait pour but que de leur épargner quelques fatigues. Ils me promirent en échange de me montrer des hyènes à combattre, et ils me tinrent parole.

Je fus conduit vers une source, ou plutôt une mare, de plus de cinquante pas, jetant la fraîcheur et la vie au milieu du gazon qui l'entourait. Sur ce gazon d'innombrables piétinements de bêtes féroces disaient les fréquentes visites que recevait la nappe d'eau ; et cependant nul débris de chairs ou d'os ne se faisait remarquer aux alentours comme souvenir de la lutte. Le vainqueur emportait-il la victime pour la dévorer plus loin et sans importuns ? c'est là une supposition qui devient en quelque sorte une certitude, alors surtout qu'on se rappelle que les promeneurs sont le tigre, le lion, le rhinocéros, l'éléphant et l'hyène. Il n'y a ni accord ni paix possible entre de pareils individus.

Cependant le soleil allait se coucher, et je tenais à passer la nuit en un lieu moins solitaire et plus abrité. Je donnais déjà le signal de la retraite lorsqu'un jappement étouffé de chien se fit entendre auprès de nous. Le chef des Hottentots, je veux dire le plus habile et le moins poltron, tourna la tête vers un tertre de couleur rouge situé au côté opposé à celui où nous nous trouvions : il me montra deux hyènes venant côte à côte pour apaiser leur soif, car le sang leur avait sans doute fait défaut dans la journée. Elles arrivèrent ensemble à la nappe d'eau, y entrèrent jusqu'au-dessus des jarrets et se mirent à laper. Les Hottentots me dirent alors à voix basse que, si nous voulions en finir plus tôt, il fallait s'en rapporter aux chiens ; et je ne demandai pas mieux que d'assister à ce nouveau genre d'attaque. Chacun de mes hommes prit donc un chien par la peau et tourna rapidement la position, les uns de droite à gauche, les autres en sens inverse.

Tout à coup un cri parti des poitrines de mes Hottentots donna le signal du combat. Les chiens, pleins d'ardeur, faisaient entendre des aboiements horribles ; les hyènes effrayées répondirent à cet appel par des glapissements de terreur et de rage, et, attentives et immobiles, attendirent leurs ennemis, qui, sans la moindre hésitation, s'élancèrent dans l'étang et entourèrent les bêtes fauves, qu'ils n'osèrent pourtant pas encore serrer de trop près. C'était un tohu-bohu à fatiguer la vue. Les hyènes, menacées de toutes parts, pivotaient sur elles-mêmes, mais glissaient pourtant un peu vers le bord de l'eau. Elles se trouvèrent enfin sur un terrain sec, et là commença une lutte chaude, animée, ardente, où chaque cri attestait une douleur, où chaque douleur était aiguë, où les gueules ne s'ouvraient qu'après avoir mordu et déchiré, où le sang coulait par vingt blessures, sans qu'on pût de longtemps encore prévoir de quel côté se déciderait la victoire. Tous les chiens se trouvaient blessés, mais pas un n'était hors de combat ; des hyènes harcelées tombaient de hideux lambeaux de chair noire, et nulle d'elles cependant ne ployait le genou. Des deux côtés la rage était à son paroxysme ; et, pendant que le combat se trouvait si énergiquement engagé, les

Hottentots, armés de flèches et de casse-têtes, excitaient les chiens par leurs hurlements et leur venaient en aide, prudemment placés derrière eux. La plus grande des bêtes fauves avait reçu deux flèches dans les flancs : ne pouvant les arracher de la blessure, elle les brisa d'un coup de mâchoire et se remit plus rudement au combat. Je remarquai souvent que, pouvant mordre à la tête, à l'épaule ou au cou de son ennemi, l'hyène s'attaquait presque toujours aux jambes, et deux des Hottentots reçurent de profondes blessures aux pieds et aux jarrets, alors qu'ils auraient pu être déchirés aux bras et aux cuisses. L'hyène ne dresse jamais la tête.

Cependant il fallait succomber : les deux bêtes fauves n'essayèrent plus de se défendre; le sang et les forces leur manquèrent en même temps; elles tombèrent, poussèrent un râle douloureux, et, la gueule ouverte, la langue en dehors, elles cessèrent de se mouvoir.

A côté d'elles trois chiens rendirent aussi le dernier soupir, et les autres, haletants et déchirés, n'arrivèrent avec nous chez le planteur que pour mourir le lendemain de cette sanglante attaque.

De pareilles luttes ne peuvent s'appeler ni combats ni batailles; notre langue est trop pauvre pour exprimer certains désordres, certaines colères, certains massacres, dont nos charniers d'équarisseurs peuvent seuls donner une assez juste idée.

L'hyène ne voudrait pour demeure que la carcasse d'un éléphant en putréfaction.

CHASSE AU TIGRE

NOTICE

On ne comprend pas la force musculaire du tigre quand on envisage sa charpente.

Son corps est trop long, ses jambes trop courtes, trop épaisses; sa tête est nue, osseuse, articulée; son front en saillie, ses yeux sans cavité, l'œil fauve, ardent, dans un mouvement perpétuel, comme s'il demandait un ennemi. Sa langue, rouge comme du sang, raboteuse, est toujours hors de la gueule.

Le tigre royal est d'une férocité telle, que sur la moindre contrariété, sur un obstacle de sa route, il se jette avec rage sur ses petits et les dévore malgré leur mère, qui cherche toujours à les défendre.

Le gîte favori du tigre est le bord des sources et des rivières; et, comme le pays qu'il habite est équatorial, il a plus d'occasions d'augmenter le nombre de ses massacres dans les lieux où les animaux plus paisibles viennent se désaltérer.

Le tigre a toujours soif, mais plus soif de sang que d'eau. Quand sa gueule en est inondée, quand il ne peut plus en boire, il plonge sa tête dans les entrailles ouvertes de ses victimes, et pousse alors d'épouvantables rauquements de bonheur.

Dès qu'un cheval ou un buffle est égorgé par le tigre, celui-ci ne le déchire sur place que lorsqu'il est bien certain qu'on ne viendra pas le déranger au milieu de son repas; s'il craint des importuns, il emporte ou traîne le cadavre vers un bois épais avec une vitesse qu'on a peine à comprendre.

Le tigre n'a guère que sept à huit pieds de longueur depuis le museau jusqu'à la naissance de la queue. Quelques voyageurs assurent en avoir vu d'aussi grands que des buffles. M. Lalande-Magon, qui a longtemps voyagé au Cap, écrit qu'il en a mesuré un qui avait quinze pieds de longueur; mais il a oublié de dire si la queue était comprise dans cette mesure. Le plus grand tigre royal du musée de Paris n'a qu'une longueur de sept pieds et demi, la queue non comprise.

CHASSE

Tout va bien à ce formidable dominateur, qui n'est peut-être si cruel et si sanguinaire que parce que son instinct de tigre lui dit qu'il y a de par le monde un être plus fort, plus puissant, plus redouté que lui.

Le calme imposant des cimes les plus élevées où le vent seul fait crier la neige, le silence religieux des profondes vallées, la solennelle majesté des forêts séculaires, le bruit retentissant d'une armée allant à la conquête d'une province, le fracas des villes, l'attitude guerrière des caravanes voyageuses, le roulement des fleuves au travers des roches granitiques, la voix sonore de la cataracte qu'étouffent d'autres voix; tout lui va bien au tigre, pourvu qu'il rencontre dans sa course un ennemi à combattre, une chair à mâcher, un sang à boire.

Le tigre royal du Bengale est le symbole vivant de la destruction. Peut-être passera-t-il sans vous rien dire si vous êtes immobile : et encore non, puisqu'il se rue sur les cadavres d'hommes ou d'animaux en putréfaction, et qu'il broie les cailloux et les galets de la plage, lorsque dans sa rage il n'a pu trouver des membres palpitants à triturer.

Après son repas de chair humaine, le lion se calme et s'assoupit.

Après son hideux festin d'os et de membres mutilés, le tigre se sent en appétit et se met soudain en quête de nouvelles orgies. Il ne faut pas que chez lui l'odeur ou la trace du sang s'efface; sans cela sa fureur ne connaît point de bornes. Il s'attaque à la terre qu'il gratte et creuse de ses ongles tranchants avec des rauquements lugubres, il émousse ses dents à dépouiller de leur solide écorce les troncs robustes des forêts, il mâche, pour ainsi dire, la brise qui se promène sur sa face tourmentée; et, quand tout est mort dans la nature, il s'ennuie de vivre seul, il se décourage, il se couche et s'endort dans le désespoir du repos.

Vous voyez que, si le tigre est le plus formidable des quadrupèdes, il en est le plus malheureux.

Pourquoi donc lui déclarez-vous la guerre? Pourquoi cet immense arsenal de piques, de poignards, de balles, de gros fusils? et pourquoi traquer l'infortuné jusque dans ses retraites les plus reculées? Ah! c'est qu'il y a là en présence l'une de l'autre deux terribles et jalouses rivalités, deux forces à peu près égales, deux volontés constantes et bien arrêtées: il y a là, ennemi du tigre, l'homme superbe, si implacable dans ses haines, si implacable dans ses violences, et qui ne veut pas que le sol sur lequel il pose lui soit disputé.

Ainsi le plus redoutable adversaire du tigre, c'est l'homme. Vous voyez donc bien que le premier ne fait qu'user de réciprocité en vous broyant entre ses mâchoires lorsque l'occasion lui en est offerte.

Montrons maintenant les deux ennemis en lutte.

Le capitaine Fiedling mit son fusil en joue. (Page 44.)

Je n'ai jamais entendu dire qu'un chasseur fût parti seul pour aller à la rencontre du tigre royal du Bengale, et je ne crois pas que le Patagon ou le Gaoucho, armé de ses lacets, de son escopette et de son poignard, pût le tenter avec succès. La balle doit aller fouiller profondément dans les flancs de la bête féroce si elle veut y attaquer les dernières sources de la vie. Et puis, qu'est-ce qu'un jaguar ou un puma auprès du formidable rival du lion, dont l'aspect seul jette l'épouvante jusque dans les villes les mieux défendues? Du chat d'Europe au jaguar américain il y a la distance qui sépare celui-ci du tigre du Bengale : c'est le ruisseau et la cascade, c'est la brise du matin et l'ouragan.

Dès que la présence du tigre est signalée quelque part et qu'une poursuite est décidée, vous voyez les chasseurs s'armant de leurs meilleurs pistolets, de leurs piques, de leurs tridents les plus aigus, de leurs glaives les plus tranchants, essayant à l'envi l'excellence de leurs lames d'acier, caresser de la main et de la parole la meute aguerrie qui va les suivre, et se préparer à un triomphe dont cependant ils déplorent d'avance les sanglants sacrifices. Ils sont trop nombreux pour ne pas vaincre un ennemi solitaire; mais ils ne reviendront pas tous de l'expédition, et il y a d'avance quelque chose de triste et d'amer dans le récit, les émotions et les joies qu'ils se promettent. Les enfants chantent quand ils ont peur : les chasseurs du tigre royal de l'Inde sont loquaces comme les héros d'Homère; et c'est à coup sûr pour s'épargner la douleur de la réflexion à l'approche du danger au-devant duquel ils courent, bien aises qu'ils seraient qu'on les arrêtât au moment du départ. Cependant, comme il y a toujours une certaine gloire au bout de toute folie hasardeuse, nul des chasseurs ne veut arriver le dernier au rendez-vous assigné.

Les voilà donc discutant le plan d'attaque comme on le ferait pour une bataille rangée, et s'assignant les divers postes avec une précision, avec un calcul tout à fait menaçants. L'un veut qu'on lui donne la place la plus périlleuse et attend que son voisin la lui dispute ; l'autre sollicite l'honneur de porter le premier coup à la bête furieuse, et se le voit enlever sans regret par un troisième, fort peu satisfait qu'on l'en trouve digne. Tous ont du cœur dans la tête, tous ont de chaudes menaces à la bouche, pas un n'a le calme et le sang-froid du soldat façonné au combat. Les chiens seuls, par leurs aboiements, demandent que les délibérations soient closes, et ils tournoient et bondissent dans l'impatience de la lutte qui va s'engager ; c'est parmi eux cependant que l'on comptera le plus de victimes.

La caravane aventureuse a pris son élan ; elle est dans la plaine, où rien ne lui indique la présence du tigre ; elle arrive sur la lisière d'un bois épais où elle n'ose point pénétrer, et où pourtant le farouche quadrupède s'endort, selon son habitude, sur la chair ou dans le sang. Un coup de fusil part comme pour interroger, un ranquement sourd et lugubre répond à ce signal d'alerte, et les chasseurs alors se préparent bravement à l'attaque et à la défense. La meute attentive vient de leur donner l'exemple du courage par son attitude décidée ; et, si la contagion de la peur dégrade jusqu'à la bassesse, celle du courage relève jusqu'au prodige.

Le tigre a débouqué de la forêt, et sous ses bonds redoutables les arbustes ont été brisés, la terre a frémi. Le voilà en présence de ses adversaires, à qui la grandeur du péril a donné tout leur sang-froid, toute leur énergie. Ils se pressent les uns contre les autres, et prévoient que s'ils se divisent ils sont perdus ; leurs regards ne quittent plus les regards de la bête féroce, dont la langue rouge et raboteuse ressemble à un caillot de sang tombant de sa gueule haletante. La meute est là aussi, pressée, immobile comme le tigre, respirant fort, et attendant la crise sans paraître en redouter l'issue. C'est un silence solennel de part et d'autre ; le ciel est lourd, cuivré, mais l'orage n'a pas grondé encore. Il éclate enfin. Le tigre a vu les glaives hors des fourreaux, les pistolets aux poings et les fusils appuyés aux épaules. Rapide comme les balles qui vont l'atteindre, il s'est élancé avant que le ressort fatal ait fait son office, et il est tombé, ainsi qu'un bloc de rocher, sur les chasseurs prévenus. Ses griffes n'ont pas touché le sol que, déjà suspendus à ses flancs, les chiens courageux ont volé au secours de leurs maîtres. Placés en première ligne, ils ont, pour ainsi dire, saisi le tigre au vol sans pouvoir l'arrêter, et ils sont tombés avec lui au milieu de la mêlée. Ce n'est pas d'eux cependant que s'occupe le formidable jouteur, il veut une victime parmi les hommes, il la choisit, il s'attache à elle, traînant après lui, ainsi qu'un forçat sa chaîne, les chiens furieux qui lui déchirent les flancs. Les chasseurs viennent en aide à leurs camarades déjà renversés et broyés sous la puissante griffe du tigre. Ils fouillent de leurs poignards dans les entrailles de la bête écumeuse, dont les rauquements prolongés attestent les douleurs ; ils ne se quittent plus, et quand, accablé par le nombre, succombant sous le poids de la meute acharnée, il fléchit, chancelle et tombe percé d'une balle, vous le voyez, les ongles ensanglantés, attacher sur vous un regard de feu et ouvrir à sa dernière agonie la poitrine du chasseur, sur lequel il pèse de tout son corps sans vie. Autour de lui gisent aussi les cadavres de quelques chiens écrasés sous une de ses rapides pressions ; et le champ de bataille où s'est déroulé le drame est une mare profonde où le sang se mêle à des lambeaux de chair chauds et palpitants.

La lutte a duré une demi-heure au plus, les bras tombent de lassitude, les courages sont émoussés, la grandeur du péril auquel on vient d'échapper s'offre alors dans tout ce qu'elle a de plus imposant, et l'on se félicite tout haut de n'avoir à donner la sépulture qu'aux seuls restes d'un ami. Ceux des chiens serviront de pâture au tigre qui, passant la nuit près de là, se reposera joyeux sur ces sanglantes hécatombes.

Dans les rencontres avec les hommes, on dirait que le lion attache quelque prix à la victoire, et l'on assure même qu'il éprouve une certaine pudeur à se débarrasser d'un ennemi sans défense. Il n'en est pas ainsi du tigre, et sa cruauté ne peut être attiédie ni par la faiblesse ni par la soumission ; il n'apprécie que la quantité, et,

pourvu qu'il y ait beaucoup de sang à boire, peu lui importe qu'il soit tiède ou généreux.

Dans les colères du lion il y a aussi du sang, des morts et des membres mutilés ; il y a des agonies et des tortures, surtout quand la résistance a été vive ; mais on voit que la vengeance n'est comptée pour rien dans le massacre, et l'on devine que le plus fort n'a tué que parce qu'il s'y est vu contraint pour sa sûreté personnelle. Après les sacrifices, la robe fauve du lion est pure de sang. Sa gueule seule et ses griffes en portent l'empreinte, tandis que le tigre du Bengale n'est satisfait que lorsqu'il traîne en tous lieux après lui cette odeur de charnier, ces émanations de membres putrides au milieu desquelles il voudrait toujours passer sa vie de cruautés.

Le domaine du lion est le désert avec ses calmes majestueux, ses rafales si bruyantes, sa pauvreté si mortelle ; le domaine du lion, ce sont encore les forêts ténébreuses et les montagnes dominatrices, les abords des cités guerrières, le voisinage des torrents et des cascades, où sa voix lutte contre les eaux courroucées. — Celui du tigre royal, c'est un champ de bataille où dorment sans sépulture cadavres d'hommes et de chevaux, c'est le moraï des grandes villes indiennes, c'est le cimetière du village, c'est le lieu de la terre où il y a le plus de chair à dévorer.

Vous comprenez dès lors que, pour détruire cette race cruelle incessamment en guerre contre ce qui respire et a respiré, tous les moyens sont bons aux hommes, tous les stratagèmes légitimes. Au milieu des vengeances du lion il y a toujours quelque chose de grand et de noble, tout implacables qu'elles sont ; dans celles du tigre, on trouve toujours la bassesse jointe à la cruauté. Le tigre et le lion tuent d'une seule pression de mâchoire ; mais, quand celui-ci ne se nourrit pas de sa victime, on la trouve sur le sol sans souillures et sans mutilations, tandis que les cadavres abandonnés par le tigre, lassé de carnage sans en être assouvi, sont horriblement défigurés et attestent la rage du vainqueur. Je ne crois pas à la générosité du lion, parce que M. Rouvière m'a dit de ne pas y croire ; mais le tigre est d'une férocité si brutale, qu'il doit y avoir une double agonie dans l'âme de celui dont il vient de s'emparer. Pour se faire une idée à peu près exacte, quoique toujours au-dessous de la vérité, de la puissance du tigre, de la force de ses muscles, de la vigueur de son cou et de la rapidité de ses élans, il faut lire les récits des voyageurs qui ont parcouru les Indes Orientales avec les caravanes, et qui ont rencontré ces redoutables bêtes féroces dans les déserts. C'est à faire reculer la raison, c'est à ôter toute énergie à l'explorateur et le forcer à renoncer à toute excursion. Et pourtant qu'est-ce que le récit à côté du tableau, en face du drame ? Qu'on vous dise avoir vu une jeune fille se précipiter dans la gueule menaçante de l'Etna, vous plaindrez peut-être l'infortunée dans un premier et rapide mouvement de généreuse compassion ; mais, que vous soyez à côté de la pauvre fille au moment où elle s'élance, que votre œil la suive planant sur le gouffre béant, et tourbillonnant de roc en roc jusqu'au fond de la fournaise où petillent le bitume et le soufre, vous verrez si ce terrible souvenir ne vous poursuivra pas au loin dans vos nuits et ne se jettera pas souvent au milieu de vos joies les plus vives. Ainsi des récits où le tigre occupe un grand espace, et dont on récuserait l'authenticité si tant de voix courageuses ne s'étaient élevées pour les constater.

Une caravane traverse un défilé, elle s'avance en bon ordre avec ses gardes armés veillant à la tête, à la queue et aux flancs. Nul hennissement de coursier ne s'est fait entendre, nul regard investigateur n'a signalé le péril. Tout à coup un tigre bondit, pousse un affreux rauquement, s'élance, plane et enlève au vol, sans s'arrêter, le voyageur ou le cavalier solidement cramponné à sa monture. La bête féroce est retombée sur le sol, et, avant que vous ayez songé à protéger, à ressaisir celui qui vient de vous être si audacieusement enlevé, le tigre repart, emportant sur son cou sa victime, comme si rien ne le gênait dans sa course ; et quelques instants après il déjeune dans la forêt voisine. L'élan du tigre, c'est le rocher déraciné du mont et creusant la vallée, c'est la cascade tourbillonnante ouvrant le granit, c'est l'ouragan qui renverse, c'est le bélier sapant une muraille. Rien ne peut l'arrêter, tout obstacle est anéanti, toute barrière est brisée. Le tigre est parti, il faut qu'il passe.

Dans ses luttes si fréquentes avec l'éléphant, le rhinocéros ou le lion, c'est moins sur sa force musculaire que sur la rapidité de ses évolutions qu'il compte pour disputer la victoire; et l'on a vu souvent, sans pourtant être encore vaincu, un de ces formidables quadrupèdes jeté au loin, meurtri et déchiré par un élan du tigre en fureur. La foudre est trop rapide, nul ne peut l'éviter, alors surtout que l'éclair ne vous a point prévenu de sa menace. Le tigre, c'est la foudre et l'éclair en même temps; on dirait qu'il n'a de force et d'intelligence que pour la destruction. Lorsque, par les traces profondes qu'il a laissées sur le sol, le chasseur est fondé à penser que c'est là une route prise par l'habitude du tigre, il dresse à celui-ci un piége auquel la bête féroce échappe rarement. Le cadavre d'un chien ou d'une bête fauve est suspendu, entre deux arbres ou deux rochers, à dix ou douze pieds de terre; on a eu soin de l'assujettir par des cordes solides au centre d'un nœud coulant dans lequel doit passer le dévastateur, et l'on attend de loin, dans une retraite bien barricadée, le succès du stratagème. Le tigre se présente, il flaire le cadavre, creuse la terre de ses ongles tranchants, se dresse sur ses pattes de derrière sans pouvoir atteindre une proie si aisée, pousse un long et sinistre rauquement d'impatience, s'éloigne alors, s'accroupit, part, monte comme une fusée, s'empare du cadavre, et reste suspendu avec lui. Le chasseur arrive en ce moment, et, sans se donner le temps d'insulter à la victime, qu'il redoute toujours et qui se débat dans ses dernières tortures, il achève avec les balles son œuvre de destruction.

Cette ingénieuse manière de chasser le tigre est surtout fort usitée dans le haut Indoustan; et Lindsay, qui a sillonné ces districts en savant et courageux explorateur, dit qu'un jour, lui et ses amis apercevant de loin une bête féroce suspendue au fatal lacet, ils accoururent, et qu'au lieu d'un tigre royal ils firent la conquête d'un lion monstrueux qui s'était laissé prendre au piége: la province ne gagna pas grand'chose à la voracité du lion. Les fossés profonds et recouverts de branches et de feuillage sur lesquels on a jeté des cadavres d'animaux, sont aussi quelquefois employés pour la destruction du tigre, du rhinocéros, du lion, de l'éléphant, du léopard et de la panthère; mais on dirait que l'instinct de la bête féroce lui signale le danger; et maintenant, comme toujours, les balles de plomb, les tridents de fer, les glaives aigus et tranchants, les flèches empoisonnées et le courage des chasseurs sont les plus redoutables ennemis des bêtes féroces qui traversent les immenses solitudes de cette partie du monde. Qu'un rayon de soleil m'arrive encore, et je vous dirai un jour si vous devez une foi entière aux récits de certains voyageurs auxquels il faut bien que j'emprunte quelques détails pour compléter un tableau encore si imparfait.

Arnold Bancks, de Bristol, dont l'intrépidité était toujours une extravagance, dit qu'étant allé un jour, avec deux de ses amis, à la rencontre d'un tigre signalé à une lieue de Bombay, ils trouvèrent la bête féroce dans un ravin, achevant de manger le cadavre d'un Malais dont il se fit adroitement une sorte de rempart sitôt qu'il aperçut ses trois antagonistes. Ceux-ci, dans leur précipitation de combattre le tigre, ou plutôt dans leur insouciance du danger, n'étaient armés seulement que de tridents à manches de fer, de fortes épées et de poignards; aussi tout d'abord ils n'osèrent point descendre dans le fossé où se faisait le hideux repas. Mais le tigre, qui, de son côté, avait résolu de n'accepter pour champ de bataille que l'étroit espace où il se trouvait, et qui semblait comprendre à merveille qu'on ne l'attaquerait qu'à l'arme blanche, se leva enfin, jeta sur les chasseurs impatients un regard provocateur, se promena d'un pas grave sans trop s'éloigner du cadavre à demi dévoré, ne se répondit à aucune des provocations d'Arnold, qui lui lança plusieurs pierres, dont une entre autres l'atteignit vigoureusement au front. Cette manœuvre dura plus d'une heure, pendant laquelle les chasseurs,

vaincus enfin par leur impatience, se décidèrent à quitter la place qu'ils avaient d'abord choisie, et à descendre dans le ravin. Bancks n'était pas homme à retourner à Bombay sans combat; il fut imprudent comme à son ordinaire. — Allons, dit-il à ses amis, soyons courtois; à lui le haut du terrain, à nous, par conséquent, plus de gloire dans le triomphe. Vous voyez bien, d'ailleurs, que le vorace quadrupède n'est résolu à temporiser que parce que la nuit approche, et qu'il se flatte que nous l'attendrons là. Sa prunelle est un éclair dans les ténèbres, nous en serions éblouis, descendons; il faut en finir et montrer que nous sommes inaccessibles à la peur.

En vain les deux compagnons d'Arnold lui représentèrent-ils la témérité de sa résolution, celui-ci avait à cœur de l'accomplir; et, après s'être éloignés d'une centaine de pas, les trois déterminés chasseurs descendirent dans le fossé. Ils trouvèrent le tigre continuant sa promenade circonscrite, ainsi que le fait une sentinelle attentive au poste qui lui a été confié; et à peine se furent-ils montrés dans le ravin, que le tigre, comme pour essayer l'élasticité de ses allures, alla bravement au-devant de ses ennemis, qui cheminaient côte à côte, s'arrêta, poussa un rauquement saccadé et sembla dire à ses visiteurs: A la bonne heure, je savais bien que vous viendriez me faire visite, puisque vous n'avez pas fui en m'apercevant pour la première fois. De leur côté, les courageux chasseurs, le pied gauche en avant, et dans la position du soldat croisant la baïonnette, avançaient semelle par semelle, certains que la lutte ne tarderait pas à commencer.

— Attention, dit Bancks à voix basse, attention, camarades, et union surtout: si nous nous séparons, pas un de nous ne retournera à Bombay; ce sera beaucoup déjà de vaincre à trois; nous le pouvons, quoique la bête vorace me semble de fort mauvaise humeur. Tenez, la voilà qui gratte la terre, la voilà qui agite sa moustache et qui frémit de tous ses membres; attention, mes amis!

Le tigre a délibéré, il s'élance... les trois piques en arrêt le frappent à la fois, l'une à l'épaule, qu'elle creuse profondément; l'autre au ventre, qu'elle ouvre jusqu'aux entrailles; et la dernière dans la gueule même du monstre, dont elle déchire la joue. Au choc, les chasseurs sont renversés; mais, sur une rapide parole d'Arnold, ils se redressèrent à l'instant et se retrouvèrent coude à coude. Le tigre se débat en forcené contre les fers dentelés restés dans les plaies, et ses évolutions ne font qu'accroître sa douleur et sa rage. Profitant du désordre et du découragement du tigre, les intrépides athlètes vont à lui armés de leurs poignards et l'en frappent sans jamais l'abattre. L'un d'eux, plus courageux, osa l'attaquer de face; mais le tigre, dans un dernier élan, le saisit au bras et le coupa net au-dessus du coude. Ce fut son agonie. Bancks, désolé d'une victoire qui lui avait coûté si cher, retourna vite à Bombay, où son ami mourut des suites de l'opération qu'il dut subir. Le lendemain de ce terrible combat, quelques Indiens s'étant rendus au ravin indiqué par Arnold pour s'emparer de la peau du tigre, ils ne trouvèrent que des membres horriblement mutilés et les traces sanglantes des bêtes féroces qui étaient venues pendant la nuit pour assouvir leur faim sans cesse renaissante.

A Singapoore, en 1819, pendant une nuit et au milieu d'un épouvantable orage, un tigre monstrueux alla fièrement s'installer dans le grand bazar et attendit l'arrivée du peuple, comme s'il n'y avait point péril pour lui dans cette témérité. Un marchand de thé, en ouvrant son magasin, aperçut le premier la bête féroce, se hâta de se barricader et donna l'alarme à ses voisins. Le cri du tigre répondit à cet appel; et bientôt tout le quartier en émoi résolut de donner la chasse à un si dangereux visiteur. Le brave capitaine Fiedling se mit à la tête d'une vingtaine de sipayes, armés de fusils, et alla droit au tigre, suivi par une foule nombreuse de gens munis de fourches, de sabres, de bâtons et de pistolets. A leur approche, le tigre se leva et céda le terrain, mais pas à pas, comme un ennemi qui ne veut point combattre, sans pourtant céder à la panique. Le capitaine Fiedling se détachant des siens, s'approcha seul de la bête féroce, qui, surprise de tant d'insolence, s'arrêta alors et jeta sur le téméraire un regard foudroyant.

Le capitaine frémit; il s'aperçut, mais trop tard, qu'il faut plus de circonspection en présence du tigre royal, et, toutefois, le doigt sur la détente de sa carabine, il attend bravement l'animal.

De son côté, le monstre prévoyant ne juge pas à propos d'aller au-devant de la balle meurtrière, et, soit adresse, soit afin d'éviter un combat trop inégal, car un monde était là devant lui, il céda une seconde fois la place, mais toujours à reculons, comme celui qui, même dans la défaite, ne veut pas mourir seul.

Grâce à cette manœuvre, on se vit bientôt dans une rue étroite où les mouvements du tigre devaient se trouver comprimés. Habile à profiter de cette heureuse position, le capitaine Fiedling mit son fusil en joue, fit feu, et la balle pénétra dans l'œil de la bête féroce. Un rugissement affreux se fit entendre; la terreur s'empara de la foule, on se rua les uns sur les autres, on se blottit pêle-mêle dans les maisons assiégées, on se sauva jusque dans la campagne; et en moins d'un quart d'heure le capitaine se trouva seul à seul avec le tigre, dont les ongles creusaient le sol et qui recevait sur sa langue haletante le sang qui s'échappait de sa blessure.

Fiedling s'était armé de son second pistolet, et un poignard était à sa main gauche. Le tigre furieux s'élance sur son adversaire; une balle part, le terrible quadrupède est frappé, mais il ne meurt qu'après avoir broyé le crâne de son ennemi.

Ne serez-vous point effrayés de la puissance du tigre du Bengale, lorsque vous apprendrez que pendant une chaude journée de septembre, à deux lieues au nord de Calcutta, une compagnie de sipayes armés rencontra deux de ces terribles quadrupèdes venant à elle avec des bonds immenses, ne s'arrêtant qu'à une trentaine de pas de la milice préparée à l'attaque, et ne pouvant se résoudre à fuir devant un péril aussi grand?

Ils étaient là couchés sur le ventre, la gueule béante, l'œil ouvert à tous les mouvements des soldats qui venaient de glisser une double charge dans les canons de leurs fusils. Le capitaine de la troupe ordonna aux siens de marcher à pas lents, recommandant surtout une décharge générale et une parfaite union.

— Notre force ne doit point être divisée, leur dit-il; si nous nous séparons les uns des autres, il y aura des malheurs : combattez coude à coude et la baïonnette en avant.

Quinze pas séparaient les adversaires. On commandait déjà le feu, quand les deux tigres, plus rapides que la parole, s'élancèrent au milieu des soldats. Les balles devinrent inutiles; mais les baïonnettes firent leur office, et les tigres, chargés de toutes parts, se virent bientôt réduits au courage du désespoir. Ils tombèrent sous mille blessures d'où s'échappait un sang noir et bouillant; et lorsque les sipayes hors d'haleine jetèrent un coup d'œil sur le champ de bataille, ils virent six des leurs étendus sans vie sur un lit d'armes brisées.

L'un d'eux, d'un seul coup de mâchoire, avait eu la cuisse séparée du corps; un autre avait perdu le bras droit, un troisième était méconnaissable, car les dents du tigre lui avaient horriblement broyé la tête. Presque toutes les victimes étaient mortes sans agonie, et les poitrines ouvertes des cadavres attestaient le délire de la bête féroce.

Quinze fusils furent brisés, six baïonnettes étaient tordues, et les bois durs portaient profondément empreintes les traces des dents aiguës et tranchantes des redoutables quadrupèdes.

On exposa un jour, près de Chandernagor, un buffle à la voracité de deux tigres qui, toutes les nuits, venaient audacieusement rôder auprès des habitations et emportaient fort souvent quelques pièces de bétail. Des chasseurs intrépides, une meute de chiens aguerris, se tenaient aux aguets près du buffle captif, et n'attendaient que le combat pour s'élancer contre les vainqueurs. Le soir même, les tigres, qui s'étaient fait une habitude de leurs rapines, s'avancèrent comme deux frères amis vers la petite ville témoin de leurs exactions. Les beuglements étouffés du buffle firent changer de route aux bêtes féroces; elles se précipitèrent en affamées vers le point où gémissait leur victime, et les voilà, d'un seul choc, se vautrant dans le sang d'un cadavre.

Les chasseurs se disposaient à se montrer, afin d'interrompre le repas qui allait commencer; mais ils s'arrêtèrent au premier pas, dans la prévision de la lutte qui semblait devoir s'engager entre les deux tigres.

En effet, intimes pour le meurtre et la destruction, les deux terribles quadrupèdes devinrent rivaux irréconciliables pour le partage; chacun voulut la meilleure part du festin. Des rauquements sourds et saccadés précédèrent les coups de griffes, les gueules haletantes s'ouvrirent, les adversaires prirent de l'espace; et là, tout près de leur victime, eut lieu un de ces combats à mort dont les solitudes seules doivent souvent offrir le magnifique spectacle.

La récompense du vainqueur était trop belle pour que la rage des jouteurs demeurât tiède; aussi, après un quart d'heure de frénétiques rauquements, de sanglantes étreintes et de déchirements horribles, un des tigres tomba pour ne plus se relever. Le second, tout meurtri, tout brisé, allait se reposer dans le sang du buffle devenu sa légitime propriété, lorsque les chasseurs en alerte s'avancèrent bravement vers lui et ne tardèrent point à l'abattre.

Ce serait à lasser l'attention de mes lecteurs que de leur signaler les mille moyens employés par les chasseurs du haut Indoustan pour la destruction de ce formidable dévorateur, dont chaque cri est une colère, chaque pas une hostilité, chaque menace une mort.

Nulle arme n'est assez éprouvée contre le tigre royal du Bengale, nulle barrière assez solide, nulle embuscade assez bien combinée. Piques, poignards, tridents, flèches empoisonnées, meutes courageuses, fusils, mitraille, chasseurs intrépides, tout est infructueux, tout est impuissant. Le tigre promène ses dévastations dans les habitations isolées, dans les bourgs protégés par des milices, dans les cités défendues par de hauts remparts.

Le tigre est un fléau traînant après lui la destruction. Malheur à qui se trouve sur la route du tigre!

CHASSE A L'HIPPOPOTAME

NOTICE

Ce n'est que depuis les grands voyages de découverte faits dans le seizième siècle par les Espagnols et les Portugais que l'hippopotame est parfaitement connu. Aristote et Pline donnent sur cet animal des descriptions si bizarres, qu'il faut les reléguer aujourd'hui parmi les contes les plus absurdes des anciens naturalistes.

La grosseur de l'hippopotame est à peu près égale à celle de l'éléphant; mais il est encore plus lourd que le monstrueux quadrupède. Sa peau, qui a un pouce d'épaisseur, est tellement dure, qu'une balle peut à peine la percer. Les naturels des pays où se trouve ce sale amphibie en font des chaussures, en couvrent leurs maisons et en taillent des lanières dont ils se servent comme nous faisons de nos cravaches. On voit sur la surface de cette peau huileuse des poils blanchâtres très-rares qui échappent aux investigations de l'observateur; au cou on en trouve de bien plus gros; mais c'est sur les lèvres principalement que, plus pressés, ils forment une espèce de moustaches.

Sa gueule, de forme carrée, est garnie de quarante-quatre dents diversement taillées; elles sont d'une substance si dure, que, frappées par le fer, elles font jaillir de vives étincelles; les canines surtout useraient l'acier au frottement.

La couleur de l'hippopotame est noirâtre, mais d'une teinte inégale et par taches irrégulières; il ne produit qu'un petit qui, à sa naissance, offre l'aspect hideux d'une masse informe que vous prendriez pour un tas de boue mouvante.

L'hippopotame est omnivore; il mange du riz, de l'herbe, des fruits, des ronces et se nourrit aussi de crocodiles, de poissons, de chair humaine.

J'ai vu, dit un voyageur digne de foi, un hippopotame saisir une de mes embarcations, planter ses dents supérieures sur le bord d'une chaloupe, les inférieures à quatre pieds de distance vers la quille, et la faire couler bas.

Le mâle est un tiers plus grand que la femelle; c'est-à-dire qu'il est un tiers plus horrible et plus dégoûtant à observer.

CHASSE

Reposons-nous quelques instants et respirons à l'aise tout en poursuivant notre course. Ce n'est pas toujours le repos qui délasse, la distraction et le mouvement ont aussi ce privilége; nous l'avons appris par une longue expérience.

Et puis encore toujours du sang! toujours des griffes qui déchirent, des dents qui pénètrent dans les chairs, des venins qui les corrodent et les putréfient, des cris et des rugissements, des piques, des poignards, des balles et du carnage! Reposons-nous un peu, le narrateur se fatigue comme vous de cette odeur de sang qui le poursuit depuis la première page de son livre.

Il y a des noms qui sont des portraits. Dès qu'on les prononce, vous croyez voir l'image, non pas les détails, mais les contours extérieurs, la masse, et vous seriez courroucé si, à l'aspect du modèle, vous trouviez que votre imagination a menti.

Hippopotame! Je vous défie, à la vue des onze lettres qui composent ce mot, de ne pas vous trouver en présence d'un être monstrueux, gluant, informe, lourd, gauche, ne se mouvant qu'avec douleur; un de ces êtres pour ainsi dire inachevés, que le Créateur jeta ici-bas dans un moment d'ennui, et auxquels il a oublié de donner le dernier coup de râteau.

Hippopotame! masse noire de chair huileuse, infecte, traînant avec elle le limon et la boue des rivières, les roseaux qui protégent leurs bords, le lotus qui tapisse leur surface; superfétation monstrueuse qui nage sur la terre et marche dans les eaux, qui ne fait rien comme les autres animaux; être amphibie, parce que, comme il tient de toutes les natures, il jouit des facultés de chacune d'elles. Hippopotame! amas incohérent de choses que l'imagination la plus déréglée ne saurait accoupler; car il a des nageoires pareilles à des mains, la tête semblable à un crapaud cyclopéen, et un corps que vous prendriez pour une agglomération capricieuse de goudron et de bitume sur laquelle on aurait passé la truelle.

Vous trouverez des mots plus longs sans doute que celui dont il est question dans ces lignes, et que je vous signale sans trop oser les transcrire. Je vous défie d'en trouver un dont les lettres se combinent mieux pour soulever l'estomac.

Phoque, limaçon, crocodile, éléphant, rhinocéros, sont des mots suaves, pleins de grâce à côté de celui d'hippopotame; et certainement, en créant la chose, Dieu dut créer le mot pareil dans toutes les langues. Si les Hottentots l'ont changé, ce dont je ne me souviens plus, c'est que Hottentot et stupidité sont les plus parfaits des synonymes.

Est-ce l'image du monstre qui m'a dégoûté du mot? Je ne peux pas le croire, quoique j'aie fort souvent essayé de me le persuader; ce n'est pas sans réflexion que je suis demeuré convaincu de la naissance de mon dégoût; cela est si vrai, que, lorsqu'il m'arrive, dans un moment d'humeur, de me fâcher contre mon valet ou contre ma ménagère, qui est la plus gracieuse fille du monde, et de les appeler hippopotame, il faut bien des caresses et bien des journées heureuses pour rendre à mes objets chéris ma première affection.

Ce préambule est un peu long, sans doute, mais je vous demanderai si vous ne reculez pas autant que possible de vos lèvres la liqueur amère que vous présente votre docteur, et si, avant de l'avaler, vous n'avez pas déjà beaucoup souffert.

Encore si, pour escorter tant de perfections, le séduisant hippopotame possédait quelque chose de l'audace du lion, de l'intelligence du castor, de la vivacité du léopard ou de l'astuce du crocodile, l'on pourrait peut-être se laisser aller à un peu de sympathie pour son isolement et ses malheurs; mais non. Il est là, colosse inerte, sans transes dans ses joies, sans fébrilité dans ses agonies, et l'on dirait qu'il n'a accepté la vie que comme un fardeau.

Mais pourquoi donc lui déclare-t-on une guerre si active? Pourquoi donc le traquer avec tant d'ardeur au sein des eaux qu'il fait tourbillonner par ses lourdes aspirations, ou sur la plage où il vient se réchauffer aux ardeurs du soleil? N'est-ce pas là une injustice humaine? N'est-ce pas là une cruauté inutile?

Hélas! il n'y a pas sur la terre un atome qui n'ait son mérite caché, et vous voyez que la vipère devient elle-même un remède contre certains fléaux: qui le croirait? l'hippopotame est un cosmétique précieux aux Hottentots. Ils embaument leur corps de ses émanations putrides, ils se fardent de sa graisse corrosive, et les Vénus de ce sol privilégié, dont vous avez vu un si curieux et si ravissant échantillon il y a quelques années à Paris, feraient fi du tendre courtisan qui se présenterait à elles sans une épaisse couche d'essence d'hippopotame depuis le sinciput jusqu'à la plante des pieds.

Allons donc à la conquête des parures et des atours des beautés hottentotes.

L'hippopotame (pardonnez-moi de prononcer si souvent ce mot ignoble) ne vit presque jamais seul. Il aime la société, il se plaît en compagnie de ses semblables, et vous croiriez que c'est pour se consoler de ses difformités effrayantes. On n'est hideux ou beau que par la comparaison.

Pour aller à la rencontre du tigre, du rhinocéros ou du lion, les chasseurs attendent le jour ou le soleil; mais, comme il faut que tout soit extraordinaire dès qu'il s'agit des hippopotames et des êtres brutes qui les poursuivent, on choisit pour vaincre le monstrueux amphibie les temps les plus orageux et les nuits les plus sombres. Ce n'est pas encore assez, et l'on se voit forcé en quelque sorte de donner un démenti aux ténèbres, en cherchant à les dissiper après les avoir invoquées. Voyez:

Il y a dans l'air quelque chose d'épais et de lourd qui tombe sur le sol et rend douloureuse toute respiration. Le Hottentot sort de sa hutte, il secoue ses membres sans élasticité et grogne comme l'hyène pour réveiller ses camarades assoupis. Les voilà tous: les uns, pourvus de torches composées à l'aide de l'huile fétide du monstre qu'ils vont combattre et qui éclaire ainsi lui-même sa dernière agonie, glissent le long du fleuve, tandis que les autres, armés de piques, de gros bâtons et de casse-têtes s'éloignent du rivage. Ceux-ci sont les combattants; et, par un singulier privilége, ce sont eux aussi qui courent le moins de danger.

Les premiers, dés qu'ils ont vu le long de la plage les hippopotames endormis, se faufilent doucement au milieu des roseaux, des herbes et des joncs serrés qui protégent les bords du fleuve, s'y tiennent un instant immobiles avec de l'eau jusqu'à la ceinture; et puis, à un signal convenu, ils allument leurs torches, les agitent, et poussent à l'air d'affreux rauquements. Vous diriez un sabbat de sorcières et de démons préludant à d'infernales orgies.

Le bruit, le tumulte, cette turbulence inaccoutumée des roseaux, ces larges colonnes de fumée qui montent en spirales, cette clarté soudaine au sein de l'obscurité la plus profonde, épouvantent les hippopotames qui bondissent d'abord fébrilement, se roulent et tournoient sur eux-mêmes, comme pour se donner le courage d'une résolution, et se décident enfin à prendre la fuite. L'hippopotame ne peut mentir à sa nature.

Dans ce désordre des eaux, des lumières rougeâtres et de la nuit envahie, quelques-uns des amphibies, éblouis et saisis de vertige, courent en insensés vers le danger qui semble les poursuivre, et s'élancent au sein du fleuve, où ils trouvent, sans le savoir, la sécurité et la vie, tandis que leurs compagnons, fuyant le rivage, se perdent dans les terres et les lagunes voisines, où les armes des Hottentots ne tardent pas à les achever. Quant à ces derniers, vous le comprenez, rien n'est à craindre pour eux; ils sont sur un champ de bataille solide, leurs mouvements, quoique lourds et difficiles, ont plus d'élasticité que ceux des hippopotames, et l'amphibie ne mord jamais que les objets qui se jettent d'eux-mêmes dans son immense mâchoire. La stupidité des Hottentots ne va pas jusqu'à une pareille condescendance; historien fidèle, je leur dois cette juste réparation. Puisse-t-elle les protéger contre l'injustice des voyageurs! ·

Mais les autres chasseurs, ceux qui étaient blottis dans le fleuve, écrasés par la masse énorme qui se rue sur eux, sont souvent entraînés, étouffés, broyés au fond des eaux, où leurs cadavres servent de pâture le lendemain aux crocodiles, qui restent neutres dans ces ignobles mêlées, et se promènent, lâches dévorateurs, comme une hière avide au milieu de ces eaux et de ces terres silencieuses.

Cependant cette étrange chasse n'est pas la seule en usage chez les Hottentots et les Cafres, leurs redoutés voisins. Ceux-ci, par esprit d'indépendance et pour n'avoir rien de commun avec les premiers, ne craignent pas, dès qu'un étranger leur demande la dépouille d'un de ces amphibies, de s'élancer dans les flots, de plonger et d'aller réveiller, à l'aide d'un poignard empoisonné, leur adversaire surpris au sein de sa laborieuse digestion. C'est alors un combat à outrance, une lutte ardente entre un homme fort, leste, intrépide, et une masse lourde, gigantesque; c'est le choc terrible d'une des plus monstrueuses créations de Dieu stimulée par la douleur contre un homme petit et prompt, forcé de résister à la fois aux mouvements du monstre et à l'agitation des flots. Il y a bonheur, je vous l'assure, quand un seul cadavre est vomi sur la grève. Mais il est juste d'ajouter que l'hippopotame tue sans le vouloir; sa volonté n'est pour rien dans le demi-triomphe: l'hippopotame n'a point de volonté. ·

Dans le pays dont nous décrivons les délassements, les plaisirs d'un goût si exquis, la variété est souvent invoquée, et les habitants de ces suaves contrées, que la civilisation n'a pas encore corrompus, comme dirait certaine philosophie, ne manquent pas de quelque intelligence pour arrêter les funestes effets de la lassitude, de la monotonie et de la torpeur. Ce n'est pas tout que de se couvrir des pieds à la tête d'une épaisse couche d'huile fétide, gluante, qui se crevasse d'abord et se résout plus tard en gouttes opaques courant le long du corps, et suivant les sinuosités des muscles, ainsi que le fait dans la plaine un ruisseau obéissant aux caprices du sol. Ce n'est pas tout que de se nourrir quotidiennement, tantôt d'une belle tranche d'hyène ou d'hippopotame à demi racornie le matin à l'aide d'une fumée noire et résineuse sur des charbons ardents. Ce n'est pas tout encore que de se trouver presque à chaque heure en présence de ces beautés informes, cour-

tes, trapues, à la tête pointue, au front déprimé, aux épaules de portefaix, à l'immense bouche ayant toujours une petite confidence à faire à l'oreille crasseuse, aux seins volumineux se promenant sur les cuisses, pareilles à d'énormes soliveaux, aux yeux petits et chassieux, aux dents verdâtres autour desquelles vous croyez voir pousser un délicieux gazon; il faut encore que le Hottentot, dont je viens d'esquisser en peu de mots la physionomie (car le mâle ressemble passablement à la femelle), il faut, dis-je, (le Sybarite qu'il est), que sa vie se passe dans des joies plus variées que j'ai déjà décrites; et, comme il n'aime que les occupations qui n'ont besoin ni d'audace ni d'énergie, il a imaginé d'aller à la chasse de l'hippopotame sans être contraint de se cacher à demi dans l'eau, et de le tuer sur la plage avec promptitude, car toute sorte d'activité l'écrase lui-même. Chez les autres hommes, c'est le mouvement qui fait la vie; chez les Hottentots, c'est le sommeil. N'ai-je pas déjà écrit cela?

L'hippopotame aime, dit-on, une musique douloureuse (comme si l'hippopotame pouvait aimer quelque chose!). Pareil en cela au crocodile, qui chemine sourdement pour satisfaire sa gloutonnerie vers le petit Malais en pleurs, loin du rivage, le monstre dont nous parlons avec tant d'amour se traîne, assure-t-on, vers les lieux isolés d'où partent des cris plaintifs. Il paraît que le Hottentot a fait cette remarque, lui qui n'a sans doute remarqué que cela dans sa vie. Or, qu'arrive-t-il? Que sitôt que l'hippopotame a roulé sa masse hors de l'eau, le Hottentot gémit et l'attire à lui, tandis que ses camarades, se glissant entre le monstre et le fleuve, se disposent bravement à lui barrer le retour. Mais dans sa course de dilettante, l'hippopotame doit parcourir un terrain sur lequel est étendu un énorme filet amarré par deux bouts à des arbres, et que des chasseurs attentifs replient sur le monstre à l'aide de fortes courroies prenant une direction inverse à celle de l'amphibie. Cela fait le devoir du Hottentot, qui voulait une proie, serait, selon nous, de l'achever promptement à coups de massues ou de piques. Mais point : le joyeux Africain aime, vous le savez, les longues joies du triomphe, et comme il craint qu'elles ne lui soient souvent refusées, il les savoure lentement et sourit pendant plusieurs jours au moins à la douloureuse agonie du vaincu. Le filet garde l'hippopotame luttant vainement contre les mailles solides qui l'emprisonnent; les Hottentots, autour de la bête monstrueuse, la persécutent lâchement dans sa captivité, et, généreux à leur manière, ils la déchirent par petits lambeaux, et vont matin et soir, selon les besoins de leur toilette ou l'appétit de leur estomac, chercher les filets les plus savoureux du monstre, qui se voit démoli petit à petit sans que ses tristes gémissements trouvent chez les sauvages un peu de pitié.

Pendant l'absence des Hottentots, les oiseaux de proie et les bêtes fauves se ruent aussi sur le malheureux hippopotame en lambeaux; de telle sorte que ses tortures si lentes jettent dans le cœur du chasseur européen un peu de cet intérêt qu'on accorde toujours au malheur. J'ai presque pleuré au dernier soupir du tigre expirant sous la gueule et la griffe du lion. Je pourrais vous dire ici les joies intérieures de la famille, les élans de tendresse des vieillards, les caresses naïves des jeunes femmes, les gazouillements des petits bambins pareils au coassement des grenouilles, à chaque retour du brave chasseur apportant sur ses épaules un fragment de chairs putrides de l'hippopotame déchiqueté par les hyènes, les corbeaux et les vautours; mais notre langue est trop pauvre pour peindre certaines émotions de l'âme, étrangères à nos mœurs, à nos usages, et surtout à notre vie si froide et si alignée. J'aime mieux avouer franchement mon impuissance et vous transporter d'un seul pas au milieu de scènes prises dans des pays plus perfectionnés, au sein d'une nature vivante, moins chaude et plus tourmentée. Je crains de trop irriter votre appétit de voyage déjà si ardent, de vous arracher à vos pieuses méditations du foyer, et je ne veux pas que vous m'accusiez plus tard du courroux des océans, dont je ne vous parle pas, ainsi que des atroces tortures de la nostalgie, que vous êtes si heureux de ne pas connaître.

Quel est le petit coin de terre sur ce globe de douleurs où une peine amère ne succède point à un tiède plaisir, et une poignante désillusion à un rêve de bonheur? Généreux jusque dans mon infortune si exceptionnelle, je vous en indiquerai un que j'ai découvert à grand'peine, alors que mes yeux, pareils à deux comètes flamboyantes, fouillaient avec tant de sécurité dans le plus lointain horizon; je vous le signale avec confiance. Au milieu du vaste océan Pacifique, entre les îles Sandwich et l'archipel des Amis (ainsi nommé sans doute parce qu'on s'y livre perpétuellement des guerres homicides), à huit degrés de latitude boréale, et je ne sais plus combien de degrés de longitude, il est un îlot tout mignon de deux lieues au plus de circonférence, entouré de récifs à fleur d'eau, visité par la lame voyageuse avec un bruissement éternel, où la végétation est verte et riante, et sous laquelle vient parfois s'abriter l'oiseau pélagien. Là nulle colère ne s'agite, nulle haine ne s'allume, nulle jalousie ne torture, nulle calomnie ne déchire; là, tout est calme, tout est solennel comme l'éternité. Savez-vous pourquoi? Je vais vous le dire. C'est que l'île dont je vous parle est inhabitée et inhabitable.

M'en voudrez-vous encore si je ne vous l'indique pas d'une manière précise sur la carte nautique?

CHASSE AU RHINOCÉROS

NOTICE

La couleur du rhinocéros est ordinairement olivâtre; cependant il s'en trouve quelques-uns, surtout en Afrique, qui sont gris, et des voyageurs assurent en avoir vu d'entièrement blancs. Les Indiens estiment la corne du rhinocéros bien plus que l'ivoire de l'éléphant, non pas tant à cause de la qualité ou de la blancheur de la matière que de sa substance même, à laquelle, dans leur ignorance, ils attribuent un grand nombre de qualités spécifiques et de propriétés médicinales.

Ce hideux quadrupède est, comme le cochon, enclin à se vautrer dans la boue et à se rouler dans la fange. Il aime les lieux humides et marécageux et les bords des rivières. On en trouve en Asie, en Afrique, au Bengale, à Siam, à Laos, au Mogol, à Sumatra, à Java, en Abyssinie, en Éthiopie, au pays des Anzicos et jusqu'au cap de Bonne-Espérance. Toutes les parties de son corps et même son sang, son urine, ses excréments, sont estimés comme des antidotes contre tout venin; mais c'est là une de ces croyances dont les récentes études des voyageurs ont fait bonne justice. Il se nourrit d'herbes grossières, de chardons, d'arbrisseaux épineux; il préfère ces aliments agrestes à la douce pâture des plus belles prairies. Les cannes à sucre sont aussi fort de son goût, et il mange de toutes sortes de graines. Sa langue est si rude, qu'elle râpe et déchire ce qu'elle touche, et même l'écorce des arbres.

Après l'éléphant, le rhinocéros est le plus puissant des quadrupèdes. Il a au moins douze pieds de longueur depuis l'extrémité du museau jusqu'à l'origine de la queue; et la circonférence du corps est à peu près égale à sa longueur. Il approche donc de l'éléphant par le volume et par la masse, et s'il paraît bien plus petit, c'est que ses jambes sont beaucoup plus courtes, à proportion, que celles de l'éléphant; mais il en diffère surtout par les facultés naturelles et par l'intelligence. Privé de toute sensibilité dans la peau, manquant de mains et d'organes distincts pour le sens du toucher, n'ayant au lieu de trompe qu'une lèvre mobile dans laquelle consistent tous ses moyens d'adresse, il n'est guère supérieur aux autres animaux que par la force, la grandeur et l'arme offensive qu'il porte sur le nez. Cette arme est une corne très-dure, solide dans toute sa longueur, et placée plus avantageusement que les cornes des autres animaux ruminants. Celles-ci ne munissent que les parties supérieures de la tête et du cou, tandis que la corne du rhinocéros défend toutes les parties antérieures du museau et préserve le mufle, la bouche et la face. Aussi le tigre attaque-t-il plus volontiers l'éléphant, dont il saisit la trompe, que le rhinocéros, qu'il ne peut presser sans courir le risque d'être éventré, car le corps et les membres sont recouverts d'une enveloppe impénétrable, et cet animal ne craint ni la griffe du tigre, ni l'ongle du lion, ni le fer ni le feu du chasseur. Sa peau est un cuir bien plus dur et plus épais que celui de l'éléphant; il n'est pas sensible comme lui à la piqûre des mouches; il ne peut non plus ni froncer ni contracter sa peau : elle est seulement plissée par de grosses rides au cou, aux épaules et à la croupe pour faciliter le mouvement de la tête et des jambes, qui sont massives et terminées par de larges pieds armés de trois grands ongles. Sa tête est beaucoup plus longue que celle de l'éléphant; mais ses yeux sont encore plus petits, et il ne les ouvre qu'à demi.

La mâchoire supérieure du rhinocéros est plus avancée que l'inférieure, et la lèvre du dessus a du mouvement et peut s'allonger jusqu'à six ou sept pouces; elle est terminée par un appendice pointu qui donne à cet animal plus de facilité qu'aux autres quadrupèdes pour cueillir l'herbe et en faire des poignées à peu près comme l'éléphant en fait avec sa trompe. Cette lèvre, musculaire et flexible, est une espèce de main ou de trompe très-incomplète, mais qui ne laisse pas de saisir avec force et de palper avec une certaine adresse. Au lieu de ces longues dents d'ivoire qui forment les défenses de l'éléphant, le rhinocéros a sa puissante corne et deux fortes dents incisives à chaque mâchoire. Ces dents incisives, qui manquent à l'éléphant, sont fort éloignées l'une de l'autre dans les mâchoires du rhinocéros; elles sont placées une à une à chaque coin ou angle : vous ne rencontrez pas d'autres dents pareilles dans toute la partie antérieure que recouvrent les lèvres. Ses oreilles se tiennent droites et sont assez semblables pour la forme à celles du cochon : ce sont les seules parties chargées de poils ou plutôt de soies. L'extrémité de la queue est, comme celle de l'éléphant, garnie d'un bouquet de grosses soies très-solides et très-dures.

Le rhinocéros a trois sabots de corne à chaque pied; les plis de la peau se renversent en arrière les uns sur les autres; on trouve entre ces plis des insectes qui s'y nichent, des bêtes à mille pieds, des scorpions et même de petits serpents. Il est très-certain qu'il existe des rhinocéros qui n'ont qu'une corne sur le nez, et d'autres qui en ont deux; mais il n'est pas aussi bien démontré que cette variété soit constante, et qu'on en trouve également en Afrique et dans les Indes.

Ils allument leurs torches, les agitent, et poussent à l'air d'affreux rauquements. (Page 46.)

CHASSE

Si je vous disais qu'un cheval vient de naître tout capa-raçonné, rongeant son mors qui le fait esclave, tout fier de sa selle, de ses sabots ferrés, de sa bride et de ses sangles, vous crieriez non pas au miracle, mais à l'impossibilité, et vous renverriez le narrateur aux contes des *Mille et une Nuits.* Il y aurait injustice pourtant, et mère nature est si bizarre, si capricieuse, si étrange dans ses créations, que ce qui vous a paru tout d'abord une monstruosité, un mensonge, est une réalité, une combinaison sage, régulière, une harmonie logique, j'allais presque dire une nécessité. Avez-vous vu un rhinocéros? Avez-vous étudié cette colossale charpente où tout se meut comme par des ressorts, des pênes, des gâches, des loquets, et sans le secours des muscles? Cette chose qui roule avec tant de force, cette masse imposante qui écrase le sol sur

lequel elle pose ses pieds de géant, cette citadelle promeneuse au dedans de laquelle vous trouvez du sang, des fibres, un cœur, des intestins et de la chaleur, est, je vous l'atteste, une des plus curieuses études du naturaliste et du philosophe. L'homme aurait imaginé le lion, le serpent, la baleine, l'éléphant peut-être; à coup sûr il n'eût point bâti le rhinocéros. Dieu seul avait ce pouvoir, et encore a-t-il jeté ce volumineux quadrupède sur la terre pour prouver que la Divinité même avait ses moments de déraison. Est-ce que je blasphème?

J'entends crier au loin et tomber mutilés les arbres les plus robustes des forêts: leur feuillage éternel roule brisé comme si l'ouragan promenait sur lui ses écrasantes haleines. J'entends le galop cadencé d'un escadron de cavalerie au travers de la plaine usurpée; il me semble que je vais assister à la lutte de deux tigres qui déjà creusent le sol et envahissent l'espace de leurs lugubres rauquements. Eh bien, non, c'est tout simplement un rhinocéros, un seul rhinocéros qui sort de son gîte et se met en quête de

Imprimé par H. Didot, Mesnil (Eure), sur les clichés des Editeurs.

Il voit le monstre venant de son côté. (Page 50.)

sa nourriture quotidienne. Ce terrible quadrupède, l'un des plus rares qui parcourent les solitudes indiennes et africaines, ne sait point louvoyer; les détours lui sont impossibles, il va droit son chemin comme le fait l'aigle dans les airs, et, au lieu de tourner un obstacle, il le brise et passe dessus. La course du rhinocéros est la plus exacte définition de la ligne droite; seulement elle n'est pas la trace d'un point vers un autre, le point n'a pas de dimension. Le rhinocéros est un bloc de roches, un banc madréporique; le dos du rhinocéros porterait un monde.

A la bonne heure, de tels ennemis à combattre! A la bonne heure, le siége de ces bastions si bien défendus et contre lesquels le canon seul semble avoir quelque puissance! Qui donc osera poursuivre le rhinocéros dans ses déserts, alors que le lion lui-même l'évite sans le fuir? Qui donc se présentera à lui pour l'arrêter dans ses excursions? Qui? Celui qui seul ne recule devant aucune difficulté, celui qui seul veut dominer, régner sur la terre, et qui cependant appelle si souvent à son aide les êtres qu'il

a soumis. L'homme attaquera donc le rhinocéros parce qu'il s'attaque, lui, aux colères des fleuves, aux envahissements de la mer, aux fureurs des ouragans. Mais il n'ira pas seul.

En Afrique, nulle peuplade ne fait la chasse au rhinocéros, parce qu'on n'a nul moyen de le combattre. Dans quelques parties de l'est, vers le pays des Hottentots, on a essayé d'apprivoiser des éléphants pour combattre le rhinocéros et l'arrêter dans ses terribles excursions; mais la férocité de celui-ci rallumait souvent l'ardeur de son adversaire, et il n'était pas rare de voir les deux colosses se réunir pour la ruine et la destruction d'un village. Au surplus, j'ai remarqué que les peuples sauvages avoisinant la belle colonie du Cap n'aiment à s'attaquer dans leurs luttes contre les animaux qui les entourent qu'à ceux dont la mort leur offre quelque bénéfice, et ils ne retirent guère que quelques pièces d'étoffe de la défense du rhinocéros et de ses nerfs, que les habitants de Table-Bay façonnent en élégantes et solides cravaches. Un district entier, armé de flèches empoisonnées, de piques, de tridents et de casse-têtes, peut, à la rigueur, attendre le lion et l'arrêter au milieu de ses ravages : l'éléphant est souvent vaincu par la ruse, l'adresse et la force ; le tigre se repent parfois de s'être trop avancé au travers des populations armées ; mais le rhinocéros est sans adversaires dangereux et sans dominateur. Les massues n'écrasent point les rocs de granit ou les enclumes, et les flèches ne percent pas plus la cuirasse du rhinocéros que celle du crocodile.

Quant à vous, chasseur imprudent, qui osez l'attendre et espérez un triomphe, si vous êtes assez leste, assez agile pour éviter un coup de sa bouture, vous succomberez à coup sûr à la secousse de son épaule ou de ses jarrets. Les profonds et larges fossés recouverts de branches et de broussailles sont encore un des moyens de destruction que les naturels de l'Afrique méridionale mettent en œuvre contre le rhinocéros ; et, comme l'intelligence du colosse est fort bornée, il est rare qu'il échappe à un piége, lorsqu'on le creuse sur sa route, et qu'on place à la superficie les feuilles, les fruits, les ronces, les racines ou les écorces dont il se nourrit. Le bruit de sa chute, pareil à celui d'un roc tombant dans un abîme, donne l'éveil aux peuplades qui accourent et jettent dans le fossé des bois enflammés, des matières résineuses produisant une fétide et noire fumée qui étouffe le quadrupède ou le fait mourir dans les flammes au milieu des plus horribles tortures. Cependant ce moyen assez commun de combattre le rhinocéros n'offrant au chasseur aucun bénéfice, les Cafres et les Hottentots ne l'emploient guère que lorsque la présence de plusieurs de ces redoutables ennemis leur est signalée aux alentours de leurs habitations, sans cesse menacées par les bêtes féroces les plus formidables qui pèsent sur ce continent de malheur. C'est un tranquille et magnifique séjour à se donner en effet que celui où le tigre et le lion promènent leurs ravages, où l'hippopotame répand ses miasmes putrides, l'hyène ses sauvages dévastations, le crocodile ses terreurs ; où l'éléphant s'amuse à détruire des villages, et pour lequel le soleil garde ses rayons les plus torréfiants et le ciel ses inondations les plus meurtrières. Je vous l'ai dit, l'intérieur de l'Afrique est l'Eldorado rêvé par les navigateurs du quinzième siècle.

La chasse au rhinocéros n'est donc en Afrique, auprès du cap de Bonne-Espérance, ainsi que dans le centre de ce mystérieux continent, qu'une défense perpétuelle contre les dévastations du farouche quadrupède, car les moyens d'attaque manquent aux naturels, ou plutôt c'est le courage et l'intelligence qui leur font défaut. Mais c'est en Asie qu'il est curieux de suivre les hardies expéditions dirigées contre ce redouté rival du tigre et du lion ; ce sont des colonnes serrées de courageux chasseurs armés de fusils, de petites pièces de campagne, et de dogues exercés chargés de harceler la bête féroce. On ne met ni plus d'ardeur ni plus de prudence pour l'attaque d'un fort ou d'une province. S'emparer de ce quadrupède dans des fossés recouverts de broussailles, est un stratagème méprisé par les chasseurs habitués à aller au-devant du léopard et de la panthère ; ils ne regardent une chasse heureuse et honorable que lorsque le colosse meurt blessé au défaut de l'épaule. C'est là seulement en effet qu'est vulnérable le terrible rhinocéros.

Mais ne croyez pas que ce soit aux canons, aux fusils, aux piques, aux chiens et quelquefois aussi aux éléphants privés, que se bornent les moyens d'attaque des chasseurs : il y aurait trop de péril à poursuivre si légèrement un corps défendu par des cuirasses si solides. Les arbres les plus robustes des forêts, sur lesquels vous vous croyez protégés contre la puissance du rhinocéros, sont brisés à une de ses violentes secousses, et les chasseurs le savent si bien, qu'ils se gardent toujours dans leur fuite d'en appeler à ce refuge, à moins qu'ils ne demeurent convaincus de n'avoir pas été aperçus en exécutant leur retraite. Ce qu'il faut encore au chasseur indien, tout intrépide qu'il est, ce sont de solides bastions échelonnés sur la route, d'où l'on fait feu sur la bête qui passe. Là seulement le chasseur respire à son aise ; là seulement il regarde sans effroi l'ennemi dont il n'ose affronter la dangereuse colère. Mais la retraite n'est pas toujours assurée au chasseur ; et, quand une fois la lutte est engagée entre lui et la bête féroce, il faut souvent plus que des fusils, plus que des bastions pour la faire cesser. Le champ de bataille n'est, à vrai dire, qu'un champ de carnage où le sang coule par plus d'une blessure : et pourtant, ici, c'est moins une entaille qui tue qu'une secousse. La défense du rhinocéros frappe et perce, mais sa tête frappe et écrase, ainsi que son corps roulant, comme un bloc détaché d'une cime. Ses pieds gigantesques le protégent également contre ses ennemis, qui le harcèlent, et c'est un membre brisé que celui qui reçoit la redoutable ruade. Les caresses du rhinocéros sont des coups de maillet tombant sur un pieu pour l'enfoncer dans le sol : jugez ce que doivent être ses mouvements de colère et de vengeance. Dans une chasse en 1824, sur douze chasseurs attachés à la destruction d'un de ces périlleux visiteurs, nul ne rentra à Calcutta, et le rhinocéros, après son triomphe, regagna sans blessures et à petits pas la forêt d'où il s'était détaché pour aller à la rencontre de ses imprudents adversaires.

Hélas ! un de mes amis, M. Duvauchel, avec qui vous m'avez vu peut-être achever une assez risible ascension sur la montagne de la Table, paya cher auprès du Gange un acte de témérité contre un rhinocéros dévastateur chassé par une vingtaine d'intrépides Européens. Il voulut, au mépris des invitations qui lui étaient adressées par les gens les plus exercés à ces combats, se poster au delà d'une ravine où la chasse avait lieu, espérant bien, en se cachant derrière un arbre, éviter l'atteinte de la bête courroucée. Le rhinocéros, qu'une blessure assez profonde avait jeté dans une fureur extrême, se mit en course contre M. Duvauchel, le plus inoffensif des chasseurs ; celui-ci, effrayé, ne songe ni à son fusil ni à son couteau de chasse, dont il s'était coquettement paré ; il fuit de toute la rapidité de ses jarrets et se dirige vers la ravine, où il espère trouver un refuge ; mais, gagné de vitesse, il s'élance vers un arbre énorme derrière lequel il se blottit, se flattant que le rhinocéros passera sans l'apercevoir.

Duvauchel tremblant entend près de lui le retentissement de la course du colosse et tend la tête pour calculer la grandeur du péril qui le menace ; il voit le monstre venant de son côté, mais un peu de l'avant ; il se penche légèrement en arrière ; le rusé rhinocéros oblique un peu, et d'un coup de boutoir il lance mon pauvre ami au delà du ravin. La bête féroce se sauva dans les bois après avoir tué un combattant et en avoir blessé trois autres. Quant à Duvauchel, dont plusieurs côtes étaient enfoncées, il alla mourir quelques jours après à Calcutta, cruellement arrêté au milieu de ses fatigues et de ses études. La science a aussi ses dangers.

Dans une battue faite aux environs de Chandernagor, en 1832, un rhinocéros, furieux contre une habitation d'où était parti un coup de feu qui l'avait blessé à la tête, s'élança vers la bâtisse, renversa, brisa, foula aux pieds les solides palissades qui entouraient un verger, ravagea les plantations, abattit les bananiers, les manguiers, et se rua enfin sur la case en briques et en pierres, où se tenaient cachés les habitants. Ceux-ci, voyant la bête furieuse occupée à démolir un mur, se sauvèrent alarmés par le côté opposé ; mais le rhinocéros, aux écoutes, s'élança vers les fugitifs, atteignit un Malais avec sa corne, et, comme il l'avait frappé, le malheureux resta suspendu à cette espèce de croc d'où on ne le vit pas tomber, quoiqu'on suivît longtemps de l'œil le quadrupède dans la campagne, où il allait porter ses ravages. Il faut plus que le poids d'un homme pour ralentir la course du rhinocéros. Au surplus, comme ce colosse n'est point carnivore, certains explorateurs, assez heureux pour se trouver en présence de jeunes rhinocéros qui prenaient la fuite en face des chasseurs, ont publié que ce rival du lion, du tigre et de l'éléphant était d'humeur assez pacifique, et qu'il retardait autant que possible une lutte sérieuse avec ses ennemis. N'en croyez rien, vous que l'amour de la science pousse dans les pays où le rhinocéros promène ses dévastations, évitez la rencontre de ce formidable quadrupède, qu'il est toujours dangereux d'attaquer, et croyez qu'il mutile et tue s'il ne dévore pas.

Quand vous attaquez un rhinocéros aux bords d'un

fleuve et que vous vous élancez dans une pirogue pour éviter votre ennemi, vous courez un danger plus grand encore que si vous n'aviez pas quitté la terre, car le monstrueux quadrupède nage comme un requin; il ne tarde pas à vous atteindre, brise votre embarcation et vous plonge au fond des eaux. Nul refuge pour se mettre à l'abri de ces terribles destructeurs. Mais c'est lorsque l'éléphant apprivoisé se met de la partie que la scène devient imposante et dramatique. C'est alors que l'air retentit de cris étourdissants, que la terre tremble sous les terribles secousses des deux colosses. Les chasseurs, placés derrière leur ami, à qui d'avance ils ont distribué une assez grande quantité de liqueurs fortes, l'excitent par des piqûres aux flancs et des paroles de menace et d'affection. Avant de se joindre, les deux adversaires s'arrêtent à quelques pas de distance l'un de l'autre, et semblent méditer une ruse qui leur assure la victoire. Tout à coup ils s'élancent, et les longues défenses de l'éléphant glissent sur l'écorce de fer qui protège le rhinocéros, tandis que celui-ci a fait une profonde entaille à son adversaire. Mais le plus gros des combattants a une trompe aussi qui lui est d'un merveilleux secours dans ces luttes effrayantes. Il l'allonge, elle embrasse et étreint le cou du rhinocéros, qui cherche en vain à se détacher de cet anneau solide de chair prêt à l'étouffer et à l'enlever de terre. Celui-ci, de son côté, pèse de tout son poids sur le sol, et par de rapides mouvements cherche à se dégager de l'étreinte qui l'emprisonne.

Les voilà de nouveau séparés. Le rhinocéros veut une revanche : il tombe plutôt qu'il ne se rue sur l'éléphant; celui-ci, plus intelligent, prévoit le danger qui le menace, baisse la tête, et ses dents entrent dans le cou de son ennemi, qui recule et commence à redouter une défaite. Pendant cette lutte ardente, les chasseurs ne sont pas inactifs non plus, et leurs pistolets, visant à la tête, font des trouées sur le rhinocéros, tandis que quelques-uns, armés de dards et de larges faux tranchantes, cherchent à ouvrir ses jarrets. Ce sont trente combattants contre un, et cependant rien n'est décidé encore. Il faut bien des balles pour faire tomber un rhinocéros, il faut bien des blessures pour que ce sang noir qui s'en échappe lui ôte de ses forces et de son énergie. Quand il tombera, c'est qu'il ne se relèvera plus, car il luttera jusqu'à son agonie. Ne craignez rien pour les chasseurs, l'éléphant est là, exercé à les protéger. A toutes les évolutions de son antagoniste pour tirer vengeance d'une blessure faite par le plomb ou le fer, l'animal à trompe bondit comme un tertre qu'un tremblement de terre enlèverait du sol, et, en tombant, il se trouve toujours en face du rhinocéros, sans cesse occupé à l'éviter; de telle sorte que, par générosité, peut-être aussi par reconnaissance du doux esclavage auquel on l'a soumis, l'éléphant reçoit presque toujours les coups destinés à son maître. A la bonne heure, de tels procédés pour une liberté conquise!

Les dévastations causées par le rhinocéros sont quelquefois aussi funestes que celles causées par les orages et par les ouragans. Une des plus magnifiques plantations de M. Huskisson, aux environs de Pondichéry, perdit en une nuit toutes ses richesses par suite d'un combat que se livrèrent, dans les champs et les enclos, deux de ces énormes quadrupèdes en fureur. Rien ne resta debout; tout fut haché comme sous une grêle rapide, martelé, pilé; tout fut confondu : troncs filandreux de bananiers, cannes à sucre, riz, fruits, arbres et légumes; la terre était profondément creusée en plusieurs endroits; les bestiaux des étables rompirent leurs barrières et s'enfuirent, épouvantés, dans la campagne, les maîtres se barricadèrent au fond de leurs caves, et le lendemain on trouva un rhinocéros étendu mort sur le sol, et l'autre horriblement mutilé, mais qu'on eut encore beaucoup de peine à achever.

La mort arrive lentement à tout animal dévastateur.

Je ne me suis pas engagé à vous dire seulement comment les Européens voyageurs chassent, en étudiant les pays lointains, les bêtes féroces ou dangereuses; il y aurait trop de monotonie dans mes récits : nous savons à merveille tirer le pistolet, un fusil, ou frapper d'une épée; mais, ces moyens une fois épuisés, nous n'avons plus qu'à croiser les bras et à nous soumettre aux caprices de notre adversaire. Ce n'est pas grand'chose, ce n'est rien.

Les Indiens, ma foi, ont bien d'autres ressources, et, dans leur activité sans cesse en œuvre par les dangers qui les entourent, ils en appellent souvent à leurs ennemis pour se défaire d'ennemis plus redoutables. L'éléphant et le lion se font parfois esclaves pour protéger leurs maîtres, et, comme tout esclavage abrutit, il n'est pas rare de voir le plus fort trembler sous un regard ou sous une baguette du plus faible. C'est que toute obéissance énerve, c'est que toute servitude tue, c'est que celui qui a pris l'habitude de la soumission accepte plutôt la douleur et les tortures que l'idée d'un affranchissement. Noblesse et livrée n'ont jamais voyagé de compagnie. Le rhinocéros n'échappe point à la loi imposée souvent par l'homme au tigre et au lion. Des voyageurs assurent avoir vu, dans quelques provinces de l'intérieur de l'Inde, et surtout au pied de la gigantesque chaîne de l'Hymalaya, des rhinocéros apprivoisés et dociles aux ordres de leur maître. Ils ajoutent que ces monstrueux quadrupèdes servent souvent à transporter d'un point à un autre une famille, un camp, avec leurs tentes, leurs armes, leurs vivres et leurs bagages, et que fort rarement l'on a à se plaindre de l'inexactitude ou du mauvais vouloir de l'imposant véhicule.

Cependant on lit dans une brochure de M. Stéphen, publiée à Calcutta, qu'en 1813 un de ces rhinocéros, allant tout doucement et transportant une famille d'Indiens près d'un fleuve, se mit subitement en tête de varier ses allures, de se révolter contre la voix de ses maîtres, de se livrer aux loisirs de la natation, et que, changeant de route, sans se soucier le moins du monde des coups qui frappaient sur sa cuirasse, le quadrupède s'élança dans les eaux, suivit le courant pendant plus d'une heure, et regagna seul le rivage. Toute la cargaison avait été noyée.

Bruce, un des planteurs les plus riches de Calcutta, s'étant un jour trop aventureusement jeté dans une plaine ouverte qui bornait une de ses propriétés, se trouva tout à coup en présence d'un énorme rhinocéros venant à lui d'un pas mesuré, comme s'il n'avait point à se hâter pour une telle conquête; M. Bruce glissa rapidement une seconde balle dans le fusil dont il était armé; il visa le colosse, et, par un bonheur inespéré, les deux balles lui crevèrent les deux yeux. L'intrépide planteur raconte les rapides évolutions, les élans frénétiques du rhinocéros se roulant sur le sable, se cabrant, frappant avec rage des pieds et de la tête dans le vide, cherchant à saisir son ennemi, levant la tête au ciel comme pour y retrouver une lumière si promptement ravie, et tombant enfin immobile sur le sol profondément creusé.

Le récit de M. Bruce est de l'effet le plus dramatique, et je regrette bien de ne pouvoir en donner ici un extrait.

Le sanglier blessé, l'ours traqué dans sa tanière, le loup poursuivi dans les bois, ont aussi leurs moments de colère et leurs heures de vengeance; mais qu'est-ce que la fureur stérile de ces petits quadrupèdes en comparaison des violences et des dévastations causées par un rhinocéros irrité ou un lion altéré de sang? En vérité, l'Europe est trop flasque, trop uniforme, trop énervée; il faut déserter l'Europe et se hâter d'aller fraterniser avec ces hôtes aimables de l'Indoustan, de la Cafrerie ou de Banou, dont les cris sont des tonnerres, les menaces des attaques, les attaques des meurtres. Quittons l'Europe, on y meurt sans émotion.

CHASSE A L'ORANG-OUTANG, AU JOCKO ETC.

NOTICE

Le *pongo* ou *orang-outang* a une taille de cinq à six pieds au moins, et sa corpulence est celle d'un homme bien constitué. Il n'a point de callosités au derrière, point d'abajoue ou poche au dedans des joues, point de queue ; sa face est nue et cuivrée, ses yeux petits et très-vifs ; ses dents sont pareilles à celles d'un homme ; sa poitrine, son ventre, ses mains, ses pieds et ses oreilles sont nus ; mais sa tête est couverte de poils en forme de cheveux. L'orang-outang est extrêmement sauvage, il ne se plaît que dans l'intérieur des bois les plus épais, au sein des solitudes les plus profondes, et il regarde tout être vivant comme un ennemi dont il cherche à se défaire. Il est constaté que jamais on n'a pris un congo en vie dès qu'il a atteint l'âge de maturité ; il préfère la mort à la servitude, et ceux que les ménageries montrent aux curieux ont été pris fort jeunes. On voit une assez grande quantité de ces dangereux quadrumanes à Sierra-Leone, à Macassar, et surtout dans l'intérieur de Bornéo.

On peut regarder le *jocko* comme un pongo de petite espèce. C'est un des plus lestes et des plus intrépides habitants des bois ; c'est aussi l'un des plus dévastateurs. Il saute, il bondit sur les quatre mains, très-rarement sur deux. Le *mandril* est d'une laideur repoussante, et de l'espèce des babouins. Sa taille est de quatre à quatre pieds et demi. Il a la face violette et sillonnée des deux côtés de rides profondes et longitudinales, le museau gros et long, le corps trapu et le derrière couleur de sang ; sa robe est d'un brun roussâtre, mais d'un gris cendré sur la poitrine et sur le ventre. Son nom dérive de l'anglais *man*, homme, et *dril*, magot. Jamais injure ne fut mieux adressée. Après l'orang-outang, c'est le plus gros de tous les singes. Au surplus, la race de ces animaux si curieux et si malfaisants est extrêmement nombreuse, et l'on peut en juger par la petite nomenclature que voici :

Les orang-outangs, ou le pongo et le jocko, les sapajous et les sagouins ; la guenon à camail, la guenon couronnée, la guenon à long nez, la guenon à nez allongé, la guenon à nez proéminent, la guenon nègre, la guenon à crinière, la guenon à face pourpre ; les sajous bruns et gris, le sajou nègre, le sajou cornu ; le tamarin, le tamarin nègre ; le babouin des bois, le babouin à longues jambes, le babouin à museau de chien ; la macaque à l'aigrette, la macaque à queue courte, les moustacs, les monas, le mangabey, le callitriche, la mone, le mandril, le pithèque, le papiou, le patas, le maimon, le choras, l'onanderou et le lowando, le petit cynocéphale, le magot, le gibbou, les talapoins, le blanc-nez, le rolaway ou la palatine, le doue, la caïta et l'exquima, le saï, le saïmiri, l'ouarine et l'alouate, le saki, l'ouistiti, l'éparké, le pinche, le singe volant de la Nouvelle-Hollande. Le vie est courte, nous n'en chasserons que quelques-uns.

CHASSE

Les nègres de presque toutes les parties du monde où la traite est en vigueur disent et croient que si les singes ne parlent pas, c'est de peur qu'on ne les fasse esclaves. Il est certain que l'intelligence, l'adresse, la légèreté, la ruse et même le courage des mandrils, des jockos et des orang-outangs sont tellement supérieurs à ceux que possèdent en général les Malgaches, les Mozambiques, les Angolais et les Hottentots, que ce serait offenser la race quadrumane que de lui opposer celle-là ; et qu'au total, si j'avais à choisir, j'aimerais beaucoup mieux être homme des bois ; guetté par le chasseur, sautant joyeusement de branche en branche, dévalisant les rizeries, les champs de cannes à sucre, les riants vergers entourés de hautes murailles, que de me voir à peine soutenu par une faible et détestable pitance, sans cesse agenouillé sur le sol et courbé sous le fouet noueux du planteur. Le singe a le dôme des forêts pour se protéger contre les averses et les rayons brûlants d'un soleil de plomb ; le nègre reçoit sur ses épaules nues et crevassées les eaux du ciel qui le brisent, et les flèches ardentes d'un jour torréfiant sous une zone sans brise et sans fraîcheur. Et puis l'air libre pour le premier, la case enfumée pour le second ; à celui-ci une eau souvent croupie, à celui-là les flots du torrent ou les vapeurs vivifiantes de la cascade ; à l'homme des chaînes, au singe l'espace. Choisissez.

Ce qu'il y a de merveilleux à étudier dans les mœurs et les habitudes de ces individus si bien taillés pour les courses aventureuses, c'est le parfait accord, c'est l'harmonie admirable qui régnent dans leurs rangs alors qu'ils se sont assemblés pour un but de rapine et de destruction. Vous diriez un aréopage de vieux guerriers façonnés aux périls des batailles, aux ruses des escarmouches, assis dans un vaste amphithéâtre, et, après de mûres délibérations, ne voulant livrer le commandement qu'au plus brave, au plus habile, au plus expérimenté. Dès qu'il s'agit parmi la race simiane d'une conquête de plantations à peine en maturité, vous pouvez, mais de loin seulement, apercevoir la gent sautillante et criarde se rapprocher, s'agiter, frétiller, tournoyer, gambader, choisir une vaste clairière ou une forêt touffue, s'arrêter, puis se cacher petit à petit, garder enfin l'immobilité et feindre d'écouter les conseils de l'un d'entre eux qui, placé au centre, prend toute la gravité d'un magistrat ou d'un maréchal au moment d'un arrêt solennel ou d'une bataille d'où dépendrait le salut d'un empire. Que fait-on là pendant ce long silence, au milieu de cette attente religieuse, que nul grognement n'oserait interrompre, dont nulle grotesque gambade ne trouble la majesté ? On ne sait ; mais, ce qu'il y a de vrai, c'est qu'après une ou plusieurs heures de cette délibération incomprise par nos intelligences, cinq ou six singes se détachent du gros de l'armée et vont se poster en embuscade à cinquante ou soixante pas de là ; sept ou huit font volte-face et se placent sur les derrières, tandis qu'un troisième peloton se dirige vers les flancs et semble veiller sur l'expédition. Toutes ces manœuvres exécutées avec une précision merveilleuse, le général en chef donne le signal de l'attaque par un saut et un cri aigu ; il s'élance, il bondit, il dévore le terrain, et malheur à la plantation sur laquelle il a projeté de porter le théâtre de la guerre ! Après quelques heures, plus de feuilles aux arbres, plus de fruits aux branches, plus de nids abrités, plus de pastèques douces et juteuses, plus de fraîches goiaves, plus d'oranges parfumées, plus de bananes onctueuses, plus de jam-rosas aigrelettes, plus de suaves ananas, plus de fleurs, plus de verdure : tout est détruit, tout est à terre, morcelé, déchiqueté ; tout est débris ; vous diriez que l'ouragan vient de passer, vous croiriez qu'un souffle de feu a tout consumé sous son haleine ; rien ne manque à la dévastation.

Mais le planteur s'éveille à des cris frénétiques, il lève les stores de ses croisées, et il voit, perchés sur les arbres voisins de sa plantation, les singes vandales criant, riant de sa rage, de son désespoir, et insultant à sa fureur et à ses menaces. Sans la raillerie il n'y aurait pas de vengeance complète : les démons insultent aux larmes.

On parle beaucoup de la malignité, de l'espièglerie du singe ; l'on a tort. Ces deux mots renferment un sens où rien de bon et de méchant ne se retrace, et, certes, ce n'est pas à la race dont nous parlons que nous l'appliquerons avec quelque justesse. Le singe est méchant, cruel, atroce, et, de plus, il est en général traître et lâche. Quand il nuit, c'est pour le plaisir de nuire ; quand il égratigne et mord, c'est qu'il a du bonheur à faire crier et à voir couler le sang. Encore s'il profitait de ses exactions, de ses rapines, de ses brigandages, on les lui pardonnerait en quelque sorte en raison de son instinct, de sa nature. Mais non, le singe flétrit et mutile sachant à merveille que son action est basse et hideuse ; et, moins il y aura de danger à la commettre, plus il s'y livrera avec ardeur. Ne me citez pas, je vous prie, ces petits singes-lions si gentils, si coquets, si lestes, si amusants, que vous portez sur vos épaules, que vous laissez se promener sur votre table, toucher à tous vos mets et goûter, debout devant vous, à la même tartine ou mordre à la même grappe ; ne me citez pas non plus ce délicieux ouistiti si vif, si agile, si pétulant, si petit, si propre, si spirituel dans sa physionomie, si expressif dans son regard, si craintif, si suppliant dans sa voix : ce sont là deux grandes exceptions qui confirment les règles générales. Et puis je ne vous dis pas non plus que toutes les familles de singes ont la même astuce, la même perfidie, la même cruauté. Et pourtant, en observant avec attention les mœurs de ces individus privilégiés, dont le Brésil seul, je crois, possède les espèces, vous voyez encore chez eux une tendance à la taquinerie, une sorte de velléité à la révolte qui vous frappera, et dont vous n'expliquerez l'irrésolution que par les perpétuels mouvements de crainte et de terreurs fébriles qui les forcent à l'obéissance alors que vous levez un doigt ou une baguette pour les punir de leur volonté, ou même dès qu'une menace s'échappe de vos regards.

Sitôt que la joie du méfait s'est suffisamment manifestée parmi la bande, celle-ci n'attend pas que les chasseurs puissent la traquer et la poursuivre. Elle prend son élan, se précipite d'une forêt à l'autre, traverse les plaines les plus étendues avec la rapidité d'un torrent, et met entre elle et ses ennemis les collines et les rivières. Pour franchir celles-ci, les singes, qui, en général, ne savent point nager, se servent d'un moyen si ingénieux, qu'on aurait bien de la peine à y ajouter foi s'il n'était attesté par les récits des voyageurs les plus véridiques. Après avoir choisi un endroit du fleuve où la végétation des deux bords se rapproche du moins par les cimes des arbres, les singes escaladent celui qui plane le plus avant sur les eaux. L'un d'eux alors, choisissant la branche qui lui paraît en même temps la plus robuste et la plus flexible, se cramponne à l'extrémité par ses mains et par sa queue, de sorte qu'il forme un demi-cerceau. Un de ses camarades le suit, se glisse de la branche au corps de son ami, s'y cramponne vigoureusement et forme ainsi un second anneau de la grande chaîne qu'ils veulent tresser, et attend un troisième singe qui vient à son tour en précéder un quatrième, puis un cinquième, et ainsi de suite, jusqu'à ce que toute la troupe se trouve liée par les reins. Cette première opération achevée, et avant que le singe en tête de la colonne annonce que ses forces s'épuisent, l'arrière-garde grimpe sur l'arbre, décrit un immense cercle, et, se laissant aller tout à coup, donne un mouvement d'oscillation que chaque mouvement augmente, ainsi que nous le faisons dans une balançoire, pour que le dernier puisse atteindre bientôt une des branches de la rive opposée. Une fois cramponné là, il devient à son tour la tête de la colonne ; le premier abandonne son appui, et la corde de singes, reprenant une oscillation inverse, parvient à mettre entre elle et ses ennemis une barrière que ceux-ci avaient jugée infranchissable.

Et maintenant comment poursuivre et atteindre cette race malfaisante, si avide pour la destruction, si active dans sa fuite, si ingénieuse dans ses moyens de défense ? La balle tuera peut-être un ou deux de ces individus, le plomb en blessera quelques autres ; mais les forêts en sont infestées. Ils ont besoin de nourriture, ils deviennent intrépides par nécessité, et les nègres chargés de veiller à la sûreté des plantations ne peuvent guère se passer la nuit du repos qui leur est refusé au milieu des ardeurs du soleil. La ruse vient cependant en aide au planteur. Il tâche d'attirer dans un même bois le plus de singes possible, qu'il y appelle par le sacrifice d'une partie de sa récolte ; et, dès qu'il les voit voracement attachés au butin, il fait monter une partie de ses esclaves sur les arbres qui entourent la scène du repas ; il en place une autre partie sur le sol avec ordre de faire un grand bruit de tambours et d'instruments, et il attend que la troupe aux abois cherche un asile contre ses adversaires. Traqués sur les arbres, attaqués à terre, les singes cherchent à se blottir au milieu des branches que les nègres n'ont pas encore atteintes. C'est là ce qu'avait prévu le planteur, c'est là aussi ce qu'il désirait. Une gomme gluante avait été répandue sur les branches, une de ces gommes solides qui vous retiennent malgré vous à la place où votre pied vient de s'appuyer, et contre laquelle le singe lutte désormais en vain. Il est pris, cloué, pour ainsi dire enchaîné : plus il piétine pour échapper à la glu, plus elle devient étreignante ; il crie, il s'agite, se roule, et le chasseur a tout le temps pour le détruire à coups de gaules ou avec le plomb en escaladant les arbres voisins.

Les habitants d'une partie des îles malaises, de Sumatra et de Java élèvent des singes pour aller à la conquête de leurs frères, et cette chasse, qui n'exige que de la patience et ne présente aucun danger, est celle qui produit les plus heureux résultats. Les singes esclaves s'élancent dans les forêts, se donnant des allures de liberté et d'indépendance tout à fait propres à séduire ceux qui, sages et craintifs, évitent le voisinage des villes et des comptoirs. Dès que les premiers sont parvenus à se faire une cour assez nombreuse, ils se mettent à la tête d'une expédition qui passe devoir être meurtrière contre une plantation isolée ; un d'eux se détache clandestinement de la troupe afin d'avertir son maître, qui dresse ses embûches ; et, quand arrive la gent vorace au milieu des cannes à sucre, des bananiers et des rizières, des chasseurs apostés tendent sur eux d'immenses et solides filets sous lesquels, un moment après, ils les écrasent à coups de bâton, en ayant soin d'épargner les traîtres embûcheurs, qu'on reconnaît à un collier rouge dont on a eu soin d'orner leur cou.

Il faut, au surplus, se tenir en garde contre l'exagération de certains voyageurs qui représentent les forêts malaises, par exemple, comme infestées d'une immense quantité de singes destructeurs et toujours prêts à déclarer une guerre dangereuse aux hommes. En général, les singes n'ont de courage et d'audace que lorsqu'ils se voient nombreux ou quand la faim les traque dans leurs retraites. Mais alors c'est une guerre acharnée aux établissements, et il n'y a pas d'année qu'ils ne causent, dans leurs expéditions, la ruine de quelque planteur.

A présent que vous avez assisté avec moi aux rapines et aux déprédations de cette race criarde et dévorante, entrez dans ces forêts éternelles de Bornéo et de quelques îles malaises où le roi des singes a établi son empire. Là, trône fort et puissant le redoutable orang-outang, cet homme des bois qui marche comme vous, qui pense peut-être aussi comme vous et moi, se glisse furtivement auprès des habitations qu'il dévaste, semble prévoir les colères des éléments, cherche un abri contre les orages qui naissent à l'horizon, le découvre, s'y blottit et attend que le ciel soit redevenu bleu pour se livrer à ses ténébreuses excursions. Vous cependant, infatigable explorateur, vous vous êtes aventureusement jeté dans ces immenses solitudes, et, au milieu de vos méditations, vous vous trouvez tout à coup en présence de l'orang-outang que vous ne voyiez pas, car il est doué de plus de malice et de prévoyance que le ciel ne vous en a donné. A vos côtés pend un sabre tranchant ou une épée, à votre ceinture sont deux pistolets, sur votre épaule un fusil ; l'orang-outang n'a pour toute protection que le tronc de l'arbre où il se cache comme derrière un rempart, les haies touffues et les broussailles épaisses qui le dérobent aux yeux et le mettent ainsi à l'abri des balles, ses dents aiguës qui déchirent et une branche noueuse qu'il a taillée pour les besoins de sa marche et ceux de sa défense. Soyez armé de pied en cap, n'importe : il y a grand péril pour vous dans cette rencontre. Il faut que votre plomb frappe l'ennemi à la tête ; il faut que votre épée lui perce le cœur ou que votre sabre lui abatte une épaule. L'orang-outang saute, bondit, se montre, s'efface ; il est là, il vous touche, il se fait grand ou petit ; ses rapides évolutions le sauvent de vos coups, qui portent dans le vide. Il vous pousse comme un homme exercé aux luttes du corps ; il vous frappe comme s'il avait reçu des leçons du pugilat ; il fait le moulinet de son bâton noueux, il ménage vos jambes et c'est votre tête qui est blessée ; de ses robustes mains et de ses crocs tranchants il s'attache à vos vêtements et à votre chair ; vous êtes épuisé, en lambeaux, et à peine le sang de la bête furieuse coule-t-il par quelque légère blessure. Vous voulez fuir, alors il se plante devant vous et s'oppose hardiment à votre retraite, car il devine que vous ne viendriez plus à sa rencontre ou que vous n'y viendriez pas seul, et il veut vous ôter le pouvoir d'aller à la recherche de nouveaux chasseurs. Son triomphe, à lui, n'est complet que lorsqu'il vous voit étendu sur les feuilles mortes de la forêt, lorsqu'il ne sent plus les battements de votre cœur, lorsque vos yeux sont sans regard. C'est, je vous l'atteste, un bien dangereux ennemi que l'orang-outang traqué dans ses forêts.

On en a vu armés seulement de bâtons se défendre vaillamment contre une douzaine de chasseurs habiles, et il n'est pas rare d'entendre les pas rapides d'un éléphant ou d'un buffle retentir dans les forêts d'où ces singes si lestes et si forts parviennent à chasser ces monstrueux et terribles quadrupèdes. De pareils faits ont besoin d'être souvent écrits pour combattre l'incrédulité, et tous les voyageurs heureusement se trouvent d'accord là-dessus pour que vous n'ayez plus droit de les révoquer en doute.

Le mandril est trop stupide pour trouver de sûres protections contre les armes des Malais et des explorateurs européens ; sa démarche lourde et embarrassée le rend aisément victime des chasseurs qui l'attaquent à coups de fusils, de pierres et de bâtons, et le prennent souvent dans des filets tendus sur son passage. Le mandril n'a d'adresse qu'à l'heure de sa mort, et sa dernière pensée (donnez-moi une autre expression) est une vengeance. Blessé par le chasseur et jugeant qu'il ne peut plus se sauver de ses atteintes, il tombe, reste immobile, se laisse tourner, retourner sur le sol ; et, lorsque le scalpel commence sa dissection, au moment où on s'y attend le moins, il se jette sur son ennemi et le mord avec voracité. Satisfait de ce triomphe d'agonisant, il tombe et meurt sans pousser un cri. La chasse au mandril est un jeu plus qu'une guerre, un amusement plus qu'une fatigue.

L'orang-outang et le mandril sont originaires des mêmes climats et vivent des mêmes fruits et de la même industrie ; mais l'un est leste, actif, entreprenant, plein de courage ; l'autre est lourd, presque stupide. Il faut voir ce dernier traqué dans sa retraite par l'orang-outang qui le taquine, le harcelle et semble vouloir lui donner un peu d'activité. Aux cris de joie du bourreau, aux accents de douleur de la victime, les chasseurs accourent, déchargent leurs armes ou décochent leurs flèches empoisonnées sur les deux singes, et vainqueur et vaincu rendent ensemble le dernier soupir. Le mandril se prend dans des filets. Dès qu'il se sent captif, il se couche, et quelques instants après il songe à sa liberté perdue ; il veut la reconquérir, et il met tant de lenteur à attaquer avec ses dents les mailles du réseau qui l'emprisonne, que les chasseurs ont le temps d'arriver et de l'abattre à coups de crosses de fusil ou de pierres. On dit proverbialement *leste comme un singe :* pourquoi le mandril n'est-il pas classé parmi les marmottes ou les phoques ? Le mandril déshonore la race simiane.

De tous les singes qui parcourent les archipels océaniques, les vastes solitudes brésiliennes et les immenses forêts vierges qui pèsent sur le sol de cette magnifique partie du nouveau monde, le jocko est, sans contredit, le plus leste, le plus entreprenant, le plus audacieux. A la

vérité, il ne se montre que la nuit et fuit les rayons d[u] soleil ; mais, quand tout dort dans les habitations, quan[d] tout est assoupi dans les cases des nègres, il se glisse fur[-]tivement, ainsi qu'un adroit filou, dans les étables ou l[es] greniers où sont gardés les gerbes, les graines et les fruits ; après avoir déposé son butin au fond de quelque retrait[e] il revient à la charge, recommence ses rapines, visite les endroits les plus cachés, ouvre, brise les armoires le[s] plus solidement fermées et ne se sauve que lorsque le jou[r] le chasse. Mais s'il est découvert dans un appartement ou au milieu d'un verger, loin de chercher à fuir alors, il s'arme de résolution, s'élance en désespéré sur les chas[-]seurs, bondit comme un jaguar, pince, déchire, mord, [et] ne tombe presque jamais sans avoir fait de nombreuse[s] victimes.

Les flèches des Bouticoudos, des Païkices, des Mondruc[-]kus, des Tupinambas et les fusils des Européens peuve[nt] seuls arrêter dans ses excursions le jocko, qui cependan[t] pris jeune, s'apprivoise facilement et devient un des plu[s] agréables passe-temps des désœuvrés brésiliens. L'ouisti[ti] le singe-lion et le singe volant de la Nouvelle-Hollande qui ressemble si bien à une chauve-souris, se chassent à l'aide d'un fusil chargé de son ou de sable très-fin. Le cou[p] les étourdit ; ils tombent, et ils n'ont pas encore repri[s] leurs sens qu'on les tient déjà renfermés dans une cag[e.] Tout gentils, tout coquets, tout amusants qu'ils sont, vou[s] les voyez, en l'absence de leurs maîtres, ronger les peti[ts] fils d'archal de leurs prisons, grignoter les bois, les ri[-] deaux, les étoffes qu'ils peuvent atteindre, et ne rêver qu[e] destruction. Il y a toujours du singe dans le singe, et l'ou[i-] stiti ne ment pas à sa nature. Il est impossible de se fair[e] une idée de la véhémence ou, pour mieux dire, de la rag[e] avec laquelle s'attaquent deux singes, grands ou petits jeunes ou vieux, de quelque espèce que ce soit, pour l[a] possession d'un fruit ou la conquête d'un gîte. C'est un dé[-] lire, une frénésie ; ce sont des cris, des frémissements, de[s] hurlements à fatiguer les échos ; ce sont des morsures pro[-] fondes, des déchirures qui enlèvent de longs lambeaux d[e] chair. On ne cessera de combattre que lorsque l'on n'aur[a] plus de forces ou plus de dents. Autour des deux athlète[s] vous voyez les branches des arbustes brisées, les feuille[s] en poudre, la terre labourée, et vous pouvez vous appro[-] cher en ce moment, flageller les deux antagonistes, le[s] piquer de vos épées, leur briser un membre, les perce[r] même de petit plomb, nul d'eux ne lâchera prise, nu[l] d'eux ne mourra sans serrer étroitement son ennemi dan[s] ses bras. Si le singe avait autant de force que de méchan[-] ceté, de puissance dans sa haine, ce serait un des plu[s] dangereux ennemis des hommes. Le singe a une peur ef[-] froyable du serpent. A l'aspect du reptile, ses membre[s] tremblotent ou se roidissent, ses dents s'entre-choquen[t,] il s'agite dans un mouvement perpétuel, il se crampon[ne] de sa queue à la branche que les pieds et les mains aban[-] donnent ; il courbe sa tête, ferme les yeux, et se laiss[e] tomber sur le sol, où il devient bientôt victime de ses ter[-] reurs. Des voyageurs dignes de foi assurent avoir observ[é] des singes pendant une heure entière, perchés ainsi pa[r] l'extrémité de la queue aux plus hautes branches des ar[-] bres, et ils ajoutent que ces vertiges du quadrumane leu[r] ont toujours indiqué parmi les broussailles la présenc[e] d'un serpent aux aguets en quête d'une proie. C'est là un[e] de ces études utiles et curieuses à recommander aux explo[-] rateurs. Trop de précautions ne peuvent jamais être prise[s] contre les hôtes dangereux qui infestent les forêts éter[-] nelles du Brésil, les solitudes africaines ou les archipel[s] indiens sillonnés par le redoutable boa, dont je vous a[i] déjà dit les effrayantes promenades.

On a beaucoup parlé de l'adresse des singes à éviter te[l] ou tel piège tendu par les chasseurs, on a beaucoup parl[é] aussi de leur intelligence à se procurer les aliments né[-] cessaires à leur vie, mais tout le monde ne sait pas que l[a] plupart des espèces dont nous retraçons les mœurs se construisent des habitations commodes à l'aide de bran[-] ches, d'écorces et de feuilles, où ils se mettent à l'abri de[s] injures du temps. Sous ce rapport, l'orang-outang surtou[t] fait des merveilles. Les cases qu'il bâtit et qu'on trouv[e] éparses dans l'intérieur des forêts où il règne offrent un[e] solidité, une entente d'architecture, qui épouvantent la raison. Mais ce qui tient du prodige, c'est l'ardeur ou plutôt la rage de possession dont il s'anime quand on cherche à l'exproprier. Les combats que vous lui livrez en rase campagne ou au milieu des bois sont difficiles et périlleux ; ceux qui ont lieu autour des habitations deviennent des luttes où presque toujours la victoire est du côté du singe. Orgueilleusement posté en sentinelle avancée à quelques pas de son édifice, il a l'air de vous dire que personne n'a le droit d'y pénétrer, que cela est à lui, à lui seul, et qu'il est résolu à mourir plutôt qu'à céder. Jamais soldat ne montra plus de fermeté, plus de détermination pour la défense du poste qui fut confié à son honneur.

Maintenant, si vous essayez de passer outre, si vous ne voulez pas attendre que l'orang-outang se soit éloigné de son magnifique palais, tâchez que vos balles portent juste, car sa colère est chaude et il a pour auxiliaires la force et l'adresse. Ce sont des élans de buffle, des évolutions de serpent, des morsures de tigre, des attaques de gladiateur. Il vous déchire de ses dents aiguës, de ses pieds vigoureux ; il vous soufflette de ses mains promptes comme la pensée : vous croiriez entendre tomber sur votre dos les battoirs de vingt blanchisseuses pressées d'achever leur tâche. Ici déjà naissent les regrets. L'imprudente querelle dans laquelle vous vous êtes jeté vous ôte parfois toute pensée de défense, tant votre adversaire s'empare de votre admiration ! Ce n'est que lorsque le sang coule par mainte blessure, ce n'est que lorsque la douleur vous ramène au sentiment de votre conservation que vous en appelez à vos piques, à vos épées, à vos poignards, qui vous sont enlevés souvent par votre ennemi.

Dès que l'orang-outang se sent frappé à mort, loin de fuir, il se poste encore menaçant devant sa maison, semble jouir du spectacle du désordre qu'il a causé parmi ses antagonistes, sourit aux derniers râles des chasseurs étendus sur la poussière, et rentre chez lui pour expirer dans son domicile.

Quelques peuplades sauvages de l'intérieur du Brésil se livrent avec ardeur à la chasse des grands singes qui peuplent les solitudes de cet empire presque aussi vaste que l'Europe, mais elles font surtout une guerre sans relâche aux frêles individus de cette race dont elles estiment la chair. Contre les jockos et quelques autres espèces géantes, les Bouticoudos surtout se servent de leurs arcs à flèches et de leurs arcs à pierres, qui sont leurs seules armes dans les combats avec les tribus rivales. Ces arcs à pierres se composent d'un bambou coupé en deux de long en long, aux extrémités duquel on a pratiqué des trous pour le passage de la corde, qui est nouée extérieurement ; à cette corde en est tressée une autre qui se sépare de la première vers le milieu, de telle sorte que deux petits bâtons ou deux os placés verticalement à ces cordes les empêchent de se rapprocher. Là est un filet à mailles fort serrées ; ce filet a trois pouces de longueur, et c'est sur ce repère que le sauvage place la pierre assujettie par l'index et le pouce, ainsi qu'on le fait de la flèche. Vous comprenez que si le Bouticoudo lance la pierre en ligne droite, elle doit frapper le bois de l'arc, puisque celui-ci se trouve dans le même plan que les cordes et le filet. Or le farouche Indien, qui est, selon moi, le plus habile, le plus leste, le plus ingénieux des naturels vivant loin de toute civilisation, tend sa corde en biais, et la pierre qui devait s'arrêter à son départ

atteint le but en passant à côté du bambou. J'ai vu un enfant de douze ans offert en cadeau à M. Landsdorff, chargé d'affaires de Russie auprès de Jean VI, et que son père avait expédié à ce savant naturaliste pour lui fournir une occasion d'étudier sa tête après l'avoir séparée du tronc ; j'ai vu, dis-je, cet enfant, étonné qu'on lui laissât la vie, atteindre presque toujours, à vingt-cinq pas de distance, un plongeon que j'avais pendu à la dunette de notre navire.

À l'aide de ces arcs de cordes hauts de six pieds et des flèches non pennées de plus de huit pieds de longueur, le Bouticoudo ne craint pas l'attaque du jaguar : jugez donc si le singe n'a pas tout à redouter d'un pareil chasseur. Quant aux gracieux ouistitis, aux singes-lions et aux nombreuses familles si légères, si rapaces, si petites, dont ils se nourrissent avec tant de sensualité, ils dédaignent pour eux les pierres et les flèches, et les prennent à l'aide d'une grande souricière (donnez-moi un autre mot) placée à l'entrée d'un champ de maïs, de cannes à sucre, ou au pied d'un bananier. En grimpant sur un arbre, en se promenant au milieu d'une plantation, le ouistiti peut apaiser sa faim ; mais, dans l'habitude où il est de regarder comme sienne la propriété des autres, il dédaigne d'y toucher. La souricière renferme entre ses parois les grains, les fruits, les légumes qu'y a déposés le Bouticoudo. Ici est la rapine, ici est la perfidie, ici est la méchanceté : c'est ici, par conséquent, que doit se jeter avec un bonheur inouï cette gent malfaisante, et la porte du piége, tombant derrière le quadrumane rongeur, lui prouve que le vol ne rapporte pas toujours bénéfice à qui le commet.

Les premiers explorateurs qui ont étudié les mandrils, les orang-outangs, les jockos dans leurs forêts, ont publié bien des anecdotes curieuses sur les mœurs et les habitudes de ces êtres singuliers, qui ressemblent sous tant de rapports aux sauvages habitants des pays équatoriaux nourrissant tant d'êtres divers, tant de natures opposées. Ils ont raconté mille extravagances plus ridicules les unes que les autres et dont la philosophie et les études sérieuses des temps modernes ont fait prompte et bonne justice. Selon les voyageurs du quinzième et du seizième siècle, époque si féconde en merveilles et pendant laquelle on croyait encore à l'Eldorado, les singes, dans leur amour désordonné pour les femmes, s'élançaient au milieu des peuplades, luttaient avec ardeur contre la jalousie des hommes, se choisissaient une compagne, l'emportaient au fond des bois et vivaient avec elle en fort bonne intelligence. De ces bizarres et monstrueux accouplements naissaient, selon eux, les macaques, les babouins, les moustacs, les talapouins, les malbroucks, les monas et les guenons, formant l'immense famille de singes ravageurs des plantations qui peuplent encore une partie des vastes forêts de l'Inde, de l'Afrique, de l'Amérique septentrionale et de la plupart des archipels océaniques. Nous avons marché depuis trois siècles ; les préjugés ont fait place à la logique ; l'art de la navigation a grandi les connaissances humaines ; on a classé les espèces, interrogé la nature avec une raison plus saine ; et les singes les plus industrieux, les plus lestes, les plus spirituels, se trouvent encore placés bien loin des Hottentots, des Mozambiques, des sauvages naturels de la presqu'île Péron et des stupides habitants de la Nouvelle-Galles du Sud, qui occupent, selon nous, le dernier degré de l'échelle sociale.

CHASSE AU SERPENT A SONNETTES

NOTICE.

Après le serpent noir de la Nouvelle-Galles du Sud, le serpent à sonnettes est le plus dangereux de tous les reptiles ; pas de venin plus actif que son venin, pas d'haleine plus empestée que son haleine. Long de cinq à six pieds, sa circonférence est d'un pied à dix-huit pouces. Ses yeux sont toujours étincelants, même dans les ténèbres. Sa tête est plate et semée d'écailles de même que son dos, qui est d'une couleur grise mêlée de jaunâtre. Sa gueule a de trois pouces et demi à quatre pouces de contour; sa langue est noire, déliée, bifurquée, et il l'agite avec une volubilité remarquable. Les dents du serpent à sonnettes sont crochues et tournées en arrière, de façon que la proie, une fois saisie, ne peut plus échapper à la gueule du redoutable reptile, qui, tout en la retenant avec force, l'infecte du venin tombant de sa mâchoire supérieure. Sous la peau qui recouvre cette mâchoire sont placées les vésicules où le poison se ramasse. La queue du serpent à sonnettes est garnie d'écailles sonores qui, se frottant mutuellement, produisent un bruit assez sensible pour être entendu à soixante pas de distance. Ce bruit ressemble assez à celui d'un parchemin qu'on froisse. Les mouvements de ce dangereux reptile se font avec une rapidité qu'on a peine à comprendre. En un clin d'œil il se replie en cercle, s'appuie sur sa queue, se précipite comme un trait, tombe sur sa victime, la blesse et s'éloigne aussitôt, car il a peur de la vengeance de son adversaire. Ne vous étonnez donc pas, si jamais vous allez au Mexique et que vous l'entendiez appeler du nom d'*ecacoatl*, qui signifie le vent. Le serpent à sonnettes habite le nouveau monde et plus particulièrement les pays situés sous le quarante-cinquième degré de latitude septentrionale. Mais, grâce aux travaux qui fertilisent et purifient ces contrées, l'empire de ce funeste reptile cède chaque jour une plus large place à la domination de l'homme.

La nourriture du serpent à sonnettes se compose de vers, de grenouilles, même de lièvres, surtout d'oiseaux et d'écureuils, car il monte et court sur les arbres avec une vivacité sans pareille, et si l'on en croit certains naturalistes, il aurait dans le regard une puissance assez magique pour contraindre l'animal qu'il veut dévorer à s'approcher peu à peu et à se précipiter dans sa gueule. Le serpent à sonnettes nage avec la plus grande agilité, et attaque les ponts des petits bâtiments, et vous devez penser si alors votre position est affreuse. Tout espoir de fuir serait superflu : il faut vaincre ou vous préparer à mourir en quelques minutes.

CHASSE

Tout être vivant qui se trouve à portée du serpent à sonnettes est regardé par celui-ci comme un ennemi dont il doit se débarrasser, surtout si cet animal commence l'attaque. De son côté, le chasseur, le planteur, le naturaliste ou l'esclave qui entendent près d'eux le frôlement de la queue du reptile s'éloignent en frémissant, car là est la mort, et quelle mort, grand Dieu ! une agonie courte, mais à peu de chose près aussi atroce que celle qui vous est donnée par le serpent noir. Ce frôlement dont je viens de vous parler est pareil à celui produit par deux cailloux fortement frottés l'un contre l'autre. Il a quelque chose d'horriblement prophétique; on se sent presque du poison dans les veines; une sueur froide inonde le corps, les yeux se troublent; on n'a nulle force pour fuir, et l'on se demande si l'on a encore le temps d'éviter la dent du reptile. Cette puissance du serpent à sonnettes sur l'homme se fait sentir principalement chez ceux qui, pour la première fois, voient glisser le reptile à travers les bruyères, les fleurs et les plantations de café ou de cannes à sucre. Mais on s'aguerrit à tout péril, on se fait à toute menace, et ce redoutable adversaire, qui s'agite mortel à vos côtés, n'est bientôt plus pour vous qu'un de ces êtres de malheur que le ciel a jetés, on ne sait pourquoi, sur cette terre de désolation, et auquel vous devez déclarer une guerre de toutes les heures. Ainsi font les nègres courbés sur le sol qu'ils creusent sans relâche; ils n'attendent pas, eux, que la spirale meurtrière se déroule et les arrête au milieu de leurs travaux. Ils savent que le virus du serpent à sonnettes est le feu qui brûle, le poison qui corrompt, l'étau qui étouffe. Eh bien,

ils vont droit au reptile avec une baguette de fer ou avec une bêche tranchante, et, corps et pieds nus, ils proposent le défi. Si le serpent est allongé, s'il rampe et arrive avec sa vitesse ordinaire, c'est la bêche qui portera le coup mortel. Elle plane, en effet, sur le corps tortueux, vigoureusement tenue des deux mains, et au moment où le reptile, sûr de sa victoire, ouvre la gueule pour mordre, l'instrument saisit et sépare en deux le corps du serpent.

Voilà les deux tronçons : fuyez encore de quelques pas, car la tête conserve un mouvement de vie, et le venin peut glisser dans la plaie. Ne jouez aussi que très-tard avec la gueule du serpent : elle s'ouvre et se ferme comme si elle n'était point séparée du corps; et le nègre le sait si bien, que, lorsqu'il va auprès du gouverneur présenter le cadavre de sa victime pour obtenir le prix de son triomphe, il se dispense d'emporter cette tête, qu'il écrase entre deux pierres. Après la mort, donner la mort ! Il n'y a guère que le serpent à sonnettes et le serpent noir qui jouissent de ce doux privilége. Le bruissement de la queue du serpent à sonnettes est-il un généreux avertissement du danger que vous courez, ou bien une colère qui s'enflamme? Il y aurait là une utile étude à faire, et les chasseurs de ce dangereux reptile feraient bien de s'y livrer, car on a beaucoup à gagner à savoir si l'on se trouve en présence d'un agresseur ou d'un adversaire inoffensif. Dans le premier cas, les précautions devraient être prises minutieusement; dans le second, la prudence serait presque toujours une arme suffisante, et l'on aurait tout loisir de se mettre en mesure pour attaquer à son tour. Dès qu'il s'agit du serpent à sonnettes, il n'est pas de minutieuses observations à faire, il n'est pas de petits détails qui ne soient précieux. L'ignorance du péril est toujours funeste, et il semble rationnel qu'on ait plus à craindre l'astuce que la méchanceté. Rien n'est l'effet du hasard dans l'œuvre de la création, et peut-être y a-t-il un bienfait caché dans l'existence du crapaud, du crocodile, de l'hyène, du serpent noir et du serpent à sonnettes. Montaigne disait : *Que sais-je?* Serons-nous assez vaniteux pour ne pas dire : *Que savons-nous?*

Le plus grand ennemi du progrès ce n'est pas la paresse, c'est la vanité. Soyez vain en présence du serpent à sonnettes; vous avez des armes qui peuvent ne pas l'atteindre, et si vous le frappez, il est encore probable que vous ne le tuerez pas. Lui, au contraire, s'il vous touche, vous êtes mort, et presque toujours il vous touche quand il veut. Lorsque, par un bonheur fort rare, le chasseur trouve un serpent à sonnettes endormi ou assoupi par le bruit de l'orage, il s'avance avec la plus grande précaution, se place de manière à prendre le corps du reptile en profil, fait glisser sur le dos une des branches d'un instrument muni d'un long manche, dont le bout est en forme de pince et dont les deux côtés glisse sous le reptile et l'autre plane sur le dos. Alors l'agresseur fait un léger bruit, le serpent s'agite et se réveille, le frôlement des anneaux de la queue en donne le signal, et, dès que le corps un peu soulevé ouvre un passage à une des branches de la pince, un petit ressort touché fait joindre violemment les deux mâchoires de la pince, et l'ennemi se trouve saisi et pressé comme dans un étau. Ainsi captif, l'animal se débat avec une violence extrême, ses yeux s'ouvrent et se ferment convulsivement, sa langue bifurquée s'agite comme une flamme, sa mâchoire se dilate et se contracte d'une façon nerveuse, sa robe change de couleur, son corps crie et se roule en anneaux fiévreux, et sa queue ne cesse pas un seul instant de bruire et de fouetter l'air. L'on comprend que, pour un tel exercice, le chasseur a besoin d'une certaine adresse et d'un grand sang-froid; l'on devine que sa fuite doit être rapide si le reptile est manqué ou même s'il est mal saisi; et l'on peut se faire une idée de la colère du serpent venant d'échapper à un péril et qui aperçoit l'ennemi dont il jure la perte à son tour. C'est presque toujours un cadavre hideux qu'on trouve le lendemain étendu roide sur le sol ou tordu comme s'il avait succombé à une attaque de tétanos. Dans le calme, le serpent à sonnettes tue; jugez de sa colère.

Si la guerre faite au serpent noir par les sauvages de la Nouvelle-Hollande est beaucoup plus meurtrière que celle faite au serpent à sonnettes, c'est que le naturel de la

Tandis que le chasseur lui présente une torche pour l'éblouir, il le frappe de son sabre. (Page 59.)

Nouvelle-Galles du Sud vit dans les bois, sans armes, sans vivres, sans vêtements, sans défense; c'est que là, dans ces éternelles et immenses solitudes, il a un sol à disputer à son ennemi, et que s'il se couche sans éloigner de lui ce redoutable voisin, il est mort. La dent du serpent noir, je vous l'ai déjà dit, c'est le coup de foudre qui vous frappe au crâne, c'est l'acide hydrocyanique, c'est la mort la plus prompte, la plus épouvantable à éprouver, la plus hideuse à voir. Et puis le serpent noir attaque l'homme plutôt qu'il n'est attaqué par lui. Il le guette, le surprend, se rue dessus. Il y a là un cadavre. Et puis encore il se cache traîtreusement avant de s'élancer, il se tait, et vous ne l'avez pas encore vu que déjà vous êtes frappé. J'aime mieux le lion qui rugit, le tigre qui rauque, le buffle qui pousse des mugissements. Ici, du moins, vous avez été prévenu, vous vous êtes mis sur la défensive, vous avez regardé votre ennemi en face, et, avec de l'intrépidité et des armes, il vous a été permis de combattre. Mais le serpent noir, mais le serpent à sonnettes! Décidément j'aime mieux

l'hyène à la dent verdâtre, à la langue rouge, à la gueule terreuse.

Puis encore voici venir à vous la mort, une mort affreuse, horrible, rapide, une mort avec des tortures, avec des tiraillements effroyables, avec tous les symptômes de l'hydrophobie. C'est le serpent à sonnettes qui vous a mordu, c'est lui que vous avez regardé en face, c'est lui dont vous n'avez pas entendu le lugubre avertissement. Il n'attaque pas comme le serpent noir ; mais si vous l'attaquez, vous, il n'est pas probable que vous sortiez vainqueur de la lutte, car son venin est actif, son élan rapide, sa gueule prompte à s'ouvrir et à se fermer, et ses dents creuses, par où glisse la mort, sont aiguës et tranchantes.

Quelques naturalistes assurent que le serpent à sonnettes, se mordant lui-même par sa propre dent, expire sous les atteintes de son venin ; d'autres observateurs combattent cette assertion et se basent sur des expériences récentes du virus de l'affreux reptile, faites au milieu des dangers les plus imminents. Ce qu'il y a de certain, c'est qu'un serpent à sonnettes mordu par un autre serpent meurt deux ou trois minutes après. Maintenant, apprivoisez ce redoutable reptile, et vous ferez une utile chasse à ses frères. Mais le serpent et l'hyène ne sont susceptibles ni d'attachement ni de reconnaissance. Leur vie est la mort de tout ce qui les approche.

A l'aide de la flamme et d'un grand bruit, on parvient à éloigner les serpents à sonnettes des habitations, et c'est ainsi que se garantissent de leurs atteintes les nègres employés aux coupes des cannes à sucre, alors qu'ils passent les nuits dans les champs. Il n'est pas rare pourtant de voir le hideux reptile s'approcher parfois du foyer et chercher à chauffer à la flamme ses membres engourdis par le froid ou la pluie. Dans cet état d'extase, les esclaves les tuent souvent à coups de bâton ou de sabre. Le moyen le plus connu pour se défaire d'un si dangereux adversaire est de le saisir au moment où, étendu sur le tronc d'un arbre, il bave aux ardeurs du soleil. Un violent coup de baguette de fusil parvient alors à briser un de ses anneaux et à l'empêcher de diriger ses mouvements. Ainsi frappé, le reptile meurt dans des convulsions horribles. Mordu en ce moment par le serpent à sonnettes, un homme meurt en deux minutes et demie.

Il a été difficile de constater d'une manière précise si le serpent à sonnettes, après avoir mordu une fois, pouvait donner la mort par une seconde morsure. Il semble démontré aujourd'hui que la seconde blessure du reptile est beaucoup moins dangereuse que la première, et que la troisième, faite une heure après, ne présenterait pas de grands risques à celui qui en serait atteint. Aussi les noirs se hâtent-ils, dès qu'un de leurs camarades est étendu roide sur le sol, de s'élancer à la poursuite du monstre, de s'en emparer avec les mains. Bien des exemples sanglants devraient pourtant les tenir en garde contre de semblables épreuves, et la dent creuse du redoutable reptile ne tarde guère à se remplir et à donner la mort à celui qui le touche.

— Croyez-vous, dis-je un jour à un planteur, à la puissance attractive du serpent sur certains quadrupèdes et sur presque tous les oiseaux? — Non, monsieur, et il serait absurde d'y ajouter foi. — Cependant on a vu des crapauds, des grenouilles, des rats, des lézards même, bondir fébrilement et s'élancer petit à petit vers le serpent à sonnettes et s'engouffrer plus tard dans sa gueule. — C'est un effet de la peur. — C'est donc une attraction? — Oui, puisque vous donnez à ce mot une signification que je lui refuse. Mais le pouvoir du reptile serait nul ou plutôt produirait un effet répulsif si la frayeur ne troublait pas les sens de celui qui s'est laissé subjuguer. En faveur de la cause que je plaide, j'ajouterai que j'ai vu des grenouilles endormies et fort paisibles à côté du reptile qui, à leur réveil, s'élançaient en effet vers le dévorateur. — Avez-vous vu aussi des oiseaux tomber du haut des arbres dans la gueule du serpent? — J'en ai vu qui tombaient; mais dans la gueule du serpent, non. — Avez-vous une grande facilité à vaincre le serpent à sonnettes pendant sa digestion? — Très-grande. Toutefois nos conquêtes sont rares, car le reptile, dès qu'il est repu, se retire dans le creux de quelque rocher et s'y repose immobile pendant des mois entiers. — N'a-t-on alors aucun moyen de le vaincre? — Nous en employons un qui ne réussit pas toujours, parce que sa demeure a deux ou trois issues et qu'il est difficile de les trouver. Mais quand son gîte est parfaitement connu, nous brûlons à l'orifice une longue traînée de soufre; nous mastiquons tous les jours, toutes les petites fentes, et le reptile est étouffé. — Avez-vous remarqué que la marche du reptile fût plus rapide le matin que le soir? — Elle l'est beaucoup plus le matin avant le lever du soleil; aussi nos chasseurs ne vont-ils à la poursuite du serpent que le soir.

La méthode le plus en usage pour s'emparer du serpent à sonnettes, celle qui expose le chasseur à moins de dangers, est simple et de facile exécution. On place aux environs des haies sous lesquelles le reptile a l'habitude de se reposer une grande cage en fil d'archal dont la porte est ouverte. Dans cette cage est lié un rat, un lapin, une volaille ou quelque autre chétive bête luttant contre l'obstacle qui la retient captive. Dès que le serpent entend le bruit de celui dont il veut faire sa proie, il part, entre dans la cage fixée solidement à terre, et, à peine a-t-il commencé son repas, qu'une corde mue par le chasseur caché derrière un arbre est détendue; la porte de la cage se referme et le reptile est prisonnier. Cependant, comme ce dangereux animal met souvent plus d'un mois d'intervalle entre un repas et l'autre, il est aisé de comprendre que de pareilles chasses sont peu meurtrières, et qu'il faudrait bien des siècles pour dépeupler une colonie de ces hôtes redoutés, si le besoin de sa sécurité personnelle ne venait pas plus efficacement en aide au colon.

On croit généralement à la Martinique que beaucoup de noirs ont des remèdes certains contre la morsure du serpent à sonnettes; mais alors pourquoi de grandes récompenses, la promesse même de la liberté, n'auraient-elles pas arraché ce secret à ceux qui le possèdent? Ne serait-ce pas plutôt que le venin du reptile est sans puissance contre certaines natures? Le sang noir est-il plus difficile à corrompre que le nôtre? Ce sont là de ces importantes études qu'on ne saurait trop recommander aux explorateurs. Quoi qu'il en soit, j'ai connu un esclave qu'un serpent à sonnettes avait mordu au mollet et qui, après s'être fortement frotté avec un certain mélange de feuilles qu'il portait dans son caleçon, n'a jamais été malade de sa blessure. Il serait sage peut-être, dès qu'un noir dit avoir été impunément mordu par un serpent à sonnettes, de l'envoyer à la chasse des reptiles et de lui accorder une récompense pour chaque tête vénéneuse qu'il apporterait. Cela vaudrait bien, je crois, les travaux du champ de café ou de la canne à sucre.

Voici le soleil dardant ses flèches les plus aiguës sur la terre qui crie et se crevasse; le nègre, épuisé, ruisselant, succombe à ses atteintes; le planteur se réfugie sous ses galeries protectrices, la feuille jaunit, la tige de la canne se colore, l'atmosphère entière est comme une fournaise dans laquelle toute la colonie voudrait s'assoupir, car l'air lourd, écrasant, pèse aux poumons comme un remords à l'âme; partout le silence et le découragement, partout un engourdissement mortel pendant cette torpeur de la nature; partout, excepté dans le gîte du serpent à sonnettes, qui s'étale dans la plaine, dans les champs de café, sur les grandes routes, et puis se tord, se joue, se roule et fait entendre, comme une menace de mort, son redoutable bruissement.

Ne cherchez pas au sein de ces chaleurs étouffantes à combattre le serpent à sonnettes : son venin a trop d'activité, ses oscillations sont trop rapides, vos membres sont trop brisés. Fuyez si vous en avez la force, suspendez-vous à un hamac, à cinq ou six pieds du sol, sous la gigantesque feuille du bananier, ou sous les couronnes ondoyantes du latanier, dont la tête se cache dans les nuages, et laissez glisser sous l'herbe le serpent à sonnettes en quête d'une victime sans défense. C'est la mort qui se promène parmi les vivants alourdis, c'est le virus le plus actif qui prend encore de l'âcreté sous ce ciel de bronze, sur cette terre de lave. L'agonie de celui qu'atteint alors le serpent à sonnettes n'est pas longue, je vous l'atteste, et le cadavre qui tombe n'est pas facile non plus à ployer. Un corps gît là, comme frappé de la foudre, le tronc noueux du tamarinier que les siècles avaient respecté. Mais le ciel se voile, la mer clapote sous une brise folle, sans direction marquée; là-bas, là-bas, l'horizon est rouge comme du sang; sur votre tête, un cliquetis d'oiseaux invisibles fait crier le feuillage; sans nuages au zénith, un roulement sourd traverse l'espace; sans rafales dans les vallées, l'Océan se dresse comme des montagnes mouvantes avant de se ruer sur la plage envahie, dont il roule les galets avec un fracas épouvantable. Il y a colère au ciel, colère ardente sur la terre et au fond des flots; mais cette colère est emprisonnée : la main puissante de Dieu la tient comprimée, afin que les mères aient le temps d'abriter leurs enfants épars çà et là le long des ruisseaux qui se dessèchent. Les portes des habitations se bardent de solides masses de fer, les nègres se blottissent sous leurs cases menacées, les quadrupèdes hurlent, aboient, hennissent, grognent, glapissent en s'agitant dans leurs étables comme si une fièvre douloureuse les avait saisis; ils courent dans la plaine sans but, sans direction fixe; ils se couchent, se redressent, veulent fuir et tombent; c'est le commencement d'une lutte terrible, c'est le prélude d'un combat solennel, où la rage sera d'un côté et la résignation de l'autre. Voyez maintenant!

Les troncs des arbres sont déracinés et tourbillonnent dans les airs, heurtés par les toits des maisons en lambeaux; les vagues écumeuses tombent sur les rochers qui crient et contre lesquels la baleine gigantesque vient ouvrir son dos mutilé. Le ciel est cuivré, cuivrés aussi sont les mornes où vous admiriez naguère une végétation verte et vigoureuse; les ruisseaux se sont changés en torrents dévorateurs, la bouffée de l'ouragan qui les pousse les fait un instant après remonter vers leur source; l'air est à la fois un déluge et un enfer. L'éclair rapide s'y promène au milieu d'une pluie froide, épaisse et pénétrante, et vous ne savez ce que vous avez le plus à redouter de la foudre qui mugit et s'abat ou de l'avalanche qui se roule et bondit autour de vous.

La crise a passé, l'ouragan a épuisé sa violence, le planteur a repris un peu de sécurité, le nègre secoue les débris d'écorce et de branches qui le couvrent et lui ont servi de manteau pendant ce terrible désordre, les quadrupèdes respirent à l'aise, et quand vous avez jeté un coup d'œil sur vos plantations désolées, vous voyez roulés en bloc, comme pour se rapetisser, les serpents à sonnettes, frissonnant encore et se laissant tuer comme des êtres inoffensifs. Un fléau a tué un autre fléau, le coup de vent a eu ses générosités. J'ai vu des noirs ne pas craindre d'attaquer en face le serpent à sonnettes, en tenant d'une main une torche enflammée et pétillante qu'ils présentaient incessamment au reptile, et de l'autre un sabre ou une baguette de fusil dont ils le frappaient. Ce genre d'attaque est fort souvent adopté dans un grand nombre d'habitations; mais on comprend qu'il faut beaucoup de courage, d'adresse et de sang-froid au provocateur pour sortir vainqueur de la lutte. Quelquefois aussi il arrive que le chasseur attend le serpent, armé de deux torches, et, tandis qu'il lui en présente une pour l'éblouir, il le frappe de l'autre, qui brûle le reptile ou lui fait prendre la fuite. Hélas! ce n'est pas assez de tous ces moyens pour détruire un des plus redoutables et des plus audacieux adversaires des hommes! La race des serpents à sonnettes est loin de s'éteindre; les primes promises aux esclaves pour chaque cadavre de reptile en a fort peu diminué le nombre, et il n'est pas d'année que de grands malheurs ne viennent jeter la désolation et le deuil dans les familles.

Le boa disparaitra bientôt de Timor et des principales îles malaises, et ne vivra en sécurité que dans l'intérieur désert et presque ignoré de l'Afrique; le lion s'éloigne petit à petit des habitations et des cités; l'éléphant, le rhinocéros, le tigre et la panthère commencent à comprendre que, dans leurs duels avec les hommes, les chasseurs leur sont souvent funestes; le crocodile même se plait bien plus dans les rades tranquilles qu'au milieu des carènes voyageuses que l'ancre retient dans les rades commerciales; le jaguar ne vit plus que dans les pampas et dans l'intérieur des forêts vierges; le serpent noir est déjà traqué par la civilisation jusqu'au delà des montagnes Bleues; le serpent à sonnettes seul assiège les citoyens dans leurs demeures, et, loin de redouter la colère de ses ennemis, il semble se plaire à venir les provoquer au sein de leurs retraites les mieux défendues.

Les explorateurs aventureux qui vont étudier les bêtes féroces ou venimeuses dans leurs domaines, sous toutes les zones, ont cru remarquer une tendance à moins de cruautés dans certaines races. Ils ont comparé leurs observations avec celles faites par les anciens naturalistes, et presque tous ont conclu que certains animaux ont perdu quelque chose de leur cruauté première et instinctive. Le serpent à sonnettes est moins sujet au caprice, plus constant dans sa nature. Ses colères sont, comme par le passé, des arrêts de mort; les blessures de sa dent, des tortures horribles, quoique de courte durée, et les hommes, qui ont forcé le lion et le tigre dans leurs retraites les plus difficiles, n'ont pu lui faire abandonner les cités dont il leur dispute la conquête. Pendant un rude été et après plusieurs violents orages, l'habitation d'un des plus riches colons de la Martinique se trouva tellement infestée de serpents à sonnettes, que le planteur, sa famille et une partie de ses noirs se virent forcés de prendre la fuite. Il ne resta dans l'habitation que les esclaves les plus intraitables, ceux qui avaient mérité quelque châtiment et ceux qui, dans l'espoir des récompenses promises, consentaient à s'exposer aux dangers d'une chasse où tant de victimes devaient couvrir le sol.

Parmi les nègres retenus aux fers, il y en avait un, nommé Pégu, condamné à recevoir cinquante coups de rotin par jour, et cela pendant toute une semaine. Le châtiment subi, il était reconduit au cachot et n'avait pour reprendre ses forces épuisées par la douleur et la perte de son sang que l'eau bourbeuse qu'on lui donnait en petite quantité et une bien maigre ration de farine de manioc. Avant de regagner la ville, le maître voulut assister encore une fois à l'exécution de la sentence de Pégu. Celui-ci, déjà couché sur l'échelle fatale où on allait le fustiger, vit venir à lui un serpent à sonnettes qui se glissait traîtreusement sous l'herbe. Pégu reste immobile, aimant mieux une mort prompte qu'une lente et douloureuse agonie de tous les jours. Déjà le redoutable reptile se repliait sur lui-même pour s'élancer, lorsque, à la vibration de la queue, le planteur, d'abord immobile et impassible, bondit et s'éloigne épouvanté. Au bruit, le serpent tourne la tête, change à l'instant de résolution, et se croyant sans doute attaqué, il se dirige en sournois vers le planteur, qui n'a pas même la force de prendre la fuite. Tremblant, pâle, presque pétrifié, il balbutie à peine quelques paroles inintelligibles; mais on devine qu'il demande du secours. Pégu se dresse, court au reptile, s'élance sur lui, et d'une main vigoureuse il le saisit à la gorge, le serre et l'étouffe après un quart d'heure d'efforts inouïs.

Dix minutes après, le nègre recevait, par ordre du maître, les cinquante coups de rotin auxquels il avait été condamné pour être allé, malgré la défense qu'on lui en avait faite, voir sa femme dans la nuit. Pégu subit son châtiment pendant trois jours entiers; mais au dernier, succombant sous les déchirements, il se jeta à genoux et demanda grâce, promettant de rapporter à son maître deux serpents à sonnettes morts par jour, et cela pendant une semaine. On écrivit au planteur, qui accepta les propositions de Pégu. Celui-ci tint parole; mais au lieu de quatorze serpents à sonnettes qu'il avait promis, il n'en put tuer que treize. Le lendemain du dernier jour fixé, il reçut les cinquante coups de rotin dont il avait cru s'affranchir, et ne se releva plus de l'échelle fatale. On jeta son cadavre aux oiseaux de proie.

Peut-on appeler chasses ces combats singuliers livrés sans relâche à ces ennemis de tout ce qui respire? et vous, qui cherchez à expliquer chaque phénomène de la création et qui osez avancer que tout ce qui se meut est l'œuvre d'une sagesse immuable, prouvez-moi, je vous prie, l'utilité du serpent à sonnettes, traînant son corps gras et gluant au milieu des belles plantations de bananiers et parmi les fleurs rares et embaumées des plus riants jardins du monde. Jusque-là je croirai que cet affreux reptile est un fléau comme le typhus, la rage et la peste.

Quelques moralistes m'ont reproché, dans certaines feuilles critiques, d'avoir osé prêter une pensée aux quadrupèdes ou aux reptiles. Selon eux, les hommes seuls ont de l'intelligence, le reste n'a que de l'instinct. Mais si l'instinct des brutes est plus merveilleux que votre raison, n'est-ce pas celle-ci qui occupe la seconde place? Qui d'entre nous ferait ce que fait le castor? Qui d'entre nous bâtirait comme bâtit l'orang-outang? Et l'industrie de la sarigue? Et celle du kanguroo? Tout cela est-ce l'œuvre du hasard? Tout cela est de l'intelligence, ou le mot qui exprime cette divine faculté doit perdre sa signification. J'ajoute, moi, que le serpent à sonnettes est malheureusement doué de cette haute intelligence que vous accordez à l'homme, et que celui-ci, dans sa vanité, se réserve pour lui seul. Voyez comme il s'incline avec rapidité lorsque la baguette, levée pour l'atteindre, fouette dans le vide! Voyez comme il fuit après vous avoir mordu, car il prévoit que vous voudrez vous venger avant de mourir!

Voyez comme il accepte une première lutte avec plus d'ardeur qu'une seconde, car il sait qu'il a moins de venin à présent, et que son venin est aussi moins actif! Voyez encore comme il se glisse traîtreusement sous l'herbe pour atteindre sa proie, et comme après son festin il se réfugie pour sa digestion au fond de quelque gîte assuré! Appelez tout cela les mouvements d'une machine, j'y consens, mais, encore une fois, dites que cette machine a une volonté. Quand vous m'aurez marqué la limite exacte qui sépare le haut instinct de l'intelligence bornée, je consentirai à m'humilier devant votre sagesse; jusque-là permettez-moi de croire que le serpent *sait* qu'il va donner la mort, que le castor *sait* qu'il se met à l'abri de l'attaque des hommes par la double issue de sa demeure souterraine et sous-marine, que le lion *sait* qu'il est le roi des quadrupèdes et l'aigle le roi des oiseaux. Ne m'en veuillez pas, je vous prie, de mes réflexions morales, je suis sous un magnifique palmiste, à l'abri d'un soleil à pic; une brise fraîche et embaumée me caresse le visage, la mer soupire à mes pieds comme on le fait après une colère éteinte; la tête de la canne à sucre est dorée, nul cri d'esclave soumis au fouet noueux n'a frappé mon oreille depuis mon réveil, et tout auprès de moi vient de glisser un serpent à sonnettes regagnant sa profonde demeure après le repas d'un lapin qui a gonflé comme une tumeur ses flancs si élastiques. On réfléchit tout à son aise quand le danger n'existe plus.

CHASSE AU PORC-ÉPIC

NOTICE

Le porc-épic ne ressemble ni au cochon, dont il n'a que le grognement, ni au hérisson, dont il n'a que les dards. Sa tête est longue et plate sur les côtés, son museau presque pareil à celui du lièvre, ses yeux petits et ses oreilles larges et courtes, assez semblables aux oreilles des singes. Ses dents incisives ressemblent à celles des rats et des écureuils; ses dents inférieures percent la lèvre qui les enveloppe. Son cou est gros, son corps renflé, sa queue très-courte; cinq doigts sont bien formés aux pieds de derrière, et quatre seulement aux pieds de devant. Les plus grands dards du porc-épic sont placés à la partie postérieure du dos et peuvent avoir de sept à neuf pouces de longueur; ils sont pointus aux deux bouts et colorés d'un brun noirâtre. Ses pieds et le bout de son museau sont couverts de petites soies brunes et roides, et ses moustaches de soies noires et luisantes longues de plus d'un demi-pied. Les piquants du porc-épic sont de vrais tuyaux de plumes auxquelles il ne manque que les barbes; ceux voisins de la queue sonnent les uns contre les autres lorsque l'animal marche; il peut les redresser comme le paon relève les plumes de sa queue. Quelques voyageurs ont assuré que le porc-épic pouvait lancer assez loin ses dards et avec assez de force pour blesser profondément : c'est un conte entièrement absurde. Quoique originaire des climats les plus chauds de l'Afrique et des Indes, le porc-épic peut vivre et multiplier sous des zones plus tempérées, telles qu'en Perse, en Espagne, en Italie.

En domesticité, le porc-épic n'est ni féroce ni farouche, il est seulement très-jaloux de sa liberté. A l'aide de ses dents de devant, il coupe le bois et perce la porte de sa loge. Sa nourriture alors se compose de pain, de fromage et de fruits. Libre, il vit de racines et de graines sauvages. S'il peut pénétrer dans les jardins, il y fait grand dégât et se jette sur les légumes avec beaucoup d'avidité. Quand arrive la fin de l'été, il devient gras. Ainsi que la plupart des animaux, sa chair, quoique fade, n'est pas trop mauvaise à manger.

CHASSE

A la bonne heure, des chasses comme celle que je vais vous raconter! à la bonne heure, un amusement au lieu d'une fatigue, un jeu au lieu d'une querelle, un cartel pour rire au lieu d'un duel à mort! Il est temps que je vous repose des scènes de carnage que j'ai déroulées à vos yeux. Assez de sang a coulé, assez de lambeaux de chair palpitante ont volé à l'air et rougi le sol; il y a déjà eu trop de cris, de hurlements, de rapines et de dévastations; il est temps de prendre un peu de quiétude et de courir après des émotions plus douces. Le plaisir délasse encore plus que le repos; je n'aime pas ce qui énerve, mais bien ce qui occupe, et je ne suis pas très-sûr que le sommeil ne brise pas les membres. En avant donc, mais cette fois avec des rires aux lèvres, des conversations joyeuses et des quolibets pour abréger la longueur de la route. Nous avons la certitude que nous rentrerons sans regret, et voilà pourquoi nous jetons au départ tant de folie au vent.

Lorsqu'on va à la chasse du lion, du tigre, de la panthère, du rhinocéros ou de l'éléphant, on trouve toujours le chemin trop court; on arrive trop tard sur le champ de bataille, on imagine mille petits incidents pour des haltes; on étudie les fleurs, les arbustes, les cailloux, les galets : on s'extasie sur la beauté des arbres qui pèsent sur le sol, sur la fraîcheur de la brise qui se joue dans les cheveux, sur la richesse du plumage des oiseaux qui traversent les airs, sur la forme des nuages qui passent, et l'on prend du repos sans avoir senti la lassitude, et l'on remplit son calepin de notes insignifiantes qu'on effacera après la campagne. Cela est naturel; on est bien où l'on se trouve, parce qu'on sait qu'il y aura plus tard bruyante agitation et péril de la vie où l'on veut arriver.

Et tenez, en allant à la rencontre du lion avec M. Rouvière, je me rappelle avoir chanté pendant les deux tiers de la route; vous savez que les enfants chantent aussi quand ils ont peur du fouet ou des revenants. Mais ici, à la chasse du porc-épic, nul danger ne vous attend dans la bataille. Ce que vous avez le plus à craindre, c'est de ne pas rencontrer l'ennemi. Là-bas, vous auriez voulu ne vous trouver jamais face à face avec lui, ici vous aurez de l'ennui à l'âme s'il vous évite et vous échappe. Ce qu'il y a de plus curieux dans ces sortes d'expéditions, c'est que les chasseurs, pendant le trajet, se partagent déjà les dépouilles de la victime, comme dans la fable de l'Ours. Chacun aura sa part du butin, chacun aura sa ration convoitée, excepté la meute dont vous êtes suivi et qui poussera bientôt d'horribles aboiements. Nous quittons les beaux, les admirables vignobles de Constance, et, tournant à l'est, vers l'intérieur, nous nous enfonçons dans les terres. C'est un pays sauvage, nu, découvert, où poussent de rares arbustes jusque dans les anfractuosités des roches qui percent la terre rougeâtre et capricieuse en ses ondulations. Si le lion devait venir nous visiter, nous le verrions de loin, et nos chiens d'ailleurs le devineraient avant nous. Aussi, tout est paisible dans la caravane, ou plutôt tout est joyeux et même impertinent. Hier, un bruissement nous faisait tressaillir; aujourd'hui, ce qui nous semble douloureux, c'est le silence. — Ferons-nous une course inutile? dis-je à mes compagnons, impatients comme moi. — Nous saurons bien la rendre fructueuse, me répondit l'un d'eux. — Comment cela? — Si nous ne trouvons pas de porc-épic, nous tuerons de petits oiseaux, nous prendrons des lézards et quelques-uns des rares et sombres papillons qui voltigent autour de nous. La philosophie est d'un merveilleux secours, surtout dans les déceptions. — Paix, dit tout bas le planteur qui nous accompagnait, voici un terrain où j'aperçois des traces récentes du passage du porc-épic; soyez contents, messieurs, les chiens vont être bientôt sur ses traces.

En effet, un rapide mouvement de queue et de pattes s'exécuta parmi la gente canine; les impatients animaux poussaient des aboiements sans éclat, comme s'ils avaient compris que le bruit épouvanterait l'ennemi qu'on voulait surprendre; et cependant, sans les ordres et le fouet des maîtres, ils auraient pris la volée. Nous fîmes halte dans un petit ravin, tandis que le colon, accompagné d'un seul chien, s'éloigna de nous de quatre cents pas, étudiant les zigzags du quadrupède exercé. Ils revinrent tous deux un moment après. — Nous devons renoncer, nous dit-il, au porc-épic; le chien n'en a pas trouvé la trace. A peine avait-il parlé que la meute bondit à la fois et que nous vîmes l'animal bardé de flèches venir de notre côté trottillant et grognant comme une tourière hargneuse. A un signal donné, les chiens s'élancèrent et le porc-épic se trouva enlacé comme dans un large réseau. Plus tard il se vit serré de si près, que les gueules béantes de la meute lui embrasaient la face de leurs brûlantes haleines. Voyez la querelle! elle est curieuse, je vous l'atteste, c'est à faire pouffer de rire l'esprit le plus chagrin.

Ils sont là vingt contre un. Celui-ci est petit, chétif, isolé, sans colère, sans peur aussi; les autres sont pleins de mutinerie et d'ardeur. Ils ont des gueules béantes; des dents aiguës, des pattes et des flancs robustes, et cependant ils ne triomphent pas encore. S'ils s'éloignent de quelques pas de leur adversaire, vous voyez ce dernier pivoter sur lui-même et lancer çà et là des regards investigateurs sans être inquiets. On le dirait au milieu de sa famille attentive et caressante. Si la meute serre ses rangs et se rapproche, oh! alors le porc-épic est immobile, sa petite tête rentre dans son corps, ses courtes jambes fléchissent, les flèches qu'il avait couchées les unes sur les autres dès qu'on s'était éloigné de lui se redressent vibrantes dès qu'on s'en approche, et vous ne devinez que c'est un être vivant qu'à quelques mouvements fébriles et presque imperceptibles. Les balles, dit-on, ont des yeux pour atteindre les lâches; ici ce sont les plus courageux qui ont surtout à souffrir de l'attaque; mais quelles grimaces! quels bonds! quels hurlements! Le chien s'élance, son museau s'allonge vers le porc-épic, la flèche aiguë pénètre dans les narines, le sang coule, et l'agresseur bat en retraite avec les contorsions les plus comiques.

Au premier chien découragé en succède un second qui n'obtient pas de succès; à celui-ci un troisième qui recule à son tour sentant dans ses naseaux les flèches piquantes qu'il a voulu braver, et c'est le spectacle le plus bizarre du monde que de voir là, à deux pas de soi, vingt corps agités contre un corps en attente, le mouvement vaincu par l'immobilité! D'Assas se vit arrêté par les faisceaux de baïonnettes ennemies; je ne sais pas quel Romain encore par les piques de la légion immortelle. Les d'Assas de la gente canine ne sont pas plus heureux; ils font volteface, ils se reposent de leurs fatigues à venir, et, découragés, ils semblent, par leurs tristes aboiements, demander secours et vengeance aux hommes qui les ont menés au combat. Vous comprenez que pour mettre fin à cette lente agonie de la bête rongeuse les chasseurs ont un moyen plus sûr que les dents de la meute, et qu'il faut en finir avec l'oursin terrestre. Une balle glissée dans un pistolet fait son office, les dards aigus cessent de se tenir hérissés, les jambes se replient, une boule de chair s'affaisse, un cadavre est à terre, et les chasseurs auront de coquets ornements pour leurs pinceaux. Pauvre petite bête inoffen-

sive qu'on va traquer dans ses déserts, quelles douloureuses réflexions doivent traverser ton agonie contre la méchanceté des hommes! Tu nais, tu vis, tu te promènes solitaire, tu t'arrêtes à tout obstacle, tu respectes la haie du planteur, tu ne te faufiles pas en filou dans son poulailler, tu dors paisible la nuit dans ta tanière parce que ta journée a été sans rapines et sans meurtre; tu te promènes aux rayons du soleil, tu t'abrites aux pluies et aux ouragans; et nous, plus terribles que les fléaux qui désolent le pays où le ciel t'a fait naître, nous allons lâchement te chercher noise et rire à ton dernier soupir. Pauvres porcs-épics! Comme l'Afrique, l'Europe a aussi ses bêtes féroces, et tous les cœurs de tigre ne sont pas cachés dans vos solitudes.

Mais, si un combat entre chiens et porc-épic est curieux et comiquement dramatique, je vous assure qu'il n'est pas sans intérêt, alors qu'il a lieu entre cet animal et le lion, car celui-ci a la peau dure et ne recule pas devant la douleur. Au contraire, blessé à la face par les flèches, il s'irrite, il rugit, il bat ses flancs de sa queue nerveuse, il bondit enfin et tombe de tout son poids sur la bête écrasée. Là est un bloc de chair presque sans forme; mais là aussi est un lion, le puissant roi des quadrupèdes, éclopé, endolori, forcé de prendre du repos ou de ne marcher qu'avec peine. Si après la victoire le lion veut assouvir sa rage sur l'ennemi vaincu, il voit encore ses efforts impuissants, les flèches n'ont pas toutes été brisées, quelques-unes sont encore debout, et un cadavre lasse l'énergie du plus indompté des enfants de la création. Quant au rhinocéros qui trouve parfois un porc-épic sur son passage, s'il lui prend l'envie de s'en défaire, les flèches de celui-ci ne le sauvent pas, car la cuirasse de ce monstrueux quadrupède défie la balle, et les cornes de ses pattes gigantesques seraient à peine blessées par le fer rouge.

Une remarque fort singulière faite par les colons qui se sont le plus occupés de la chasse du porc-épic, et qui m'a été confiée par quelques explorateurs peu avides du merveilleux, c'est que les chiens de forte race, les dogues, les chiens de Terre-Neuve sont peu aptes à la chasse dont nous parlons, soit qu'ils dédaignent un semblable ennemi, soit qu'il y ait dans leur nature une antipathie, un dégoût qui les éloigne de la bête épineuse. Ils forment presque toujours l'arrière-garde de l'armée belligérante, sans se soucier le moins du monde des épithètes de poltron ou de lâche qu'on a droit de leur appliquer, et même en dépit des menaces et des coups de fouet, auxquels ils sont plus sensibles qu'au mépris et à la honte. Les roquets, les bassets à jambes torses, les épagneuls et les petits lévriers composent pour l'ordinaire les héroïques phalanges menées à la poursuite du porc-épic; et, pour ma part, j'avoue que j'aime beaucoup mieux voir en venir *aux mains* (pardon, messieurs les chiens) petit corps contre petit corps que colosse contre nain. Ce n'est pas dans ces sortes d'amusements que les contrastes peuvent plaire ou intéresser. Quand l'issue du combat n'est plus douteuse, le drame est mort: c'est le péril qui fait l'intérêt, c'est la crainte et l'espérance, se déplaçant toujours, qui font le drame. L'éléphant qui chemine écrasant tout sur son passage, l'hyène qui glapit et déchire, le lion qui se heurte contre le tigre, voilà des scènes à étudier, voilà des tableaux qui ne vous laissent jamais sans émotion.

J'ai visité quelques-unes des piqûres faites par le porc-épic à nos chiens les plus intrépides: la plaie avait presque toujours plus d'un pouce de profondeur; mais elle se fermait promptement, et en peu de jours les blessés n'en portaient aucune trace. La dent du serpent à sonnettes pénètre moins profondément, mais on en meurt. Il ne tiendrait qu'à moi de vous dire que j'ai assisté à un combat à mort d'un porc-épic contre un porc-épic, et de faire passer devant vos yeux les divers épisodes de cette lutte où il y avait fait des prodiges, et au milieu de laquelle il y avait aussi de l'héroïsme, du désespoir et une agonie.

On m'a raconté à ce sujet, dans la ville du Cap, des choses trop curieuses pour que j'ose vous en faire part. La crédulité n'est guère la vertu du lecteur sédentaire, et moi qui vous parle, moi qui ai marché en profil, horizontalement et verticalement sur ce globe si petit, et pourtant si ensanglanté, je vous avoue que je n'y ai ajouté qu'une foi fort rétive. Voici, par exemple, ce que m'a certifié un des plus prosaïques colons de Table-Bay. Mais non, je ne vous le dirai pas, vous m'appliqueriez le proverbe injurieusement adressé aux voyageurs, et je veux être cru quoique je vienne de loin. Il m'a semblé du reste que le porc-épic traqué par les chiens était assez *rageur*, et que parfois il osait se montrer assez décuirassé de ses *chevaux de frise* pour essayer de mordre le roquet qui le harcelait de plus près. Quant à ses yeux, ils étaient flamboyants comme deux étoiles sur un ciel bleu d'azur; et les mouvements fébriles de son corps attestaient son irritation tout homérique. Le papillon et le ver de terre n'ont-ils pas aussi leur bile et leur fiel?

Comme les Hottentots font la guerre à tout être vivant se vautrant dans les eaux ou s'agitant sur la terre, comme ces hommes dégénérés, même en naissant, combattent avec une ardeur d'autant plus grande, qu'ils ont moins de dangers à courir, on conçoit que le pauvre porc-épic dont ils ont surpris le gîte a beaucoup à souffrir avant d'expirer. Ces misérables, alors qu'ils n'ont pas pu l'atteindre dans sa course, le traquent au fond de sa retraite, et, pour que la victime ne leur échappe point, ils ferment l'ouverture du terrier ou de la roche caverneuse de pierres et de gazon mastiqués, et l'y laissent douloureusement mourir de faim et de soif. Aux glapissements du désolé quadrupède qui se débat contre les tortures de la famine, la horde stupide et farouche pousse des cris de joie et ne se repose que lorsque le silence lui apprend qu'un dernier soupir a été rendu. Quelquefois encore, le désespoir animant le porc-épic, celui-ci parvient à s'ouvrir une route à travers les couches épaisses qui l'ont abrité, et, préférant un trépas rapide à une longue souffrance, il se montre, et les trapus et crasseux Hottentots le cerclent et l'insultent lâchement de leurs railleries, en le frappant comme pour le réveiller; et, quand la malheureuse bête, aux abois, tombe épuisée, ils s'approchent d'elle et lui arrachent brutalement une à une les flèches qui la vêtissent, ainsi que le font les petits enfants aux moineaux imprudemment confiés à leur cruelle innocence. Je vous l'ai dit, je crois, le Hottentot n'a pas le plus léger sentiment de générosité.

La chair du porc-épic est à peu près semblable à celle du jeune sanglier, mais elle exhale cependant une odeur plus forte : c'est pour cela sans doute que les Hottentots l'estiment presque à l'égal de celle de l'hippopotame.

Les Cafres aussi font la guerre au porc-épic, mais du moins sans torture pour leur ennemi. Un coup de massue a bientôt abattu la victime, et vous voyez souvent les flèches de ces courageux et féroces Africains armées des plumes du porc-épic, qui voit ainsi tourner contre lui les défenses que le ciel lui a données. Le porc-épic est, vous le comprenez, le vrai souffre-douleur des contrées qu'il habite en fugitif, en vagabond, en paria. J'avais acheté à Table-Bay une cuirasse de porc-épic composée d'une demi-douzaine de peaux fort bien préparées de ce quadrupède, gardant encore intactes leurs pointes aiguës et bariolées, et je vous assure que, revêtu de ce bizarre costume, quand j'allais me promener sur la montagne de la Table ou au delà, j'aurais bien pu être pris par quelque naturaliste explorateur pour un de ces fantastiques diablotins dont Callot a si heureusement doté son admirable et grotesque tableau de la *Tentation de saint Antoine*. Ne vous étonnez pas, après ce que je viens de vous conter de cet infortuné quadrupède, si je n'ai consenti qu'une seule fois à aller à sa poursuite. Il faut de la pitié, même à l'homme d'étude; et, quand la science a quelque chose à perdre de sa lassitude ou de sa paresse, l'humanité a quelque chose aussi à y gagner. Que vaut-il mieux contenter, ou le cœur ou l'esprit?

Dieu a donné des moyens de défense à tout être vivant : des griffes au lion et au tigre, de l'ivoire à l'éléphant, des écailles au crocodile, de l'espace et des muscles au jaguar, au léopard et à la panthère; des cornes au buffle, une odeur fétide à l'hyène, des eaux profondes à l'hippopotame, du poison au serpent, des flèches au porc-épic, la voûte céleste à l'aigle, à l'homme l'intelligence. Il a donné à la brebis la patience, la faiblesse et la douceur.

La brebis est le moins défendu des êtres vivants.

CHASSE AU PHOQUE

NOTICE

Le phoque a la tête ronde, comme l'homme; le museau large, comme la loutre; les yeux grands et placés haut, des dents pareilles aux dents du loup, la langue fourchue, des moustaches, un poil court et rude sur les mains, sur les pieds et sur le corps, une queue très-petite, le corps allongé comme celui du poisson.

Le phoque a des ongles aigus et des dents fort tranchantes; il ne redoute ni le froid ni le chaud, se nourrit d'herbe, de chair et de poisson, habite l'eau, la glace et la terre. Il est *estropié* des quatre membres; ses bras, ses cuisses et ses jambes sont presque totalement enfermés dans son corps; les mains et les pieds sortent seuls; les uns et les autres sont divisés en cinq doigts, qui ne sont mobiles que simultanément. Sur terre, le phoque est loin d'avoir ses aises comme dans la mer; il faut alors qu'il rampe comme un reptile, et pourtant il chemine avec une certaine vitesse. Cet amphibie est susceptible d'être apprivoisé, mais il faut avoir soin de le tenir souvent dans l'eau. Plein d'intelligence et de docilité, il peut apprendre et exécuter une foule de singeries. Il aime infiniment la société, aussi ne se plaît-il qu'en nombreuse et turbulente compagnie. Les mers les plus peuplées de ces animaux sont les mers polaires; il s'en trouve bien aussi dans les mers méridionales d'Afrique et d'Amérique et sur les bords de presque toutes les mers d'Europe, mais en petit nombre.

La voix du phoque ressemble beaucoup à un aboiement. Dans le premier âge, son cri est le miaulement du chat. Il naît toujours à terre, sur un banc de sable ou sur un rocher. Après avoir allaité ses petits durant douze ou quinze jours dans le lieu de leur naissance, la mère les entraîne dans les eaux, où elle leur enseigne la natation et le moyen de se procurer des vivres. Dès qu'ils paraissent fatigués, elle les prend sur son dos. Elle met bas en hiver, et jamais plus de trois petits, ce qui lui donne assez de latitude pour soigner leur éducation, fort secondée d'ailleurs par la nature. Les petits connaissent très-bien leur mère et ne se méprendront jamais, fût-elle en nombreuse compagnie.

Surchargé de graisse et de sang, le phoque aime à dormir; son lit est d'ordinaire un glaçon exposé au soleil, sur une roche. Son sommeil est profond; mais ce qu'il aime par-dessus tout, c'est une forte pluie et un violent orage. Quand les sauvages ont triomphé d'un phoque, ils lui tirent toute l'huile qu'il peut rendre, et, l'ayant fait fondre, la remettent dans sa vessie. Elle n'a ni odeur ni fumée, ainsi que celle d'olive. La peau de cet amphibie est d'un usage très-précieux; on l'emploie à couvrir des malles et des coffres; on en fait aussi de très-bons souliers et des bottines que l'eau ne traverse pas.

CHASSE

Ce n'est pas l'ardeur de la vengeance qui vous pousse vers cette langue de terre blanche où s'agite un corps noir et gigantesque; ce n'est point une basse cupidité qui vous lance vers cet amphibie paisible venant s'attiédir aux pâles rayons d'un soleil oblique; ce n'est point pour votre sécurité personnelle que vous vous armez de piques, de tridents, de fourches, de baïonnettes, de plomb et de cordes : c'est parce que vous avez faim et qu'il y a là une masse en forme de chairs puantes que votre voracité va pourtant trouver saines et savoureuses. Je ne sais plus dans quel lac bourbeux Alexandre éteignit un jour sa soif dévorante, et les historiens nous disent que le vainqueur de l'Inde n'avait jamais joui d'un plus ineffable bonheur.

Nous sommes douze, le phoque est seul. Nous sommes lestes, bien armés, intelligents, nous manquons de vivres... Le phoque est lourd, sans protection aucune, brute et repu. La victoire doit nous rester. Vous là, vous ici, vous de ce côté, vous en tête, vous par derrière, moi sur les flancs. Le monstre est entouré, cerné, emprisonné dans un réseau de fer et de feu. Une balle pénètre dans sa tête, le colosse fait un léger mouvement de curiosité; il croit qu'on a éternué auprès de lui et qu'il vient de se heurter le front contre une huître échappée du rivage. Les six pouces de graisse qui le cuirassent empêchent le plomb d'arriver jusqu'à la chair vive. Il faut renoncer à cette puissance, et c'est peut-être, avec la baleine, le seul animal de la création qui se rit du fusil et de la poudre.

Alerte donc d'une autre façon plus active. Le stupide phoque qui venait de se livrer au sommeil s'est réveillé au bruit; il a ouvert nonchalamment les yeux, il a vu se mouvoir devant lui des animaux bizarres, inconnus, couverts de vêtements qu'il prend pour des herbes marines; il a remarqué avec étonnement qu'ils se mouvaient sur deux pieds, comme lui lorsqu'il se livre à ses combats amoureux, et le voilà excité par un sentiment de frayeur qu'il ne s'explique pas encore, se dirigeant vers les eaux, où il comprend qu'il trouvera un refuge assuré. Une barrière de dards s'oppose à sa fuite; il brise les traits qui se sont plantés sur sa trompe, dans ses lèvres, dans sa gueule et même dans ses yeux. Il chemine plus vite; un second obstacle lui est opposé. La douleur lui fait rebrousser chemin; on lui permet alors la retraite, car on le combattra sur un champ clos solide. Le voilà. Il se repose un instant, on le harcelle de nouveau; il ouvre la gueule pour mordre la lance qui pénètre violemment dans sa gorge et cloue sa langue à son palais. Deux balles bien dirigées vont fouiller jusque dans ses immenses intestins et y apportent l'agonie. Cependant la dernière torture sera turbulente. Presque toutes les piques se trouvent brisées, les crosses de fusil ont volé en éclats, les munitions de poudre sont épuisées, les sabres se sont ébréchés à faire de profondes entailles; vous combattez, ou plutôt vous assassinez, dans une mare de sang, vous pataugez dans un hideux triomphe, et le colosse aux abois gémit, pleure, bave, et jette au loin des caillots rougeâtres, bondit sur ses pattes-nageoires, se roule, pivote, glisse, tourbillonne, cherche le repos des glaives qui frappent toujours, appelle d'un regard à demi éteint l'océan qui semble fuir, s'arrête enfin et meurt.

Lâches! maintenant que vous avez du cuir à mâcher pendant plusieurs jours, vivez de cette graisse jaune comme du safran, de cette viande noire comme du bitume, gluante comme la bave du crapaud; gobergez-vous, voraces chasseurs, le lièvre a été arrêté au vol, le cerf au milieu des broussailles, la perdrix sur les blés dorés; vivez, explorateurs sybarites, votre table est dressée, votre couvert est mis. Il y a de la joie parmi les convives, l'orgie viendra avec la joie, car voici les flacons que les valets apportent. La table est le rivage de sables mouvants; la liqueur renfermée dans les vases est de l'eau pure de la nappe voisine, le service un lambeau de je ne sais quoi contre lequel le couteau est sans puissance, un fragment de botte usée que vous tenez dans deux mains, et que des dents aiguës ne peuvent entamer qu'après les grimaces et les efforts les plus diaboliques. L'orgie, c'est le sommeil qui suit cette fatigue, ou la chanson bouffonne par laquelle on provoque le courroux des éléments, la cruauté de la famine. Avec de la philosophie, du courage et *Robinson Crusoé*, on ne meurt de faim nulle part, pas même peut-être à la terre d'Endracht. Je me trompe, il faut encore des yeux qui voient!... Voyez, écoutez. Nous sommes là-bas, là-bas, aux terres australes, par une très-haute latitude. Le vent du nord souffle ses tièdes bouffées sur une côte déchirée, basse, madréporique, et protégée contre les envahissements de l'Océan courroucé par des pitons bizarres, irréguliers, les uns en dôme, à pente légère, la plus grande partie taillés à pic, de difficile accès et tous noirs comme de tristes fantômes. Combien de navires, poussés par l'ouragan, se sont-ils ouverts sur leurs angles et brisés contre leurs crêtes! Dieu seul le sait, car les flots sont muets après la tempête. Combien de cadavres d'hommes ont-ils roulé autour de ces fosses solides dont la mer lave les taches que le sang y avait empreintes! Dieu seul le sait, car tout a été silencieux dans ces parages polaires après le désastre.

Après les rochers vient le sol qu'elles abritent, tantôt à vingt pas de distance, tantôt à une demi-lieue, tantôt côte à côte, comme deux amis au repos se faisant leurs confidences. Les premières sont nues, pelées, ainsi que le front d'un centenaire; la masse qu'elles entourent est ridée, triste, désolée, sans chevelure à la tête, sans vigueur aux flancs. Tout est cadavéreux ici, tout y sent l'abandon, tout y est muet comme la tombe, excepté la lame voyageuse qui s'y agite, s'y déroule, pareille au loup affamé hurlant autour des cimetières. Vous avez vu la terre; levez maintenant la tête et regardez les cieux. Ils sont bleus comme vous les avez admirés lorsque vous vous promeniez sous des zones équatoriales; mais ici l'atmosphère est pâle, sans chaleur, sans visiteurs ailés, sans cris d'oiseaux aux brillants plumages; seulement des masses énormes, blanches et fantastiquement modelées passent rapidement comme de sinistres présages, et se chassent les unes les autres, pressées d'abandonner d'aussi tristes horizons. Le froid est vif, aigu, imprégné de gouttes pénétrantes qui piquent ainsi que des pointes d'aiguilles; les broussailles que vous foulez sont âpres et rudes, le sol tourbeux où elles ont poussé se couvre çà et là d'un réseau de gazon jauni, et, si vous en approchez l'oreille dans l'intervalle d'une rafale à l'autre, vous entendez des courants d'eau se promenant dans les vallons, cachés, souterrains, formant sans doute des îles, des archipels, des caps, des promontoires que nul regard, excepté celui qui voit tout, n'ira visiter.

Si vous quittez la plage où sont amoncelés des sables arrachés aux profondeurs de l'Océan par les tempêtes, et que vous gagniez l'intérieur de l'île où vous êtes arrivé après un triste naufrage, vous trouvez une ceinture élevée de pierres usées, de galets roulés sous lesquels tourbillonnent, plus bruyants encore, les torrents intérieurs dont je vous ai parlé, et au pied de laquelle ont poussé quelques touffes de joncs serrés où s'abritent les troupeaux de chevaux sauvages à la crinière ondoyante, aux jarrets fins et nerveux, aux naseaux enflammés, que la prévoyance espagnole y a jetés lors de la conquête de cet archipel, disputé naguère par les Français et les Anglais, et que la Grande-Bretagne s'est enfin approprié depuis quatre ans au plus, en dépit de nos menaces fanfaronnes. La Grande-Bretagne, en effet, a raison de se permettre tout ce que les autres peuples n'osent pas lui interdire. Nul droit n'est plus solidement établi que celui qui est acquis par la force,

Celui-ci, par un saut rapide, se jette de côté et abat les jambes du buffle. (Page 68.)

consacré par la peur. Les îles dont je vous parle, indi-quées aujourd'hui sur les cartes nautiques sous le nom de Falklan, nous sont à jamais enlevées, et nos voisins ambitieux peuvent y continuer, au fond de la baie des Français, l'établissement que le capitaine Bougainville avait tenté, et se mettre à l'abri du froid, ainsi que je l'ai fait après un douloureux naufrage, dans les immenses fours de pierre que les rapides bouffées du Sud n'ont pas encore démolis. Vous êtes arrivé sur cette terre de déso-lation sans vivres, presque sans espérance, car les navires voyageurs s'en éloignent avec précaution. Mais la faim vous attaque au milieu de vos sombres réflexions et de vos vœux stériles. Là point d'arbustes portant une graine sa-voureuse, point de grands végétaux parés de leurs fruits, point de racine au suc bienfaisant, je vous l'ai dit. Du sable, des galets madréporiques, de la tourbe et le silence. N'im-porte, on ne meurt peut-être au milieu des angoisses de la faim et de la soif que sur deux points de la terre : la pres-qu'île Péron, la terre d'Endracht et les îles de Dorre et de

Bernier. Ici point d'oiseaux, un seul quadrupède rapide comme la balle, et point d'eau douce.

Mais aux îles Malouines, de l'eau partout, sur la surface et dans les entrailles du sol; une eau pure, fraîche, vous épargnant du moins une torture et un désespoir au milieu de votre agonie. Si vous êtes seul ou presque seul sur cette terre de désolation, votre mort est certaine. Si vous n'avez ni baïonnettes, ni piques, ni fusils, ni poudre, ne prolongez pas votre supplice et donnez-vous une tombe dans les flots. Mais si vous avez sauvé de la colère océa-nique des munitions de guerre, si vous avez des compagnons d'infortune et que vous soyez arrivés dans la saison la moins rigoureuse de l'année, vous pouvez espérer des vi-vres pendant quelques mois; car, en été seulement, les pitons que je vous ai signalés, les joncs, le gazon, les criques tourbeuses, toute l'île enfin est peuplée de pin-goins, de plongeons, de lions et d'éléphants de mer, de phoques à crins ou à poil. L'île a ses habitants, ses colères, ses joies, ses querelles et ses amours. Corps étranges et

Imprimé par H. Didot, Mesnil (Eure), sur les clichés des Éditeurs.

Le vorace animal se jeta sur ses victimes encore fumantes. (Page 72.)

hideux à voir, difficiles à poursuivre, durs à vaincre, plus durs à mâcher; chairs huileuses, coriaces, ne cédant qu'aux dents les plus tranchantes, aux mâchoires les plus robustes, et révoltant les estomacs les plus indulgents. Eh! bon Dieu! qu'est-ce qui vous épouvante dans ce pays que je viens de dérouler si imparfaitement à vos yeux, et dont je voile les parties les plus sombres? J'y ai vécu pendant trois mois et demi sans trop de dégoût, je vous jure, car il y a du bonheur dans toutes les infortunes, hormis peut-être dans la cécité. J'y ai mangé des chairs puantes, de celle de l'aigle vorace qui venait me les disputer, et aussi de celle du vautour, auprès de laquelle une tranche de phoque est un mets savoureux. J'ai vécu là parce que peu de vivres suffisent à mon appétit, pourvu que le ciel ne me refuse pas une eau limpide; j'y ai vécu parce que l'Être éternel a voulu me dédommager de tant de fatigues, de douleurs, d'angoisses, par une douleur aussi poignante que la soif, l'isolement et la famine.

J'écris ces lignes et je suis aveugle. Je ne l'étais pas alors. Aussi voyez avec quelle ardeur j'attaquais les phoques, les lions, les éléphants! Ceci du moins est une guerre faite au profit du chasseur, sans péril, presque sans fatigue. Vous vous êtes reposés après la victoire, et, comme pour vous venger du peu de péril que vous avez couru, vos dents se sont plantées avec une sorte de rage dans les lanières cuites à une fumée rougeâtre pour en tirer une subsistance que votre estomac, hélas! aura bien de la peine à digérer. Mais, tout colosse qu'il était, le phoque attaqué quotidiennement par vous et par les aigles royaux ne présentera bientôt plus à l'œil qu'un immense squelette que la rafale du sud ne tardera pas à démolir. C'est donc une nouvelle lutte à entreprendre. On se bat avec ardeur quand il s'agit de la conquête d'un de ces précieux amphibies si délicats, si savoureux, si bienfaisants. Celui-ci vous attend, ignorant du mauvais parti que vous allez lui faire; mais d'autres peuvent être plus lestes; le phoque n'est pas toujours arrêté dans sa marche de géant, et vous n'irez pas le chercher dans les flots, où il vous sera disputé par les requins. A la faim qui vous creuse se joint l'inquiétude qui brise votre énergie, et, comme le soldat condamné aux marches forcées et réduit au tiers de la ration, vous vous laissez aller à l'abattement. Une voix cependant s'élève enco e retentissante : « Aux piques! je vois là-bas un gigantesque éléphant de mer qui vient se reposer sur le rivage. Aux piques! aux bâtons et aux fusils! Nous aurons après le combat des vivres pour quelques jours; d'ici là peut-être un navire, poussé par la tempête, viendra chercher un refuge dans cette baie si profonde, et nous arracher de ce lieu de désolation. »

On se réveille à ces paroles, les armes redoutables sont dans toutes les mains, et l'on retrouve des forces pour en conquérir de nouvelles. Les chasseurs s'approchent à pas lents, en tapinois. L'ennemi est assoupi, il ne faut pas le réveiller, vous allez le tuer et vous voulez qu'il passe d'un sommeil à un autre; vous avez, messieurs, une singulière générosité. Mais je vous pardonne, vous êtes conseillés par la faim, et la cruelle a la voix éclatante, je vous l'atteste.

Presque tous les voyageurs ont publié que l'éléphant de mer succombe à quelques coups de bâton vigoureusement appliqués sur sa trompe. Sans doute ces messieurs ont été témoins du fait; mais, quant à moi, je vous garantis que nous avons appliqué plus de cent coups de crosse de fusil sur cette trompe si sensible, et que le colosse n'avait pas l'air d'en être abattu. La partie la plus tendre de l'amphibie, celle qui lui faisait faire les plus violents soubresauts, était le sommet de la tête. Tant que le monstre que nous pressions de toutes parts ne reçut de blessures que sur son corps ou sur sa trompe, il fut assez calme, assez soumis au sort fatal qu'il prévoyait peut-être, mais, dès qu'une baïonnette eut pénétré dans le crâne, ce fut un remue ménage à nous épouvanter, et nous faisions fort prudemment de nous tenir à l'écart de ses mouvements et des coups de sa queue et de ses nageoires. Autour de lui et sous lui le sol était profondément creusé; les arbustes étaient brisés et la mare d'eau limpide dans laquelle nous avions attaqué le colosse devint boueuse et tourbillonnante.

Si nul de nous ne fut blessé, c'est que nul de nous n'osa approcher le monstre de très-près pendant sa longue agonie, c'est que nous ne nous montrâmes braves, en effet, que lorsque nous n'avions aucun péril à craindre. Vous avez d'abord tué un phoque à crins ou un phoque à poils, peu importe, ils ont tous deux les mêmes mœurs, les mêmes habitudes de paresse et de volupté: ils se ressemblent en tout, excepté dans la fourrure qui les vêtit. Plus tard nous avons vaincu l'éléphant de mer, le plus grand colosse des eaux après la baleine, lui dont la vie paisible et inoffensive jouit dans l'onde et sur la plage des deux éléments à la fois qui lui gardent leurs bienfaits. L'un et l'autre de ces amphibies ont satisfait votre appétit excité par la brise piquante du pôle qui ne vous engourdit pas encore de son haleine glacée. Et cependant il faut recommencer vos courses et votre chasse; vous n'avez point ici de repos à espérer si votre navire s'est ouvert sur une des roches qui défendent la côte, car, je vous l'ai dit, la terre est sans fruits et les airs sans habitants.

Le phoque et l'éléphant ont été dévorés. Après votre triomphe, à l'aide des fusils, des piques et des baïonnettes, sur un ennemi plein de vie, vous avez eu plus de peine, à l'aide de vos dents, à vous défaire des restes coriaces d'un ennemi mort. Mais sur cette terre rude, au milieu de ces eaux turbulentes, sous ce ciel de givre, nulle *jouissance* n'est sans amertume, vos paroles d'espérance ont des notes douloureuses, et vos sourires sont si faibles, qu'on les prend pour des souffrances. Il faut de la chaleur au soleil comme il en faut à l'homme, et le manteau de neige qui menace ou couvre ces régions australes ne laisse germer que des idées imparfaites dans le cerveau, et des plantes parasites au sol. La chaleur seule est vivifiante.

Aux tortures de la faim qui se fait de nouveau sentir, à celle de l'inquiétude qui ne vous quitte jamais, il faut opposer une activité de chaque heure si vous voulez alimenter votre estomac rétréci. C'est donc encore une chasse que vous allez entreprendre, une chasse à l'un de ces amphibies massifs qui viennent complaisamment s'exposer à vos coups. Mais ils ont aussi leurs caprices, leur

régularité dans la vie qu'on leur a faite; ils ont des saisons marquées pour chacune de leurs joies, et si pendant une partie de l'année ils se jouent tour à tour dans les eaux et sur la grève, ils ont des saisons où ils se cachent à vos yeux au fond des abîmes de l'Océan et au milieu des glaces que les ouragans détachent des pôles. Aussi, maintenant que les nuits sont longues et froides, voyez comme la plage est déserte, uniforme et silencieuse! C'est le premier pas de l'hiver qui s'avance et vient vous saisir dans ses étaux de bronze. Vous ne vaincrez guère le froid, mais vous pouvez encore combattre avec profit la disette qui vous tiraille. Ne vous lassez point de courir le rivage, les phoques sont paresseux; dans leur armée envahissante, il y a des traînards que vous pouvez facilement atteindre...

Tenez, en voici un planté sur cette dune solitaire, pareil à un de ces sphinx colossaux que vous trouvez çà et là dressés par la religion des peuples dans les solitudes égyptiennes. Ce n'est ni un éléphant, ni un phoque à crins, ni un phoque à poils : on voit à ses allures somnolentes qu'il tient de l'espèce, mais qu'il n'est pas de la même famille. Une partie de son corps traîne sur le sol; sa tête, son cou, ses épaules et son estomac sont debout, et il ouvre, en vous dévisageant, des yeux magnifiques d'expression. Son attitude a quelque chose d'imposant et de comique à la fois; il vous regarde avec une tranquillité qui semble vous ôter tout d'abord l'envie de l'attaquer; il vous étonne, vous vous prenez à rire sans le vouloir, et vous regrettez presque le triomphe qui vous est promis. Voyez comme il est propre, lisse et coquet; sa peau n'a rien de gélatineux, elle ne présente aucune écaille, elle n'est recouverte d'aucun poil. Foncée, brune, elle n'offre aucune trace irrégulière; ses oreilles sont petites, admirablement posées; son museau n'est pas trop long, comme celui du lévrier, ni trop court, comme celui du dogue; son cou a le volume convenable, et il y a de la grâce et de l'élégance dans son arrière-train et dans la forme svelte de sa queue.

C'est le lion de mer qui pose là devant vous avec l'immobilité du modèle d'atelier. Prenez vos crayons, vos pinceaux, vos calepins, votre toile, ne vous pressez pas, vous pouvez modeler tout à votre aise ces yeux si étincelants, cette moustache pareille à celle du roi des quadrupèdes, ces dents éclatantes comme les dents du tigre. Copiez tout cela de face et de profil, c'est un roc immobile qui devine que vous avez besoin de temps pour perfectionner votre ouvrage, et qui n'aura pas l'impolitesse de laisser votre œuvre inachevée. Ainsi ai-je fait, moi, la première fois que je me trouvai en présence de ce singulier amphibie. Agissez aussi comme j'agis plus tard lorsque j'eus terminé le croquis qui devait enrichir mon calepin, et tâchez que votre admiration pour le lion de mer ne vous condamne pas le lendemain à la diète. Après un regard studieux, le regard doit devenir menaçant; après les crayons et les pinceaux, la pique et la balle. Vous avez eu tout le temps nécessaire pour décrire le calme du magnifique amphibie : prenez bien vos mesures si vous ne voulez pas que son agonie échappe à vos études. Ce n'est plus la lourdeur du phoque, ce n'est plus la somnolence de l'éléphant, c'est la rapidité du lion terrestre, et s'il ne vous déchire pas de ses dents tranchantes, c'est parce qu'il n'a point de nerfs qui le fassent bondir. Le lion de mer est vif, pétulant; mais tous ses mouvements s'exécutent presque sur place, et il ne regagne son empire de prédilection que lorsqu'il voit la bataille perdue, lorsqu'il sent sa vie s'en aller par les mille blessures dont il est criblé. Il est vivace comme son homonyme de l'Afrique et de l'Asie, et la balle qui lui percera le cœur ne le laissera pas immobile parmi les joncs du rivage où il a posé devant vous avec une si funeste complaisance.

Seul, vous ne viendrez jamais à bout du lion de mer : soyez plusieurs pour le combattre, soyez beaucoup pour le vaincre, ou vous ne saurez jamais quel est le goût de sa chair rosée. Dans les élans de défense de l'éléphant de mer il y a eu paresse et presque impuissance; dans ceux du phoque il y a eu vivacité, colère et menaces; dans ceux du lion vous voyez une de ces ardeurs qui ne restent sans pouvoir que parce que la nature a refusé au fougueux amphibie l'élasticité du lion terrestre. Il y a là en effet les évolutions, les fureurs, les grincements de dents du monarque des quadrupèdes, il y a là soif ardente de vengeance, car, gonflé de cruauté, s'il vous saisit un membre, soyez sûr que le membre est séparé du corps; si sa mâchoire se ferme sur le fer de votre pique, le fer est tordu ou brisé. Le bâton noueux que vous enfoncez dans sa gueule béante et rouge comme une fournaise en sort tout en débris, et quand une de ses pattes, ou, si vous l'aimez mieux, une de ses nageoires vous heurte, vous êtes jeté à la renverse et brisé comme si vous veniez de recevoir un grand coup d'aviron. Le champ de bataille où s'est passée la scène que je viens de vous esquisser offre à l'œil l'image du chaos; on dirait qu'une grêle horrible est tombée du ciel et a mitraillé le sol. Les joncs pressés et robustes au milieu desquels s'agitait le furieux amphibie sont hachés en mille morceaux, et les galets que le flot y avait laissés dans ses moments de tourmente ont été rendus aux abîmes d'où l'ouragan les avait arrachés.

Le monstre est là étendu sans force et laissant échapper le sang par vingt larges entailles; ses flancs se gonflent et se contractent convulsivement; il souffle avec une violence extrême. Il est criblé, troué, taillé, et il vivra longtemps encore; son agonie est lente, vous n'arrêterez les battements de son cœur que si vous lui arrachez les intestins, que si vous séparez la tête du corps; et quand vous aurez achevé cette œuvre de dissection, vous verrez encore remuer, pendant deux jours au moins, ses chairs chaudes, comme si le sentiment de la vie et la vie s'y trouvaient toujours. Une demi-heure après avoir séparé la tête du tronc d'un lion de mer, j'ai présenté rapidement une pointe de fer à l'œil ouvert de l'amphibie; eh bien! cet œil s'est fermé avec promptitude et avec un mouvement si expressif, que toute la face du monstre en a été endolorie. A quoi bon tant de vie pour la douleur? Le cadavre, ce me semble, ne devrait pas souffrir.

Voilà maintenant le ciel qui se zèbre de nuages bizarres changeant à chaque instant de forme et de dimension : ils courent les uns après les autres, poussés par des bouffées rapides, et se plongent bientôt dans un horizon vague, terre pénible à voir. C'est un bruit sourd au haut des airs comme le roulement lointain d'une cataracte; le ciel se dégage bientôt des colosses voyageurs qui l'avaient voilé; vous levez les yeux et vous le voyez gris, froid, sans transparence; vous diriez un réseau serré sur lequel séjournent des couches immenses de givre.

Sur la terre incolore tout est silencieux; sur la mer terreuse tout est menaçant. Nous sommes aux Malouines, ne l'oubliez pas, dans les îles nées au sein de la rade des Français; plus de pingouins; hier encore vous pouviez les passer en revue sur les plateaux élevés, en avant-garde en face de leurs tanières, Hier, à défaut de la chair des phoques et des éléphants, nous *pêchions* encore, en fouillant dans le sol à l'aide de crocs de fer tordus en spirale, quelques-uns de ces singuliers animaux, moitié oiseaux, moitié poissons, dont les membres huileux apaisaient en quelque sorte notre appétit glouton; hier encore les phoques erraient en philosophes çà et là sur la plage et s'abritaient derrière les dunes où le flot venait les visiter : aujourd'hui nous sommes sans vivres, aujourd'hui tout nous fait défaut, tout hormis l'hiver, qui a déployé ses larges ailes et qui s'est dressé plus terrible, plus dévorant que celui des terres boréales. Ici sont des peuples dont vous avez l'espoir d'atteindre les huttes enfumées, des ours blancs que vous pouvez combattre et vaincre; vous avez encore des bois dont la flamme peut s'emparer et au foyer desquels vous réchauffez vos membres brisés. Là-bas, point de bois, point d'arbustes, point de cabanes, point de continent. Dès que l'ouragan usurpe l'atmosphère, les amphibies envahissent les eaux; il y a partage, il y a parfait accord entre eux : le premier, pour vous briser en vous attaquant; les autres, en vous livrant à vous-même ; l'un vous tord en se ruant sur vous, les autres vous déchirent par leur absence.

Si vous vous décidez enfin, quand tout vous fait défaut sur la terre, à vous élancer dans les eaux, à déclarer la guerre aux habitants de la mer, la rafale arrive, impétueuse comme la foudre, bruyante comme elle, vous chassant de la côte ou vous démolissant sur les galets. Votre agonie sera plus lente que celle du lion, plus lente aussi que celle du phoque ou de l'éléphant, et la lame venant du large, ainsi qu'une montagne mouvante, vous saisit dans sa dévorante aspiration; elle vous enlève vous et votre canot comme un léger flocon d'écume, monte jusqu'aux nues, retombe de tout son poids, et l'aigle vient après la tourmente et se délasse à déchirer de son bec et de ses ongles les lambeaux de chair qui étaient hier un matelot, un explorateur, un homme. Certes, il valait bien la peine de chasser avec tant d'ardeur les colosses marins qui vous ont aidé à traîner une vie souffreteuse, pour venir, à quelques jours de là, dans un seul choc, dans une seule secousse, dans un seul mouvement d'épaules d'un flot courroucé, laisser votre squelette sur la plage déchirée.

<hr>

CHASSE AU BUFFLE

NOTICE

Cet animal est originaire des climats les plus chauds de l'Afrique et des Indes, qu'il parcourt encore en dévastateur, quoique depuis longtemps on soit parvenu à le dompter. Les anciens ne connaissaient point le buffle; jusqu'à présent on n'a pas trouvé l'origine du nom qu'il porte, mais l'on sait seulement qu'il le tient d'une des langues asiatiques éteintes peut-être par la succession des âges. Il est étonnant que le buffle, qui, dans sa forme et ses mœurs domestiques, ressemble fort au bœuf, vive avec lui dans une complète antipathie : presque jamais on n'a pu les accoupler, et jamais, à coup sûr, ils n'ont pu produire. La propreté ne va pas au buffle, même apprivoisé; il s'irrite dès qu'on l'étrille, et il ne se sent à l'aise que dans les bourbiers ou au milieu des immondices. Sa face est large et repoussante, son regard stupidement farouche, et sa tête penchée vers la terre lui donne une attitude d'hypocrisie et de lâcheté qui inspire le dégoût : en état de liberté cependant, sa démarche a quelque chose de téméraire parfaitement en harmonie avec sa force et sa puissance. Sa voix a deux fois plus de retentissement que celle du taureau; c'est un mugissement épouvantable pareil au roulement d'une cataracte, surtout alors qu'il est irrité par l'aspect de l'ennemi qui veut le combattre. Ses membres sont maigres, mais nerveux; sa queue est pelée, sa peau ordinairement brun foncé ou noire; son poil est par touffes irrégulières. Il a le corps plus gros et plus court que le bœuf, les jambes plus hautes, la tête proportionnellement beaucoup plus petite, les cornes moins rondes et en partie comprimées, et un toupet de poil crépu sur le front : le buffle est le nègre de la race bovine. Sa peau est beaucoup plus épaisse et plus dure que celle du taureau; sa chair noire et dure est non-seulement désagréable au goût, mais répugnante à l'odorat.

Le lait de la femelle est inférieur à celui de la vache, mais en plus grande quantité; le fromage qu'on en fait dans les pays équatoriaux est médiocrement mauvais et peut à la rigueur satisfaire l'appétit d'un Européen : les Cafres et les Hottentots l'aiment avec passion. La langue du buffle enfant est un mets assez délicat, et, dans l'Inde surtout, on la sert sur les tables des plus riches gourmets.

Le buffle traîne un fardeau deux fois plus lourd que ne pourrait le faire le bœuf, et deux de ces animaux attelés à une charrue sont d'un immense secours pour le labourage des terres dans le haut Indoustan. Après l'éléphant, le rhinocéros et l'hippopotame, le buffle est le plus grand des quadrupèdes. Partout où la civilisation a fait des progrès, on a remarqué que les animaux féroces perdaient de leur cruauté; aussi, dans l'Inde, voit-on des troupeaux de buffles calmes et paisibles au milieu des plantations. Mais, à Timor et dans quelques autres îles malaises, ce formidable quadrupède est un des plus dangereux ennemis des hommes. Je vais bientôt vous le montrer aux prises avec les Malais.

CHASSE

— Par quel moyen vous faisiez-vous comprendre des peuplades sauvages au milieu desquelles vous vous êtes si longtemps promené? m'a-t-on dit bien des fois depuis mon retour de tant de courses aventureuses. — J'apprenais d'un pays à l'autre les mots les plus usités dans les archipels voisins, et je faisais comme ce facétieux étranger arrivant à Londres, qui commençait toutes ses phrases par *goddem*.

Si nous étions tous garçons, je vous conterais à ce sujet une anecdote fort originale, arrivée à un Français voyageant en Italie; mais il y a peut-être en ce moment des regards de femme attachés sur ces lignes pudiques; je me tais.

— Cependant, poursuivait-on, le moyen que vous m'indiquez n'est pas sans exception. — J'en vois si peu. — Il en est beaucoup, au contraire. — C'est que les difficultés ne paraissent réellement grandes qu'alors qu'on n'ose pas les aborder. — Je ne demande pas mieux de m'éclairer de votre expérience. — Posez bien la question, j'essayerai de la résoudre. — Je conçois, par exemple, que, lorsque vous étiez au cap de Bonne-Espérance, vous ayez pu apprendre bien des phrases cafres ou hottentotes; je comprends encore que vous ayez connu à Rio plusieurs mots du langage des Païkicés, des Taupinambas ou des Bouticoudos; j'admets que les habitants des Mariannes, qui baragouinent l'espagnol, vous aient appris à parler un peu l'idiome des Carolins, qui viennent les visiter, et que les Chinois que vous avez rencontrés à Koupang ou à Dielhy, colonies hollandaise et portugaise, vous aient aidé à prononcer quelques-unes de leurs syllabes si difficiles; mais quand, après une longue navigation, vous jetez l'ancre en face d'une île nouvelle ou d'un peuple comme celui de la presqu'île Péron, ne voulant aucun contact avec les hommes civilisés, comment vous y preniez-vous pour vous faire comprendre? — J'essayais le langage des gestes. — Les besoins et les habitudes doivent changer? — Cela est vrai; cependant il est des choses que toutes les races d'hommes font à peu près de la même manière; ils marchent, ils mangent, ils boivent, ils dorment partout comme nous dormons, mangeons et buvons vous et moi. — Et pour exprimer d'autres besoins? — C'était plus difficile. — Pour apprendre, par exemple, le nom de certains arbustes, des étoiles, des poissons, des oiseaux, des quadrupèdes? — Les gestes venaient à mon aide. — Il y a des pensées que les gestes ne peuvent traduire. — Tant de peuples ne pensent pas! — Oui, mais ils vivent et vous avez vécu avec eux. — Sans nul doute. — Comment faisiez-vous, je vous le demande encore, pour vous faire comprendre? — Je ne me faisais pas comprendre, voilà tout.

En effet, je ne suis pas dans l'habitude de lutter contre les impossibilités, quoique je les aborde souvent; je n'ai jamais essayé d'apprendre à nager dans un marais boueux et sans eau; je n'ai pas tenté de suivre l'aigle dans son vol, d'attaquer la baleine dans son immense empire, d'arrêter la cascade mugissante ou d'aplanir l'Hymalaya. Mais, irrité contre les difficultés, il n'est point de dangers que je n'aie bravés pour les vaincre. Dès qu'on me signalait un obstacle infranchissable, je m'y jetais à corps perdu, et il fallait alors bien des volontés opposées à la mienne pour me forcer à renoncer à une entreprise arrêtée. Je suis descendu à Ombay, îles d'anthropophages, d'où je suis revenu sain et sauf, grâce à mes tours d'adresse et à mon rare talent de prestidigitateur. J'ai fait un voyage à Tinian, dans une pirogue de vingt pieds de long sur trois de large, et je ne sais pas nager. Je me suis enfoncé dans les terres désolées de la presqu'île Péron pour aller à la recherche de deux amis égarés. J'ai traversé à Wahoo de larges et profondes rivières à l'aide des hommes sauvages dont j'avais conquis la confiance et l'amitié. J'ai bravé la lèpre hideuse dans un lazaret de Guham; j'ai essayé de gravir le Mowna-Kaah par un chemin horrible de laves... Toutes ces choses et bien d'autres encore, je les comprends; mais, raisonnable dans mes folies, je m'arrête quand la terre me fait défaut, et je me repose lorsque mes jambes ne sont pas au niveau de mon courage.

Tenez : on m'avait signalé à Koupang l'empereur Pierre comme un homme curieux à étudier, et je savais pourtant qu'avant d'arriver dans son domaine j'avais à parcourir des terres presque inconnues où les buffles se promènent en toute liberté. Eh bien, je me mis en route un beau jour, au milieu d'une population rare, mais féroce, et je vis le monarque, décrépit ainsi que les cœurs de fer sur lesquels il régnait en maître absolu, faisant tomber leurs têtes à son gré, et j'assistai, non sans frayeur, je l'avoue tout bas, à une chasse au buffle, objet principal de ma course. Ce n'est pas, à proprement parler, une chasse dont je veux vous parler; mais un combat, un duel à mort : c'est la colère ardente en lutte contre l'adresse et le sang-froid; c'est un seul coup de corne donné, un seul coup de crish vigoureusement appliqué. Tout est dit et fait; le duel ne se prolonge pas au delà de quelques minutes; une seule suffit souvent aux deux athlètes. Si ces buffles sont réunis par bandes et font crier le sol sous de rapides bonds, il est rare de les voir s'attaquer aux hommes : vous croiriez qu'ils dédaignent une violence qui ne peut leur être funeste. Aussi les Malais, dès qu'ils entendent le retentissement de la terre sous les pas du troupeau, ne se hâtent-ils guère de gagner un asile sûr; car ils savent, par expérience, que nul danger ne les menace. Ce n'est pas, d'ailleurs, contre une masse si formidable et si compacte qu'ils oseraient se révolter : nulle puissance n'arrêterait l'avalanche de buffles excités par la colère. Mais, quand le quadrupède ruminant a quitté sa nombreuse famille; quand il broute seul sur une vaste plaine, et qu'il voit venir à lui le farouche Malais, oh! alors sa queue s'agite, ses narines se gonflent, sa langue verdâtre se meut incessamment, ses lèvres tremblent, tout son corps frémit; sa peau se ride, ses yeux se voilent à demi comme pour affaiblir le jour trop puissant qui les irrite; il frappe la terre de ses deux sabots, il recule de quelques pas, il prend de l'espace et part... Le Malais l'a attendu d'un pied ferme; il tient dans sa main le redoutable crish qu'il fait tournoyer avec tant d'adresse : il attend que la bête furieuse l'inonde de son haleine brûlante, et c'est alors qu'elle n'a plus qu'à baisser la tête et à lancer à l'air son ennemi que celui-ci, par un saut rapide, se jette de côté et abat les jarrets du buffle, qui tombe en poussant de lugubres mugissements. Cela est téméraire, sans doute; mais, si vous avez assisté à une belle course de taureaux à Valence, à Grenade ou à Madrid, vous ne serez pas surpris de tant d'audace : les toréadors espagnols se font en quelque sorte un amusement de ce périlleux exercice.

Gardez-vous bien de croire cependant qu'un pareil combat tourne toujours à l'avantage du Malais; l'instinct du quadrupède lui vient souvent en aide, et il n'est pas rare de voir le fougueux animal, lancé de toute la rapidité de ses jarrets, s'arrêter tout à coup, esquiver la lame flamboyante et abattre le Malais pour l'achever ensuite de son museau et de ses sabots rugueux. Ici encore, les fossés recouverts de branches et de feuillages sont employés pour la conquête des buffles, et c'est un spectacle curieux de suivre de l'œil les rapides élans de la bête allant à la rencontre de l'homme immobile qui l'attend au delà du fossé dans lequel elle tombe avec un fracas horrible.

Si elle n'est pas très-mutilée, on ne l'abat point; mais on la laisse là pendant plusieurs jours sans nourriture et sans boisson, et lorsque ses jambes affaiblies fléchissent, un Malais descend dans le fossé, troue la narine du quadrupède, pose presque sous ses lèvres une ample provision d'herbes; celle-ci prend sa nourriture, ressaisit ses forces, et c'est alors qu'à l'aide de solides courroies dont les bouts sont amarrés à des troncs d'arbres, elle remonte par une pente facile et regagne la plaine, où on la parque pour les besoins de la colonie. Jamais buffle n'a été parfaitement apprivoisé; jamais à Timor au moins on n'est parvenu à l'employer au labour des terres. Il faut de la liberté à ce formidable quadrupède, et l'on dirait qu'il a pris quelque chose des mœurs farouches et indépendantes des peuples au milieu desquels il a été jeté. On a vu quelquefois un Malais, gagné de vitesse par un buffle irrité, s'arrêter tout à coup, faire volte-face à son ennemi, tomber à terre sur le dos au moment où le front de la bête furieuse allait l'atteindre, et le frapper de son glaive au ventre au moment où elle plongeait sur lui. Ainsi font également les Patagons à l'aide de leurs fusils quand le jaguar s'élance sur le poitrail du cheval qu'il croit sans défense, parce qu'il ne porte pas son cavalier. Mais vous comprenez combien le danger du Malais est plus imminent encore, puisque le monstrueux quadrupède, qui frappe dans le vide avec ses cornes, son front et ses épaules, le broie souvent sous ses pieds gigantesques et sa masse colossale. Aussi n'est-ce que dans un moment de lutte désespérée que le naturel de Timor emploie le moyen périlleux que je viens de vous indiquer, et alors que tout espoir de salut par la fuite lui est enlevé. M. Thilman, secrétaire du gouverneur de la colonie, m'a assuré qu'il avait quelquefois été témoin d'un combat à mort d'un boa contre un buffle, combat dans lequel celui-ci est toujours vaincu; mais qu'il n'avait jamais appris qu'un crocodile se fût jeté sur le redoutable quadrupède pour essayer de le soumettre. Au contraire, les Malais qu'il envoie à la recherche des phénomènes de cette île si curieuse à étudier lui ont dit avoir vu, à Boni surtout, fréquentée par les alligators, le buffle et l'amphibie se promenant à quelques pas de distance l'un de l'autre sans se plaindre ou s'étonner même du voisinage. Leur instinct de destruction leur apprend sans doute qu'il doit y avoir accord entre eux pour mieux disputer aux hommes la conquête d'un pays dont, jusqu'à présent, on a vainement cherché à les exiler. La même harmonie paraît régner entre le boa et le crocodile, tandis que le buffle et le monstrueux reptile sont en guerre permanente. Que de faits curieux à approfondir! Que de courages lassés à la recherche de certains secrets, guidant l'instinct ou la raison des animaux que Dieu a jetés sur la terre!

Il paraît que la servitude des buffles de Timor n'a jamais pu être parfaitement complète, quelques soins que les dompteurs eussent d'ailleurs pour leurs esclaves; car, sitôt qu'on voulait s'en servir pour amener à l'obéissance les buffles sauvages, ceux-ci, au lieu de se ranger du côté des vaincus, les animaient au contraire par leurs terribles beuglements, les excitaient à la révolte à coups de cornes, et parvenaient enfin à les mettre à la débandade. C'était alors une avalanche foudroyante, une dévastation générale, une éruption de laves dévorantes, un monde pour ainsi dire bouleversé. Aussi les Timoriens se plaignent-ils bientôt forcés de continuer ce genre d'attaque, et se trouvent-ils aujourd'hui, dans leurs vastes solitudes intérieures, contraints à de bien grandes précautions pour échapper aux fureurs de ces redoutables quadrupèdes, qui se ruent indomptés contre tout ce qui se meut devant eux. Le plus sûr moyen de s'emparer d'un buffle est de se saisir d'abord d'une femelle, de l'attacher vigoureusement à un arbre à l'aide d'un gros anneau de fer passé au naseau et

d'attendre que deux buffles rivaux viennent se disputer la possession. C'est alors un combat à mort; mais un combat d'une minute au plus. Les deux amoureux quadrupèdes arrivent par bonds retentissants de deux côtés opposés. Les voilà en présence l'un de l'autre, se mesurant, grattant la terre de leurs rudes sabots, jetant autour d'eux des élans de colère et de rapides bouffées d'une fumée noire et brûlante. Leurs flancs se gonflent et se resserrent comme un immense soufflet de forge; leurs jarrets tremblotent, leur peau se ride et frémit; leur langue tombe et se relève comme une nappe rougeâtre tourmentée par le vent, et leur queue incessamment mouvementée siffle avec une vibration perpétuelle. Les adversaires ont accepté la lutte; ils s'éloignent alors à petits pas sans cesser de se regarder face à face: ils reculent, ils reculent encore, et quand vous croyez qu'ils se sont volontairement et d'un commun accord disposés à une retraite, vous entendez un cri lugubre sortir de leur poitrine haletante, et, s'élançant l'un sur l'autre de toute la rapidité de leurs jarrets, ils se heurtent au plus fort de leur course, et, pareils à deux navires qui s'abordent grand largue courant à contre-bord, les fronts des buffles s'ouvrent, et l'un des deux adversaires au moins tombe, se roidit et meurt en vomissant des flots énormes d'un sang noir et globuleux. J'ai vu sur le territoire de Manouebang, dans les domaines du rajah Pierre, le patriarche des souverains de cet archipel, deux buffles s'attaquer ainsi dans leur colère et tomber ensemble inanimés sur le sol. Cette fois cependant il n'y avait pas de femelle auprès d'eux qui vînt justifier la violence de leur rage. Ils se tuèrent peut-être pour une poignée de gazon. La vie du buffle est une querelle sans relâche; il s'attaque aux troncs séculaires qu'il cherche à renverser quand nul être ne s'agite autour de lui pour qu'il puisse l'atteindre. On comprend à merveille les appétits de destruction du tigre, du lion, de la panthère, du chacal; mais le buffle, par sa colossale structure et ses formes disgracieuses, ne devrait vivre que dans l'inaction. Il n'en est pas ainsi pourtant, et le hideux quadrupède ne s'échappe d'une mare boueuse que pour se vautrer dans le sang.

On a remarqué que presque tous les animaux féroces se sentaient abattus, saisis de frayeur aux approches soudaines de quelque phénomène atmosphérique. Les chiens, les chèvres, les chevaux, les éléphants, cherchent un abri contre les éruptions volcaniques avant même que le cratère ait vomi ses laves; et c'est même à cette sorte d'agitation fébrile de ces quadrupèdes qu'on reconnaît d'ordinaire les ouragans, les tempêtes et les tremblements de terre qui doivent bientôt éclater. Eh bien, le lion et le buffle seuls ne sont point sujets aux terreurs qui poursuivent même l'homme dans ses demeures le plus solidement construites. Sitôt que la foudre envahit l'espace, sitôt que l'éclair brise la nue et embrase le ciel, au moment où, poussant à l'air d'énormes blocs de roche, la gueule du volcan vomit une longue colonne de feu qui semble vouloir déclarer la guerre aux astres, ce formidable quadrupède, comme s'il se croyait assez fort pour lutter contre de si terribles destructeurs, frappe le sol de ses sabots, rugit, bondit ainsi que les blocs arrachés aux entrailles de la terre, et court furieux, renversant tout sur son passage. Aux approches des coups de vent, si terribles dans les pays équatoriaux, il n'est pas rare non plus, alors que la mer immense se rue sur le rivage qu'elle couvre, de voir les buffles se poser comme d'ardents gladiateurs en face de l'Océan qui se gonfle, menace et envahit, comme s'ils voulaient le provoquer à un combat singulier. N'essayez pas, au milieu de ces cris ardents, la conquête du buffle; rien ne vous sauvera de ses cornes rudes et noirâtres, si vous osez l'attendre et le braver. C'est une montagne qui se roule sur vous avec un horrible fracas; et quand votre cadavre en lambeaux sera étendu sur le sol, le buffle, peu satisfait d'une si faible conquête, viendra l'insulter en le broyant sous ses naseaux de feu, sous ses jarrets impatients. Lui, voyez-vous, quand il a vaincu, tué, il mutile l'ennemi qui a eu l'audace de le braver. Il n'est pas rare de trouver après ces bouleversements de la nature, auxquels sont exposés la plupart des archipels océaniques, les cadavres à demi consumés de quelques buffles qui, excités par les rugissements des volcans, s'élancent vers la cime des monts et ne s'arrêtent que lorsque la lave dévorante les a, pour ainsi dire, cloués sur le mont envahi. Combien de fois aussi des buffles, brisés sur les galets de la plage, ont-ils roulé, enlevés par la lame au sein de laquelle ils n'avaient pas craint de se plonger! N'est-ce pas un bienfait du ciel que ces vengeances, que cette guerre des éléments contre un si dangereux quadrupède qui, funestement doté d'une force si prodigieuse, n'a pas plus de générosité que le tigre et la panthère?

A Dielhy, les Malais soumis au résident sont tenus de payer au gouvernement portugais, en buffles ou en porcs, un certain impôt presque toujours forcé à l'amiable. Or que font les farouches naturels qui habitent l'intérieur des terres inconnues? Ils placent d'immenses nœuds coulants aux abords des bois où les buffles vont se mettre à l'abri des rayons d'un soleil à pic; et quand le boa vorace s'élance sur un de ces quadrupèdes pour satisfaire son appétit, ceux qui échappent à ses replis et à ses étreintes courent dans toute la plaine ouverte, et se prennent aveuglément au piége qu'ils n'ont pas eu le temps d'éviter. Je ne sais pourquoi il y a un grand nombre d'animaux auxquels vous vous sentez tout disposé à prêter sinon de l'intelligence, puisqu'on dit que c'est une impiété, mais du moins un de ces instincts si précieux qu'ils étonnent l'homme même enorgueilli de sa supériorité. Vous supposez (moi du moins) quelque grandeur d'âme au lion, de la finesse au renard, de l'astuce au singe, de l'hypocrisie au crocodile..... Eh bien! on ne prête aucune sorte de mérite ou de vice au buffle; on n'est pas plus généreux envers le bison, et l'on croit voir marcher, bondir, se rouler, beugler et brouter des machines se mouvant par hasard et prêtes à se ruer contre les troncs d'arbres aussi bien que contre les hommes. Lorsqu'une des colonies portugaises ou hollandaises est frappée par la famine, les gouverneurs ordonnent des chasses aux buffles, et l'on est témoin alors, au sein des vastes solitudes de cette île vigoureuse, si déchirée, si poétique, si effrayante dans tout son aspect, de luttes terribles entre des populations armées de javelots, de flèches empoisonnées, de crishs et de fusils, contre ces quadrupédes aux épaules robustes, aux jarrets nerveux, aux cornes acérées; luttes formidables où le sang coule à flots pressés de part et d'autre, et où le quadrupède vaincu sert de pâture au vainqueur. Celui-ci tue et dévore; celui-là tue et mutile. Quel est le plus généreux? Si les buffles raisonnaient, ils se diraient plus magnanimes que les Malais. J'ai vu les uns et les autres. Le Malais est plus cruel que le buffle. Gardez-vous de tous les deux.

Ainsi donc voilà un pays sur lequel la brise se promène ardente et dévorante, voici une terre où tout est en hostilité flagrante, où le caillou est en guerre avec le caillou voisin, où l'arbuste veut vivre aux dépens du colosse qui l'abrite et le protége, où le rima et le multipliant, qui occupent tant d'espace, marient leurs chevelures diverses

comme pour se disputer la souveraineté du sol sur lequel ils pèsent, et celle de l'air qu'ils envahissent. Voici une île où la terre tremble souvent comme la mer qui veut l'engloutir, et au milieu de laquelle elle s'est insolemment dressée dans un jour de terrible conquête; une masse immense de laves de toutes couches, de toutes formes, d'où les feux intérieurs s'échappent avec fracas pour insulter aux feux du ciel vomis au milieu des tempêtes équatoriales. Et voyez encore les singuliers habitants de cette île gigantesque, le crocodile infestant ses rades et le rivage où le voyageur ne trouve aucune sécurité, le crocodile, effroi des eaux et de la terre, des poissons et des hommes; voyez le boa promenant ses spirales meurtrières au milieu des déserts intérieurs et parmi les troncs séculaires des forêts, et le buffle hurlant comme la cataracte, bondissant comme elle; et le Malais plus cruel, plus féroce, plus indompté que le buffle, le boa et le crocodile; le Malais, dont chaque parole est une menace, dont chaque menace est la mort! Visitez donc Timor, vous qui aimez les voyages et les sauvages harmonies; étudiez Timor, vous dont les flèches d'un soleil brûlant crevassent le corps sans amortir le courage, et dites-moi ensuite ce que vous pensez de cette Europe régulière, alignée, tirée au cordeau, où ne souffle que le tiède zéphyr, où ne s'agitent que des nains, où se promènent jamais l'ouragan, le boa, le crocodile, le buffle et le Malais avec son crish trempé dans le bohonhupas. A côté de cette Timor, dont le nom fatal est peut-être emprunté à la langue latine, sont plusieurs groupes d'îles détachées sans doute de leur mère par quelque commotion sous-marine. Là se dresse Kéra, toute parfumée de son éternelle végétation balsamique, mais où le gigantesque alligator vient baver sous les élégants panaches du bananier. A côté de Kéra s'allonge Savu, qui donne la main à Simao, à Bottie et à Denka, dont les forêts naturelles sont si régulièrement plantées, qu'on les dirait échelonnées par la main habile des hommes. Eh bien, toutes ces îles visitées par le crocodile et le boa nourrissent de nombreux troupeaux de buffles paisibles et sans colère qu'on emploie à la culture du sol et aux besoins des populations. — Expliquez cette différence dans les mœurs et les habitudes des quadrupèdes, vous qui trouvez une cause à tout effet. Je vous dis ce qui est; apprenez-moi pourquoi cela est ainsi et pas autrement. Est-ce qu'il suffit de toucher à Timor pour se sentir une vie plus active, un sang plus chaud, des nuits plus tourmentées, des jours plus orageux? Cela pourrait bien être; il y a des pays corrupteurs de tout sentiment généreux, comme il y a des zones sous lesquelles se brisent les membres, s'émousse la force, s'aliène la raison. D'où vient la peste? Qui l'a donnée à l'Egypte? Qui a doté le Mexique du vomito-negro? Le lézard géant, le crocodile, le buffle, le boa, sont les premiers hôtes de Timor.

Priez pour que Dieu engloutisse cette île de feu au fond des abîmes.

Vous verrez qu'elle grandira encore.

<hr>

CHASSE A LA PANTHÈRE

NOTICE

La première espèce de ce genre, et qui se trouve dans l'ancien continent, est la grande panthère que nous appellerons simplement *panthère*, qui était connue des Grecs sous le nom de *pardalis*, des anciens Latins sous celui de *panthera*, ensuite sous le nom de *pardus*, et par les latins modernes sous celui de *leopardus*. Le corps de cet animal,

lorsqu'il a pris son accroissement entier, a cinq ou six pieds de longueur, en le mesurant depuis l'origine de la queue jusqu'à l'extrémité du museau. Cette queue est longue de plus de deux pieds; sa peau est, pour le fond du poil, d'un fauve plus ou moins foncé sur le dos et sur les côtés du corps, et d'une couleur blanchâtre sur le ventre. Elle est marquée de taches noires en grands anneaux ou en forme de roses. Ces anneaux sont bien séparés les uns des autres sur les côtés du corps, évidés dans leur milieu, et la plupart ont une ou plusieurs taches au centre de la même couleur que le tour de l'anneau. Ces mêmes anneaux, dont les uns sont ovales et les autres circulaires, ont souvent plus de trois pouces de diamètre. La deuxième espèce est la petite panthère d'Oppien, à laquelle les anciens n'ont pas donné de nom particulier, mais que les voyageurs modernes ont appelée once, du nom corrompu de *lynx* ou *lunx*. Nous conserverons à cet animal le nom d'once. La panthère paraît être d'une nature plus sûre et moins flexible. On la dompte plutôt qu'on ne l'apprivoise. Jamais elle ne perd en entier son caractère féroce, et, lorsqu'on veut s'en servir pour la chasse, il faut beaucoup de soin pour la dresser, et encore plus de précautions pour la conduire et l'exercer. La panthère se plaît généralement dans les forêts touffues et fréquente souvent les bords des fleuves et les environs des habitations isolées, où elle cherche à surprendre les animaux domestiques. Elle se jette rarement sur les hommes, alors même qu'elle est provoquée.

CHASSE

Est-ce un tigre, un lézard, un serpent, un lion, qui dévore l'espace? Est-ce une flamme qui le traverse avec la rapidité de la pensée? C'est une panthère en quête d'une proie, c'est le plus leste, le plus agile des quadrupèdes que poursuit le chasseur et qui va mettre en une heure une plaine immense entre elle et lui. Que votre balle porte vite, si elle veut l'atteindre; la flèche n'est pas assez prompte; et puis dans l'air, comment frapperait-elle ce corps élastique qui s'allonge, se courbe, se replie, se raccourcit, se raréfie, si je puis m'exprimer ainsi? Comment saisir cet être remuant à qui tout repos est impossible, que le mouvement délasse, que le calme et le sommeil énervent? Visez terre à terre : la panthère, que vous croyez frapper d'un plomb sûr, vous force à lever la tête pour la regarder. Elle ne marche pas : elle vole; et vous la cherchez au pied d'un arbre quand elle est perchée au sommet. Votre œil épuisé la poursuit de branche en branche, et au moment où vous vous flattez de la voir tomber percée par une balle, elle se précipite sur un tronc éloigné de plus de vingt pas, franchit une immense haie et disparaît dans le plus épais du bois. La panthère ne peut être vaincue que par la ruse, alors que par hasard elle sommeille, elle rêve d'attaque, d'un enlèvement de moutons, de porcs et même d'hommes. La panthère ne se bat jamais qu'à coup sûr. Elle a le sentiment de sa force, elle connaît celle de l'ennemi. Si celui-ci est loin, elle est bientôt à ses côtés; s'il est puissant et redoutable, elle l'esquive et s'amuse même en route pour l'épuiser par une course inutile. C'est à la panthère plutôt qu'au lion ou au tigre qu'on aurait raison de dire qu'appartient le monde; et telle est la rapidité de ses élans, qu'on a vu des chasseurs éloignés les uns des autres et habiles tireurs se refuser de faire feu sur elle dans la conviction d'une décharge inutile. Le léopard est le frère de la panthère par l'agilité; il est son frère aussi par sa taille, sa tournure, son élégance et la hardiesse de ses attaques; il l'est surtout par ses rapines, ses dévastations et sa soif ardente de sang humain. Armés, vous pouvez aller à la poursuite de l'once; pour vaincre ses aînés, je vous conseille d'avoir recours aux piéges, à la ruse, aux embuscades. Il faut bien du courage pour oser attaquer le tigre, le rhinocéros ou le lion en face. Pour attaquer la panthère ou le léopard, il ne faut que de l'adresse, à moins pourtant qu'il ne lui prenne envie de vous chasser à son tour; car alors vous n'aurez point trop de vos poignards, de vos piques, de vos sabres et de vos pistolets. La robe de ces quadrupèdes est dure à percer, et leurs ongles et leurs dents sont aigus et tranchants. La panthère luttera avec vous corps à corps, et si vous n'évitez pas sa rencontre, alors qu'elle s'élance sur vous, vous êtes enlevé, meurtri, jeté au loin. Ne songez pas à vous redresser pour

combattre, une mâchoire terrible est là qui vous brise le crâne ou vous ouvre la poitrine.

On croirait que la panthère et le léopard ont la faculté de changer de direction ou de rebrousser chemin, alors même qu'ils sont sans point d'appui. C'est une chose admirable qu'un de ces gracieux et terribles quadrupèdes jouant à l'amour ou à la guerre, car tout est jeu pour eux. Vous avez vu un chat, poursuivi par un lévrier, grimper sur un arbre; vous l'avez vu, après un larcin, menacé par un valet irrité, bondir sur une armoire ou à travers une lucarne; eh bien, décuplez maintenant ces sauts prodigieux et prêtez un volume vingt fois plus considérable au corps qui se déplace, et dites-moi s'il n'y a pas mort d'homme à être atteint dans sa course par un de ces projectiles animés dont la volonté est toujours de renverser et de détruire. Ce n'est pas tout. Un corps sans volonté peut vous toucher obliquement, vous étourdir et vous renverser sans vous broyer les os, sans vous ouvrir les chairs; mais le léopard, mais la panthère, ne vous laissent pas la même chance. Dès qu'ils sont sur vous, leurs griffes et leur gueule jouent aussi leur rôle de destruction, et vous êtes brisé et mutilé à la fois; la terre ne vous reçoit pas tout entier : un de vos bras, une de vos épaules ont suivi à la course l'élan de la bête féroce qui retombe glorieuse à vingt pas de là. C'est un spectacle curieux que celui d'une panthère assoupie ou livrée au sommeil. Il n'est pas besoin qu'elle se lève et parte pour que vous jugiez de son élasticité. Son repos à elle vous la signale. Elle respire par soubresauts, ses muscles s'agitent sans relâche, ses moustaches frémissent, ses paupières clignotent, sa peau se ride et se roidit, sa queue fouette les airs, et ses griffes ouvertes et fermées tour à tour frappent dans le vide. On serait tenté de croire qu'elle est incessamment tourmentée par une fièvre aiguë ou soumise à l'action de la pile de Volta. Encore, si cette agitation perpétuelle pouvait la fatiguer, énerver un peu ses membres si bien taillés; mais non, elle se délasse à cette fatigue, comme je vous l'ai déjà dit; et si ses nuits étaient calme et sans turbulence, ses jours seraient noirs et tourmentés.

Il faut pourtant déclarer la guerre à cette race cruelle et funeste qui vit de chair comme le tigre, et comme lui, dans ses moments de disette, attaque les habitations et ne craint pas d'affronter le tumulte des villes. Une panthère affamée est redoutable à une population, et elle fait bien des victimes avant que son sang rougisse le sol. Il y a prestesse dans sa mâchoire comme il y en a dans les muscles de ses jarrets. Les Indiens, façonnés aux poursuites des tigres et des lions, savent bien les dangers dont ils sont menacés quand ils traquent la panthère dont ils ont une vengeance à tirer; mais ils prennent leurs précautions en conséquence, et les tridents de fer qu'ils opposent à la bête furieuse sont solides et pointus, je vous jure. Le trident, en effet, est l'arme la plus utile et la plus usitée contre le léopard et la panthère. L'un et l'autre, vous le savez, commencent toujours l'attaque, même quand vous êtes le provocateur, et au moment où ils se précipitent comme une cascade sur leur adversaire, celui-ci a du sang-froid et vise juste; le corps de la bête féroce est profondément troué sans que vous soyez donné la peine de frapper vous-même. Votre existence a tout fait, il y a un cadavre à terre, mais un cadavre qui se meut encore. Les agitations sont lentes à se calmer. Dès qu'une panthère a été signalée par la fuite des troupeaux de bœufs ou de mérinos, les chasseurs qui veulent s'éloigner se réunissent, s'arment, se concertent, circonscrivent par groupes de dix à douze l'espace où ils supposent que s'est posté le quadrupède; ils cherchent un solide point d'appui pour le manche de leurs piques, de leurs fourches, de leurs tridents, et attendent que leur ennemi choisisse ses adversaires. Ils savent bien que la bête furieuse ne passera pas sans les rudoyer, ils la connaissent trop pour qu'ils espèrent qu'elle se jettera dans l'intervalle qui sépare les chasseurs les uns des autres, et ils se tiennent fermes et serrés à leur poste, bien convaincus que le choc sera terrible. Il l'est en effet.

La panthère a vu les chasseurs. Elle ne réfléchit pas, elle ne choisit pas, elle n'a pas de temps à perdre, elle part, elle est en l'air, elle tombe sur une haie de fer qui

lui ouvre les flancs et la tient quelques instants suspendue
à cinq ou six pieds du sol. Blessée, furieuse, elle pousse
d'horribles rauquements, elle se tord, brise ses dents à
mordre les piques qu'elle traîne après elle, irrite sa blessure, fait grandir sa rage, lance un regard de feu sur les
chasseurs armés de leurs pistolets ou de leurs fusils, et
meurt dans d'affreuses convulsions. Le plus sûr moyen de
chasser la panthère par la ruse n'est point de placer des
piéges à terre; il serait difficile qu'elle s'y laissât prendre.
Dans ses courses au travers des populations, des plaines
et des collines, à peine ses pieds touchent-ils çà et là le
sol, vous ne pouvez par conséquent espérer qu'un succès
fort incertain. Son séjour à elle c'est celui de l'oiseau,
c'est l'air. Là seulement doit donc être préparé le lacet
fatal qui l'arrêtera et vous la livrera prisonnière. Emparez-
vous de la panthère comme vous le feriez de l'aigle; c'est
un conseil que l'expérience a dicté aux Indiens et qu'ils
suivent de point en point pour la conquête de ce dangereux quadrupède. D'après les récits des voyageurs qui ont
parcouru les pays dont je vous parle avec le plus d'intrépide curiosité, la panthère est, dans ses attaques, beaucoup plus audacieuse que le tigre, et ils sont tous d'accord
pour ajouter qu'après un acte inouï de rapine ou de
cruauté, elle se couche souvent à côté de sa victime, malgré la présence des nombreux ennemis qui l'entourent et
la menacent. En 1829, dit M. Bancks, qui a écrit un fort
bon livre sur l'Inde, une panthère affamée s'est élancée
d'un enclos dans une croisée fermée par des stores, et a
tué le planteur et deux Malais qui lui servaient de domestiques. Cette croisée était à douze pieds du sol, et l'espace
pour prendre de l'air se trouvait fort resserré. De pareils
voisinages, il faut en convenir, feraient tenir bien closes
les fenêtres et les portes de nos habitations.

Intrépide contre les hommes, intrépide contre les bêtes
féroces ses rivales en force, en puissance, sinon en agilité,
la panthère a une frayeur horrible du feu. Dès qu'elle voit
la flamme tourbillonner, elle pousse de rauques et tristes
hurlements, elle s'agite avec fébrilité, elle pivote sur elle-
même; elle n'ose ni avancer ni reculer, et l'on dirait, à
ses regards et à sa voix éteinte, qu'elle demande grâce. Si
elle se voit entourée de plusieurs foyers ardents, elle
tombe presque en syncope : elle s'étend, ferme les yeux,
et il est assez facile de l'attaquer et de la vaincre. Il ne
faut pourtant pas se livrer avec trop d'assurance à l'espoir
de la conquête, car il arrive parfois que, blessée par le
plomb ou par la flèche, la panthère furieuse se lève, bondit
et fait autour d'elle de nombreuses victimes avant de reprendre la première position que lui avait infligée le feu.
Les Indiens, habiles observateurs des manies et des habitudes des quadrupèdes dangereux qui les entourent, connaissent à merveille le pouvoir des flammes sur la panthère,
la chassent souvent avec des torches, l'acculent vers une
forêt où ils viennent aisément à bout de la terrasser.
Comme la ruse, ainsi que je l'ai dit, doit venir en aide au
chasseur dans cette guerre permanente qu'il fait à la panthère, le moyen le plus efficace de s'en emparer est de
suspendre au milieu d'un nœud coulant à cinq ou six
pieds de haut un cadavre de chien ou de mérinos. Celle-ci,
dans sa rapidité, s'élance sur la facile proie qui lui est
offerte, et échappe rarement au solide lacet qui la saisit
par le cou, par les jambes ou le corps. Une fois captive,
la bête féroce est tuée à coups de fusil, et les chasseurs
prennent toutes les précautions possibles pour ne la
frapper qu'au ventre, afin de ne pas gâter la belle peau
de leur victime, dont on se fait communément dans l'Inde
d'élégants tapis de pied et de riches descentes de lit.

Au surplus, la chasse à la panthère, à l'once et au léopard ne varie guère, on le comprend, de celle qui est déclarée au tigre ou au lion; ce sont toujours les mêmes
précautions à prendre de la part des hardis chasseurs, ce
sont les mêmes stratagèmes, les mêmes ruses; ce sont
aussi les mêmes périls dans les luttes. Pour ne pas nous
répéter, nous nous bornerons au détail de quelques faits
curieux et dramatiques contre-signés dans les annales des
explorateurs dont la vie aventureuse a si souvent été menacée par les bêtes féroces, sillonnant les immenses solitudes où l'amour de la science et l'attrait du danger les

avaient conduits. Ainsi que le tigre, dont la soif de sang
n'est jamais apaisée, la panthère ne peut se rassasier de
meurtre et de carnage. Un ennemi mort la met en appétit,
et elle se réveille plus animée, plus ardente, à l'aspect
des cadavres : on l'a vue souvent, après avoir abattu un
chasseur, après lui avoir ouvert le crâne, le quitter, revenir sur ses pas et ouvrir la poitrine au corps sans vie
étendu sur le sol. Un de ces agiles quadrupèdes s'est un
jour élancé sur un troupeau de mérinos près de Madras,
et en a tué vingt-sept avant que les gardiens armés eussent
pu lui faire lâcher prise. Le lendemain, les cadavres ne
furent pas enterrés, car on supposa que la panthère viendrait à la curée préparée la veille. Douze intrépides chasseurs se postèrent pour la surprendre et la tuer; en effet,
à peine fut-il jour que le vorace animal débouqua d'un
bois voisin, se jeta sur ses victimes encore fumantes; mais
tomba bientôt et se roula expirant dans le sang. Il est aussi
arrivé fort souvent qu'attirés par l'odeur d'un cadavre
étendu dans la plaine, un léopard et une panthère, une
once et un chacal, se sont trouvés en présence pour la
dispute du butin. Ici un horrible combat avait lieu : c'était
le tigre et le lion s'attaquant avec fureur, c'était l'éléphant
et le rhinocéros se perçant et se déchirant les entrailles;
c'était peut-être un tableau plus dramatique encore, quoiqu'il fallût plus d'espace aux deux athlètes, tant leurs évolutions étaient rapides et imprévues. Sans cesse dans l'attente de pareils combats, les chasseurs se tiennent en
alerte pour mettre à profit des circonstances aussi favo-
rables. Pour la panthère, l'homme est moins à craindre
que le chacal; pour l'once, l'homme est moins à redouter
que le léopard : l'homme est donc dédaigné au sein de
cette lutte sanglante, et il en profite habilement pour se
défaire du vainqueur, déjà si affaibli par les griffes et les
dents de son adversaire. Une panthère et un léopard ayant
un jour bondi presque en même temps sur une proie jetée
au milieu des branches et des feuilles mortes couvrant un
piége, l'on trouva le lendemain un cadavre horriblement
mutilé, celui du léopard, et une bête écumeuse et presque
sans force, la panthère. De semblables bonheurs sont
choses fort rares, et les bêtes féroces qui ravagent les
Indes orientales semblent au contraire d'accord pour semer
la terreur dans les fermes isolées, et venir même effrayer
les populations des grandes cités.

Aucun phénomène sur le mouvement ne doit sembler
extraordinaire à qui a vu une panthère poursuivre une
proie ou éviter un chasseur. M. Oxley, dont le nom se recommande par tant d'utiles travaux, et qui a séjourné à
Cachemire pendant plus de six ans, raconte au sujet de ces
hardis quadrupèdes des phénomènes de vitesse et d'agilité
devant lesquels la raison humaine ne craint pas de reculer.
Il dit, dans un passage de son livre si curieux et si ins-
tructif à la fois, avoir vu une panthère tirée au vol par
un habile chasseur, qui l'atteignit d'une balle à la naissance de la queue, et il ajoute que, sans toucher le sol, le
fougueux animal se retourna et tomba faisant face à celui
qui venait de le blesser. Les vents tourbillonnent, la course
de la panthère est un ouragan : je crois aux paroles de
M. Oxley. La panthère est de race extrêmement vivace, et
ceux qui ont le mieux étudié ses allures et ses mœurs
assurent qu'elle ne succombe pas immédiatement sous
l'atteinte d'une balle qui lui aura percé le cœur. Elle aurait, sous ce rapport, le même privilége que le lion. D'autres chasseurs attestent que plusieurs de ces animaux,
dont le corps a reçu cinq ou six balles, luttent encore
pendant longtemps et ne meurent pas sans une lente
agonie, à moins que le plomb ne les frappe au crâne et
n'entre dans la cervelle. Le lynx, le léopard, le chacal et
l'once, ajoutent les mêmes voyageurs, sont plus faciles à
tuer, et la chasse qu'on leur fait est par conséquent beaucoup moins périlleuse; car le dernier soupir de la panthère précède toujours de peu d'instants la mort d'un de
ses ennemis.

J'ai dit plus haut, je crois, que la panthère ne pouvait
point être apprivoisée, qu'elle ne répondait aux préve-
nances que par des menaces, et aux caresses que par des
morsures. Presque tous les voyageurs sont d'accord sur ce
point, et cependant on a vu des planteurs assez patients,

assez habiles pour dompter ce redoutable quadrupède et le dresser à la chasse des bêtes féroces. Les exemples en sont malheureusement trop rares, et ce sauvage destructeur regardera toujours comme un ennemi à combattre quiconque se présentera à lui pour l'arrêter dans ses excursions. Lindsay, de Calcutta, était parvenu dans une de ses chasses à s'emparer d'une panthère fort jeune, dont il se fit longtemps accompagner dans les rues et les promenades. Les petits enfants jouaient parfois avec elle; ils la battaient, et, craintive, soumise, elle baissait la tête, se couchait servilement et semblait demander grâce à une main menaçante. Un matin, M. Lindsay, qui avait l'habitude à son réveil de l'appeler auprès de lui, fit vainement entendre son cri d'amitié. Inquiet, il se leva, et il aperçut dans la cour de son habitation son obéissante amie occupée à achever son déjeuner. Elle s'était jetée sur un jeune buffle enfermé dans une étable et l'avait emporté, déchiré dans la cour. A la voix de M. Lindsay, la panthère s'arrêta immobile un instant et la gueule en repos, elle parut se consulter. En vain son maître l'appela-t-il de sa voix douce ou menaçante, elle demeura sur sa proie, nageant dans le sang, et elle acheva son festin. Après cela elle remonta d'un pas tranquille, vint se coucher nonchalamment sur les tapis où elle passait les nuits, et s'endormit avec de lugubres rauquements. Sage et prudent, M. Lindsay, qui avait compris que l'odeur du sang devait donner à son élève le goût de la destruction, fit faire une grande cage, la barda de solides barreaux, y fit adroitement entrer la panthère et referma la grille sur elle. Celle-ci ne témoigna aucune colère, ne tenta aucun effort pour conquérir sa liberté; elle se soumit à son esclavage, et loin de s'irriter contre son maître défiant, le caressa de la langue avec une affection plus marquée. En récompense d'une docilité si humble, M. Lindsay ouvrait de temps à autre la cage, la panthère en sortait sans précipitation, et souvent elle y rentrait d'elle-même pour s'y endormir. On eût dit qu'elle cherchait à expier le meurtre du buffle si brutalement dévoré.

Un jour cependant la cage retentit de hurlements effroyables. M. Lindsay accourut, vit la bête furieuse s'agiter, se tordre, bondir, mordre les barreaux de fer et tenter de briser les planches épaisses qui la retenaient captive. Tandis que M. Lindsay cherchait à l'apaiser, un esclave arriva d'un air effaré, apprit à son maître que, tout près son habitation, un léopard monstrueux venait de se montrer, et qu'il s'était déjà rué sur un troupeau de mérinos dont il avait fait un horrible massacre. Le planteur ne perdit pas un instant, ouvrit la cage de la panthère, et celle-ci s'élança avec la rapidité de l'éclair, franchit les murs d'entrée de la maison, jeta un regard de feu sur la campagne, aperçut le léopard, se trouva en trois bonds auprès de lui et l'attaqua avec rage; un combat terrible s'engagea, le léopard vaincu resta mort sur la place, et, cela fait, la panthère rentra paisiblement dans la demeure de M. Lindsay, et se coucha dans la cage qui lui servait de prison.

De ces irritations si actives, de cette colère si ardente, de ce retour si imprévu dans l'asile qu'on avait donné à la panthère, M. Lindsay conclut qu'il serait possible, à l'aide de certaines études, de conduire cet animal à la chasse des bêtes féroces. Il en fit l'essai et réussit. Il se servit d'abord de la panthère apprivoisée contre de jeunes lynx, de petits léopards et quelques bêtes fauves. Le vigoureux quadrupède revenait toujours vainqueur de ses expéditions, et recevait en récompense de sa cruauté et de son courage force caresses de la main de son maître. Chacun d'eux était parfaitement dans son rôle. Mais, un jour que le rauquement de la panthère avait annoncé au planteur la présence d'une bête féroce dans les environs, le colon partit avec sa compagne enfermée dans la cage, et alla bravement au-devant de l'ennemi. Arrivé en rase campagne et bien appuyé par quelques domestiques, M. Lindsay ouvrit la cage; la panthère creusa le sol, flaira et parut appliquer son oreille dans le trou; puis elle s'achemina lentement vers un bois voisin. Les chasseurs la suivirent; c'est elle qui était en tête de l'expédition. Tout à coup elle s'élança dans la forêt et disparut. Pendant quelque temps on entendit des cris, le bruit des branches brisées et le retentissement du sol sous ses bonds rapides; bientôt on n'entendit plus rien. M. Lindsay crut que sa panthère, lasse de l'esclavage, venait de reprendre goût à ses excursions au travers de la plaine, et il se disposait à regagner sa demeure quand un nouveau bruit arriva jusqu'à lui. Il s'arrêta; un domestique, détaché de la troupe, s'était approché du bois. La panthère se jeta sur lui, le terrassa et lui ouvrit la poitrine. M. Lindsay et ses compagnons se tinrent sur la défensive; mais l'animal, satisfait d'avoir enfin apaisé sa soif de sang, s'achemina à petits pas vers les chasseurs et rentra dans sa cage. La course inutile de la bête féroce au travers des bois l'avait irritée, et le pauvre domestique subit le sort qu'elle voulait faire éprouver à quelque quadrupède. M. Lindsay, depuis ce jour, usa de prudence. Chaque fois qu'il allait à la chasse accompagné de sa panthère, il portait avec lui un mouton, un porc ou un morceau de bœuf; et si la panthère, furieuse d'une course infructueuse, revenait haletante et la gueule écumeuse, le planteur jetait sous sa dent les provisions apportées. Les mâchoires broyaient, et l'on rentrait sans accident à l'habitation.

Quelques autres colons de Pondichéry, de Chandernagor, de Golconde et de Calcutta ont essayé, après le succès de M. Lindsay, de dresser la panthère à la chasse des bêtes féroces; mais les tentatives ont été sans résultat et funestes même aux instructeurs. Aussi Feeld, dans un magnifique traité sur les mœurs des quadrupèdes de l'Inde, dit que les panthères, après plusieurs mois d'une obéissance craintive, s'élançaient en effet, à la voix de leur maître, contre le redoutable ennemi qui osait les attendre ou venait les attaquer; mais que, plus souvent encore, la bête féroce ne retournait plus sous la baguette dominatrice, et qu'elle reprenait sa liberté dans le désert dès qu'une fois elle s'était abreuvée d'un sang qui avait coûté quelque chose à son audace. M. Feeld ajoute que deux planteurs de ses amis ont été, à huit jours de distance, immolés par une panthère qu'ils avaient crue parfaitement apprivoisée et qui les suivait comme un dogue dans les rues de Calcutta.

L'once, le lynx, le léopard, se chassent comme la panthère, et c'est contre les premiers surtout qu'on exerce celle-ci à la guerre opiniâtre qu'on leur déclare. Ils sont plus faibles, moins audacieux, moins lestes surtout; ils le savent, et cette certitude leur ôte de leur énergie et de leur légèreté. Quelquefois cependant deux chacals ou deux léopards attendent bravement leur adversaire, et c'est alors un combat horrible après lequel la panthère est presque toujours vaincue. La querelle des vainqueurs entre eux suit de près leur triomphe; une proie fumante est là, sous leurs griffes rouges, devant leurs yeux étincelants, chacun la veut toute pour lui, et ce sont alors de nouveaux rugissements, une nouvelle agonie, un nouveau cadavre. Un quadrupède plus petit, moins vigoureux, mais plus rusé, plus féroce encore, vient se jeter souvent au milieu de ces effrayantes querelles et y joue aussi son rôle de destruction : c'est le chacal. Lui, par exemple, choisit ses adversaires; il ne se rue pas sur eux en aveugle, il n'attaque pas la panthère en liberté ou le léopard plein de vie. Il attend que celui-ci repose, il s'approche avec lenteur et sourdement comme le ferait l'hyène; il se prépare, en cas de réveil, une retraite sûre; il a cherché le creux d'un rocher où lui seul pourra glisser son corps souple, et si l'adversaire est plus fort que lui, il se tapit prudemment dans son gite. J'eus un jour une conversation fort significative avec un intrépide et habile chasseur que les riches planteurs de Calcutta ne manquaient jamais d'emmener avec eux lors d'une expédition difficile contre les bêtes féroces que la civilisation n'a pas eu encore le pouvoir de reléguer dans les déserts.

— Quel est l'animal que vous redoutez le plus? lui demandai-je. — La question est mal posée, monsieur. — Elle me semble pourtant bien précise. — Cela ne suffit pas. Avec les ennemis que nous avons à combattre, il faut être plus exact encore, et vous sentez à merveille que le monstre le plus à craindre est sans contredit le crocodile lorsqu'on se baigne dans le Gange. — A merveille. Mais sur terre? — Cela dépend de tant de circonstances que rien ne peut être déterminé à cet égard. — Expliquez-vous. — Si la chaleur est excessive et que le lion n'ait pas déjeuné, c'est le lion. Après le serpent, c'est l'éléphant ou le rhinocéros. Ces deux colosses abattent les arbres les plus robustes, et l'on peut dire que, malgré les obstacles, leur course est presque toujours directe. Le rhinocéros et l'éléphant ne sont gênés que dans le calme, au milieu des broussailles et des arbustes. Dès qu'on les irrite et qu'ils se fâchent, ils se donnent de l'air et de l'espace, car ils ont des défenses pour démolir et des épaules et des défenses pour renverser. — En rase campagne, craignez-vous plus le tigre que la panthère? — Oui, quoique infiniment plus leste, celle-ci n'a ni le courage ni la férocité du tigre royal. Et puis, une victime suffit parfois à la panthère, tandis que mille cadavres n'apaisent point la rage du premier. — Vous êtes-vous trouvé jamais en grand péril dans une de vos excursions? — Il y a péril dans toutes. J'ai blessé une panthère d'un coup de feu et elle m'a blessé à son tour d'un coup de griffe, mais je suis venu à bout du monstre à l'aide de mon trident. Je ne crois pas qu'on puisse être blessé par le tigre; avec lui il faut vaincre ou succomber. — M. Rouvière, intrépide chasseur du cap de Bonne-Espérance, m'a dit qu'il ne fallait pas croire à la générosité du lion : êtes-vous du même avis? — Certainement. Cependant il ne faut pas trop généraliser, car le lion est sans nul doute le quadrupède le plus facile à dompter après l'éléphant, et l'on peut alors compter en quelque sorte sur sa reconnaissance dès qu'il comprend les soins qu'on a de lui. Mais en pleine liberté, mais traqué dans ses domaines, le lion est indomptable, et s'il ne déchire pas comme le tigre, il tue à coup sûr aussi bien que lui. J'avoue, au surplus, continua le chasseur, que j'aimerais mieux mourir sous la griffe du lion que sous celle du tigre. Cela peut vous sembler étrange, et pourtant cela est. L'astuce et la férocité du tigre m'inspirent de la colère et du mépris à la fois, et il doit être doublement cruel de mourir sous les coups de celui qu'on méprise. Est-ce que vous ne préféreriez pas un coup de mâchoire de léopard à celui d'un crocodile? — Ma foi, si j'avais à choisir, j'avoue que j'aimerais mieux mourir dans mon lit, entouré de mes amis. - Alors pourquoi voyagez-vous? — Pour savoir ce que vous venez de m'apprendre. — Les livres vous en auraient dit tout autant. — J'en conviens; mais je n'aurais écouté qu'un récit, tandis que j'assiste à un spectacle. — Vous avez raison. Le plus beau livre à étudier est celui qui nous est ouvert à chaque pas en changeant de pays. Etudier le monde dans des bouquins, c'est ne pas le connaître. La mémoire des yeux est la plus précieuse, la plus fidèle. Il faut voir le tigre dans le désert pour s'en faire une idée exacte ; il faut avoir été battu par la tempête et l'ouragan pour en garder le souvenir. Tout récit des grands phénomènes de la nature est tiède et décoloré. Et puis encore la distance rapetisse les objets : de l'Europe vous devez apercevoir l'Indoustan en miniature. Je ne sais pas même si vous le distinguez au bout de vos télescopes. — Vous avez l'air de vous faire un mérite des désavantages de votre pays, dis-je au colon en souriant. — Vous appelez désavantages ce qui est bénéfice. Le soleil nous assoupirait trop, me répondit-il en me quittant ; le lion, le tigre et la panthère nous ont été donnés pour nous réveiller. Tâchez de ne pas vous endormir dans nos forêts ou nos montagnes : vous ne reverriez pas votre paisible Europe.

C'est un pays délicieux à habiter, il faut en convenir, que celui où, près de votre habitation parfumée par les riches végétaux des tropiques, vous voyez tout à coup arriver sur vous, rapide comme une avalanche, un de ces terribles quadrupèdes, tels que le lion, le tigre, le léopard, la panthère, dont je vous ai esquissé les mœurs et contre lesquels les balles sont souvent sans efficacité. Partons pour l'Inde, car là du moins les émotions sont douces et imprévues. C'est un délicieux séjour que celui où, dans votre demeure bien close, bien barricadée, protégée par de hautes murailles et par un grand nombre d'esclaves et de domestiques, vous êtes réveillé la nuit par des cris féroces, des rugissements à ébranler le sol, et assiégé par un rhinocéros ou un éléphant dont les secousses renversent les plus solides barrières. Partons pour l'Inde. Quant à la panthère, que les chasseurs poursuivent avec tant d'intrépidité, vous avez vu qu'elle n'était pas fort dangereuse, que ses bonds sont peu rapides, ses dents et ses griffes peu aiguës ; ce n'est donc pas d'elle que vous avez quelque chose à redouter, surtout si vos portes et vos croisées sont bardées de fer, si vos piques sont acérées, vos fusils d'excellente fabrique, si vos nombreux esclaves ont toujours l'œil et l'oreille attentifs aux commotions du dehors. La panthère est là-bas et ici en même temps. Allons habiter l'Inde, qu'habite la panthère; nous la trouverons là calme et généreuse, alors surtout que, venant d'enrichir le pays d'un de ses rejetons, elle tremble qu'on ne le lui enlève. Si j'aime l'Inde, ce n'est point parce que j'y trouve Calcutta, la ville des palais, l'Himalaya, dont le regard de l'homme ne peut toucher la cime, des forêts aromatiques, des plantations gigantesques, des fleuves pleins de majesté, des parfums, du sommeil, des bayadères complaisantes, des rêves, la brise de mer, le bengali. Non, si j'aime l'Inde, c'est que le tigre royal parcourt ses solitudes, c'est que le lion les ravage, c'est que le rhinocéros et l'éléphant les dévastent, c'est que l'ouragan s'y promène en nivelant les coteaux et en décapitant les forêts, c'est que le tétanos y décime ses populations, c'est que le choléra dépeuple ses cités. Si j'aime l'Inde, c'est que la panthère y bondit en liberté, c'est que l'homme va moins à sa chasse qu'elle ne va à la chasse de l'homme. L'Europe est trop prosaïque, allons habiter l'Inde.

CHASSE AU KANGUROO

NOTICE.

Je vous défie de voir un de ces singuliers individus sans qu'il vous prenne de violentes envies de rire. On croirait qu'en le créant Dieu s'est ravisé, et qu'après avoir commencé un petit animal il a voulu l'achever dans de grandes proportions. Dieu en était bien le maître. Ce n'est pas tout : sa physionomie est en harmonie parfaite avec sa taille et ses allures. Il y a dans ses yeux, dans la forme de sa tête, dans ses mouvements, de la bonté et de la perfidie, de la confiance et de l'astuce, de la naïveté et de la malice : on dirait le renard et la marmotte, la fouine et la biche. Les oreilles du kanguroo sont longues, roides, bien plantées, sans cesse en agitation, tournées du côté d'où vient le bruit. Ses lèvres sont comme celles du lapin et son cou a une élasticité remarquable. Si le kanguroo, à demi caché par une haie, vous montre sa tête, vous croyez voir un petit lièvre hissé sur une table ou sur un tronc d'arbre. Ses petites pattes se jouent coquettement sur ses lèvres; il broute, il tousse, il pivote avec une agilité tout à fait amusante; mais s'il part, effrayé par votre présence, vous avez peine à le suivre de l'œil, tant ses élans sont prompts et variés. Sa queue nerveuse et ses longues jambes de derrière lui servent de trépied, et il tombe sur les cônes les plus aigus avec un aplomb qui tient du prodige. Comme la partie supérieure de cet être exceptionnel est toute mignonne, il n'a pas à craindre, lui, de se laisser entraîner par le rapide mouvement de sa course, et il s'arrête là tout d'un trait, comme s'il tombait verticalement sur le sol. Le poil du kanguroo est long et fauve sur le dos, mais plus court et moins foncé sur le ventre ; sa queue en est presque dégarnie, excepté à l'extrémité ; la force de celle-ci est merveilleuse. Ses dents sont aiguës ; de petits poils blancs brillent sur ses lèvres supérieures et quelques-uns aussi se distinguent dans la cavité des oreilles.

Il y a dans quelques parties de la Nouvelle-Hollande plusieurs kanguroos à bandes transversales et longitudinales ; ils n'ont guère que trois pieds de haut et sont par conséquent de moitié plus petits que les kanguroos fauves ; ils ont une robe gris foncé tachée de roux. Je ne connais rien de plus séduisant et de plus coquet à la fois. Le kanguroo est de la famille des sarigues ; la femelle abrite ses petits dans une poche placée sous son ventre et les voiture avec la plus grande facilité. La terre de Van-Diémen, si rapprochée de la Nouvelle-Hollande, nourrit aussi une assez grande quantité de kanguroos ; mais il est évident que cette île si voisine du continent, dont elle n'est séparée que par un détroit de quelques lieues, a reçu ces hôtes amusants par quelque navire voyageur ou plus probablement encore par les sauvages de la Nouvelle-Galles du Sud exilés de la mère patrie par suite des combats qu'ils se livrent de bourgade en bourgade. La guerre aussi a ses bienfaits.

CHASSE

Encore une exception, encore une chasse sans colère, sans terreurs, sans cris de rage et de désespoir. Encore une course ardente à travers les forêts éternelles qui pèsent sur ce nouveau continent, dont la civilisation achèvera bientôt la conquête au profit des arts, de l'industrie et de l'opulence, mais à l'avantage aussi de notre vieille Europe abâtardie par les ridicules et les vices. Il fallait un pendant au porc-épic, dont je vous ai raconté l'amusante chasse ; il fallait vous distraire encore une fois avant de vous livrer les dernières et sombres impressions de nos caravanes si aventureuses ; et me voici vous menant à la poursuite du plus curieux à coup sûr et de l'un des plus lestes quadrupèdes. Je vais donc donner un camarade au porc-épic. Et d'abord que je vous dise quelques mots du pays où doit se passer la scène ; il est fantastique, je vous l'atteste, il ne ressemble à aucun autre ni par sa végétation, ni par ses habitants, ni par les bizarres individus qui peuplent ses eaux et ses solitudes vieilles comme la création. Le ciel qui l'abrite est également un dôme tout étrange ; les nuages qui le léopardent ont des formes et une allure qui déjouent les caprices d'une imagination en travail. On se croit tout à coup jeté dans un univers à part, et l'on cesse pourtant d'en être surpris quand on songe qu'on est presque à l'antipode de Paris. Il faut bien voir de fabuleuses créations alors qu'on marche la tête en bas ; mon matelot Petit ne se serait pas autrement exprimé.

Tenez, voyez. Le temps est chaud, le thermomètre de Réaumur marque 33 degrés : c'est beaucoup sans doute, mais nos climats équatoriaux sont souvent plus torréfiés. Eh bien ! ici, à cette température, la plus grande partie des arbustes s'enflamment, se carbonisent ; voyez encore : de profondes ravines sont sèches, pas une goutte d'eau ne les rafraîchit ; ces larges allées offrent à l'œil une verdure éclatante ; le ciel qui les vêtit est bleu et diaphane. Tout à coup l'horizon se voile, une nappe immense s'empare des airs envahis ; des torrents d'une pluie rapide foudroient le sol, vous êtes abrité sous un dôme solide, vous jetez un regard curieux sur la campagne. C'est une mer avec son bruissement et sa turbulence ; les vallées sont comblées, les collines nivelées ; les fronts des immenses eucalyptus pointent à peine au-dessus des avalanches furieuses ; et si vous regardez le phénomène pendant quelques heures, vous voyez décroître les eaux, se dresser les collines, et vous croyez que c'est la végétation qui monte et dispute aux mers refoulées le terrain qu'elles voulaient lui enlever. Tout à l'heure c'étaient des cataractes emprisonnant les colons dans leurs demeures ; maintenant c'est la grêle, non pas cette grêle longue, polygonale, rhomboïdale, qui crible nos moissons aux mois les plus chauds de l'année, mais

une grêle à part, formée à l'air on ne sait comment, lancée avec une violence extrême sur le sol ravagé. Ce sont des plaques de glace larges comme la main, épaisses comme elle, brisant les toits, endommageant les murailles les plus solides et s'incrustant dans les troncs noueux, qu'elles dépouillent de leur écorce. Si pendant un pareil orage vous vous trouvez dans la campagne, vous êtes haché, vous êtes mort. La nature est féconde dans ses caprices ; quand elle s'avise d'être désordonnée, elle va jusqu'à la folie. Il y a ici des animaux qui sont à la fois oiseau, poisson et quadrupède : l'orny-thoringue ne se trouve qu'à la Nouvelle-Hollande. Ici encore le cacatoès, l'opossum, le kanguroo, et, si vous y voyez des cygnes, ils sont noirs. Dieu ne s'était pas souvenu sans doute qu'il avait jeté ces magnifiques individus sur d'autres continents ; il s'en aperçut plus tard, et, pour ne pas se donner un démenti complet, il a changé seulement la couleur du plumage de ces navires terrestres qui ont leur proue, leur poupe, leurs rames et leurs voiles, comme nos vaisseaux voyageurs. Vous n'avez rien vu si vous n'avez pas poussé votre promenade jusqu'à cette Nouvelle-Galles du Sud que je vous signale du doigt là, tout près de vous, à vos pieds, en passant par le diamètre de la terre, ce grain de sable inaperçu de ce monde de mondes tourbillonnant autour de lui. Aux faits maintenant.

On a déjeuné, les chevaux piaffent dans la cour de la riante habitation, autour de laquelle vous voyez se marier de la façon la plus pittoresque les bras robustes du chêne européen aux palmes touffues du pin de Norfolk, la chevelure du saule aux sveltes rameaux du casmarina s'enlaçant tous les deux aux vignes et aux lilas de nos contrées. Le coup d'œil est ravissant, le spectacle est magique. Le ciel est voilé, une brise d'est passe sur notre front, qu'elle rafraîchit, et nous voilà en route. Je vous l'ai dit, la civilisation est usurpatrice, et le kanguroo s'est éloigné des lieux habités pour se cacher bien loin, bien loin dans les profondes solitudes. Nous avançons au milieu des conversations les plus folles, et nous voici enfin sur la lisière de deux forêts solennelles où l'on ne pénètre jamais qu'avec admiration et respect. Attention maintenant et faisons en sorte que le piétinement des chevaux sur le gazon ne réveille pas trop le kanguroo dans son gîte, car lui aussi a la course rapide et les élans immenses. Un faible gémissement s'est fait entendre, le curieux animal est tout près ; tâchons de le cercler, barrons-lui tout passage et ne faisons usage de la balle que lorsqu'il sera bien constaté que nous ne pourrons pas le réduire aux abois. Alerte ! il a tendu son cou, dressé ses oreilles, interrogé d'un œil pénétrant les profondeurs du bois où il se croyait solitaire et en sûreté. Alerte ! car il nous a vus et il est parti. Par là, par ici, par là ; il a franchi le ravin, nous l'avons franchi avec lui : le voilà en face d'une barrière à pic de douze pieds de hauteur ; il est pris, il est vaincu ; le voilà qui s'arrête, il recule ; c'est sans doute afin de nous émouvoir par sa soumission. Gare ! il s'est élancé quand nous croyions le tenir, il est en l'air, il nous échappe, l'obstacle est surmonté, nous l'avons perdu de vue. Et maintenant il dresse encore là-bas sur ce terre-plein, dans cette clairière où il respire avec effort et où il se promène en bondissant sur ses longues pattes de derrière et sur sa queue qui lui sert admirablement de point d'appui. C'est un être fantasque hissé sur un trépied mobile. A quoi ressemble-t-il encore ainsi posé, ainsi sautillant ? A une gigantesque sauterelle se jouant dans une prairie.

Mais le moment de l'étudier n'est pas venu. C'est celui de le poursuivre, de nous en emparer, et c'est pour cela que nous nous divisons encore et que nous contournons la barrière que le kanguroo seul pouvait franchir. Nous voici enfin en rase campagne. La plaine est immense, le quadrupède chassé s'y repose auprès de quelque arbuste, il ne nous échappera plus, car nos chevaux sont de race anglaise et ils envahissent promptement l'espace. Le kanguroo se dresse à quelques centaines de pas des chasseurs, nous nous précipitons vers lui de la rapidité de nos montures et nous ne gagnons guère de vitesse sur notre agile coureur, qui est plus souvent en l'air que sur la terre. La balle l'arrêterait peut-être ; mais la victoire serait indigne de nous ; nos chevaux sont infatigables, nous sommes dix contre un et il est là, lui, n'ayant ni ongles aigus pour se défendre ni dents acérées pour nous déchirer. Le chasseur a aussi ses moments de générosité. Mais la plaine est dévorée et nous sommes résolus d'atteindre le kanguroo, dont les forces ne semblent pas encore affaiblies. Voici une colline en face de nous; elle se dresse, grandit, se développe; il faut la gravir, nos chevaux ont le pied sûr. Ce n'est pas assez. Le terrain offre trop d'avantages à l'animal indompté à qui ses longues pattes de derrière deviennent d'un immense secours pour les ascensions. Aussi, à peine sommes-nous au pied de la colline qu'il en a déjà franchi le sommet et que nous nous regardons avec des yeux découragés. Les chevaux sont lents, ils ont besoin de repos; nous faisons halte auprès d'un courant d'eau, nous interrogeons nos besaces venues en croupe avec nous, et un maigre dîner s'achève encore joyeusement, surtout si nous reportons nos souvenirs vers cette patrie absente où tout dort en ce moment dans les ténèbres, tandis que le soleil se promène éclatant à notre zénith.

Vous qui me lisez, essayez d'un pareil bonheur, visitez l'Atlantique, doublez le cap Horn, jetez l'ancre après une faible course de quelques milliers de lieues sur le continent où je vous promène, et dites-moi ensuite si les joies domestiques sont les plus douces que l'homme puisse goûter. On n'a pas voyagé quand on n'a pas été à l'antipode de chez soi. La pitance a été vite dévorée; il est midi, nous avons bien des heures avant que la nuit nous force à la retraite, et il serait trop honteux que nous rentrassions à Sidney sans la conquête d'un seul kanguroo. En avant donc et gravissons cette colline rebelle; sachons si de l'autre côté nous ne serons pas plus heureux que de celui-ci. Nous en avons atteint la crête, le coup d'œil est imposant, majestueux; le désert et son silence, son silence qui vous émeut et vous parle si haut. La voix du tonnerre a moins de gravité, je vous le jure, et vous êtes moins frappé de ses éclats que du mutisme des solitudes. Mais nous ne sommes pas venus ici aujourd'hui pour nous livrer à nos études philosophiques et religieuses; argonautes infatigables, nous sommes partis pour faire la chasse au kanguroo; il nous en faut un au moins, et dussions-nous l'atteindre d'une balle, nous apporterons sa dépouille au Port-Jackson. Le plateau sur lequel nous nous promenons est large; ne le quittons pas, puisqu'il nous sert de belvédère et que nous pouvons espérer d'y trouver le gîte de quelque kanguroo, car l'animal est poltron et il doit se poster de préférence dans les lieux où son œil embrasse le plus de terrain. En effet, voici les traces de son récent passage; il n'est pas loin sans doute, et cette fois nous n'avons pas de collines à gravir. Nos chevaux se sont élancés, le kanguroo leur en a donné le signal par un bond sur place qui, en l'élevant au-dessus des broussailles sous lesquelles il s'était abrité, lui a permis de nous voir. Ici ses longues pattes le protégent encore; mais il faut enfin descendre le plateau, nous pouvons ralentir notre marche, le fauve quadrupède ne nous échappera pas. La pente devient rapide, le terrain est circonscrit et il faut descendre la colline ou se rendre à merci. Le premier parti paraît plus rassurant au kanguroo, que nous sommes bien près de forcer; il part après un moment de réflexion, et le voilà non plus sautant, non plus gambadant, mais roulant jusqu'en bas, emporté par le poids de son corps, car sa queue ne peut lui servir de point d'appui et ses courtes pattes de devant touchent le sol presque en même temps que sa tête. Il va, il va selon le caprice du sol, il s'arrête, trébuche, chancelle, reste un moment suspendu entre l'équilibre et la chute, tombe, bondit comme une cascade, tantôt roulant de la tête à la queue, faisant en route vingt sauts périlleux, tantôt roulant sur le dos et sur le ventre comme un baril abandonné sur une pente. Quant à nous, nous n'avons plus besoin d'aiguillon pour nos chevaux, nous calmons leur fougue désormais inutile; nous les menons au petit pas en louvoyant jusqu'à la terre horizontale, et quand nous avons atteint le pied de la colline, nous trouvons gisant là, couvert de plaies, déchiré, râlant, vaincu par sa chute, le quadrupède bizarre que nous n'avions pas pu dompter à la course. Que ferons-nous maintenant de cette peau déchiquetée? Laissons-la dans ces déserts avec les chairs faisandées; une horde de sauvages passera peut-être par ici dans quelques jours; les exhalaisons putrides l'attireront au pied de cette colline, elle dépècera voracement l'animal, dont elle jettera les lambeaux au milieu d'une flamme rougeâtre, et elle remerciera de ce repas... qui donc? Le sauvage habitant de la Nouvelle-Hollande n'a point de Dieu. Je vous ai fait faire une rapide course, n'est-ce pas? Je vous ai présenté l'esquisse de cette chasse au kanguroo avec une vélocité que vous me reprocherez peut-être, et cependant elle m'a donné quelque mal à achever. Dès qu'on est à la poursuite du singulier animal qui arpente si chaudement les solitudes de la Nouvelle-Hollande, on n'a pas un seul instant de repos pour prendre des notes; il faut sans cesse être en alerte, se cramponner solidement sur son coursier. La phrase que vous voulez tracer est à peine commencée que vous devez l'abandonner au milieu du mot, oubliant le point sur l'i ou la barre au t pour vous élancer vers le fugitif. Comme le vent, le kanguroo a ses caprices; il va de l'est à l'ouest et du nord au sud, selon l'instinct de sécurité qui le possède, et le pays que vous envahissez passe si vite qu'il s'efface pour ainsi dire devant vous. Il n'y a pas deux manières de peindre les choses matérielles; le moment où vous les voyez est le seul favorable, et si vous les traduisez par le souvenir, vous n'êtes plus exact. L'à peu près est un vice dans toute histoire. Le kanguroo expire; je trace ces lignes au dernier battement de son cœur, à son dernier regard qui se vitrifie; le voilà qui se roidit; il est immobile, mort; je ferme mon calepin.

CHASSE AU REQUIN

NOTICE

Quelques étymologistes pensent que le mot *requin* vient du latin *requies*, qui veut dire repos éternel, et ils s'appuient sur cette idée exacte de la voracité de ce terrible cétacé, qui, dès qu'il vous donne chasse, vous engloutit presque toujours dans ses entrailles. Le requin est le tigre des océans. Il a d'ordinaire vingt-quatre à trente pieds de longueur et pèse mille livres. Certains voyageurs cependant assurent en avoir vu de longs de plus de quinze mètres et qui pesaient plus de quatre mille livres. Le requin a reçu de la nature une force et une voracité extraordinaires: il court au-devant de tout ennemi, il l'attaque avec fureur, le mord avec rage; il frétille joyeusement à l'aspect d'une proie, il ouvre une gueule immense, et il n'est satisfait que lorsqu'il voit auprès de sa victime d'autres victimes prêtes à lui servir de pâture. Le corps du requin est très-allongé et la peau qui le recouvre est garnie de petits tubercules très-serrés les uns contre les autres. Comme cette peau tuberculée est très-dure, on l'emploie à polir divers ouvrages de bois ou d'ivoire; on s'en sert aussi pour faire des liens et des courroies ainsi que pour couvrir des étuis et d'autres meubles; mais il ne faut pas la confondre avec la peau de la raie sephen, dont on fait le galuchat et qui n'est connue dans le commerce que sous le faux nom de *peau de requin*, tandis que la véritable peau de requin porte la dénomination très-vague de *peau de chien de mer*.

La couleur de son dos et de ses côtés est d'un cendré brun, et celle du dessous de son corps, d'un blanc sale. Sa tête est aplatie et terminée par un museau un peu arrondi. Le contour de la mâchoire supérieure d'un requin de trente pieds est d'environ deux mètres. Lorsque la gueule est ouverte, on voit au delà des lèvres, qui sont étroites et de la consistance du cuir, des dents plates triangulaires, dentelées sur leurs bords et blanches comme de l'ivoire. Le nombre des dents augmente avec l'âge de l'animal. Lorsque le requin est encore très-jeune, il n'en montre qu'un rang dans lequel on n'aperçoit même quelquefois que de faibles dentelures; mais à mesure qu'il se développe, il en offre un plus grand nombre de rangées; et lorsqu'il est devenu adulte, sa gueule est armée, dans le haut comme dans le bas, de six rangs de ces dents fortes, dentelées et si propres à déchirer ses victimes. La langue du requin est courte, large, épaisse et cartilagineuse, retenue en dessous par un frein, libre dans ses bords, blanche et rude au toucher comme le palais. Ses yeux sont petits et presque ronds; la cornée est très-dure, l'iris d'un vert foncé et doré, la prunelle, bleue, consiste dans une fente transversale. Les nageoires du requin sont fermes, roides et cartilagineuses. Son cerveau est petit, gris à sa surface, blanchâtre dans son intérieur et d'une substance plus molle et plus flasque que le cervelet. On ne sait pas exactement combien peut vivre le requin; mais à peine est-il né que sa voracité se développe, et il est cruel jusqu'à sa dernière heure.

CHASSE

Je comprends la chasse au lion et au tigre; je comprends aussi que, pour se débarrasser d'un voisinage périlleux, l'on chasse le boa, le serpent noir et le serpent à sonnettes. Le rhinocéros et l'éléphant devaient avoir également leurs ennemis, leurs vainqueurs; car l'homme veut trôner en tous lieux et ne peut souffrir de rivaux parmi les quadrupèdes. A peine le condor et l'aigle échappent-ils au haut des airs à la balle du chasseur qui va souvent les chercher au-dessus des nuages. Le castor et la marmotte ne sont guère protégés par leurs demeures souterraines; vous avez vu les glaces polaires n'offrir qu'un faible obstacle à l'audace et à la persévérance du chasseur allant poursuivre l'ours blanc au delà du cercle arctique. Ainsi donc tous les animaux ont été vaincus, tous ont trouvé leur maître, leur dominateur orgueilleux; l'air et la terre ont en quelque sorte été soumis au même despote avide de posséder, impatient de tout envahir. L'homme seul peut lutter à forces égales contre l'homme... Je me trompe, les passions ont plus de puissance encore que nous : les passions sont les seules souveraines du monde. Des maisons flottantes ont étendu leurs bras robustes et livré leurs voiles aux vents; d'intrépides matelots ont balayé les mers d'un pôle à l'autre et traqué la baleine dans son empire. Cela se conçoit, mille nains peuvent attaquer et soumettre un colosse, et puis le navire qui porte ces provocateurs audacieux a de solides bordages fortement chevillés et une carène bordée de plaques de cuivre. Il marche aussi, lui, presque aussi vite que le vent, il court presque aussi rapidement que le monstre sur lequel il brûle de se ruer. Gare le choc pourtant! car la tête de la baleine est dure, et si elle se fâche, le vaisseau sera entr'ouvert et l'équipage englouti dans une tombe muette.

Quand l'homme s'est senti trop faible pour combattre les quadrupèdes, il a appelé à son secours ceux-là mêmes auxquels il déclare la guerre ainsi que les machines et les armes qui lui servent de protection sur la terre; les reptiles seuls n'ont à se défendre que contre les hommes; le lion, le tigre ou le rhinocéros reculent souvent en présence du reptile qui se replie sur lui-même pour s'élancer et les étreindre dans ses replis tortueux ou va les briser sous le venin mortel dont le ciel l'a si funestement doté. Ne croyez pas, mes amis, à ces événements tragiques racontés par tant de voyageurs casaniers, témoins oculaires de

scènes effrayantes où le requin avalait un homme comme vous avalez un goujon. Ces choses-là ne se voient que dans les romans ou dans les livres écrits pour faire peur aux petites filles. Le requin, j'en conviens, a un triple rang de dents aiguës et tranchantes; il est vorace autant que tout autre animal terrestre; il paraît insatiable, il mâche, il mâche toujours, même alors qu'il est plongé dans le sommeil; il triture les débris d'aviron que les matelots lancent à la mer; il avale les linges, le goudron, les morceaux de câble, et plus vous jetez d'aliments à sa gloutonnerie, plus sa voracité paraît insatiable. L'on a dit et l'on a souvent écrit aussi que le requin sentait, au milieu des flots, ces exhalaisons des corps malades enfermés dans les batteries ou le faux-pont des navires. C'est encore là une de ces croyances ridicules qu'il faut reléguer parmi les contes, enfants d'une imagination déréglée ou avides du merveilleux. Le requin nage lentement; sa course habituelle est de trois à quatre nœuds à l'heure; si le navire prend un élan plus rapide, il est rare que le requin que vous voyez passer auprès de vous suive le sillage en dépit de son instinct qui lui indique partout l'espérance; et vous le voyez s'éloigner mâchant le flot comme pour se venger de ne pouvoir atteindre une proie plus nourrissante.

Quand le requin sort de la mer, ce n'est jamais qu'à une fort petite distance de la surface; et la disposition de sa mâchoire est telle, qu'il ne peut alors saisir que très-difficilement le corps qui lui est présenté. La lèvre supérieure du requin avance beaucoup; et pour mâcher et avaler, il est contraint de se tenir à demi couché sur le dos.

Nous avons essayé souvent de harponner les requins qui venaient rôder autour du navire; et, soit que les bras de Vial ou de Marchais ne fussent point assez exercés, il nous a été impossible d'en saisir un seul de cette façon, si commode contre les marsouins et les dorades, tandis que dans le détroit d'Ombay nous en avons pris six en un seul jour à l'aide de l'émérillon. Marchais, Barthe, Vial et Petit surtout se sentaient humiliés de leur impuissance à lutter contre ce vorace ennemi sans cesse en guerre avec tout ce qui respire. J'ai vu souvent dans les zones équatoriales les navires retenus par les calmes jeter une voile à l'eau, lui faire faire une sorte de cerceau dont les bords ne s'élevaient au-dessus de l'Océan que d'un pied, et où une partie de l'équipage se livrait au plaisir de la natation. Eh bien, je n'ai pas entendu dire qu'un requin se fût jamais élancé dans ce bassin improvisé pour s'y emparer d'un nageur. Je le répète, le requin est peut-être le plus vorace des animaux; mais, en général, il ne saisit que ce qui se trouve à portée de sa gueule. Rien de plus étrange et de plus admirable à la fois que l'esclavage du requin obéissant comme à un bon maître à un petit poisson de six ou huit pouces de longueur, que les marins ont appelé *pilote*, parce que c'est lui qui guide le monstre dévorateur. Une proie serait là presque sous la dent du requin qu'il n'y touchera pas si le pilote prend une direction opposée; et le cruel cétacé, qui dévore tout sur son passage, respectera son pilote même dans les disettes les plus forcées. De ces deux affections miraculeuses, quelle est la plus chaude, la plus sainte? Vous avez vu le requin humble sujet du pilote, et maintenant celui-ci, dès que son élève est enlevé, se jette sur son ventre, s'y tient violemment cramponné, et se condamne volontairement à la mort avec lui. De si touchantes affections ne se trouvent qu'au fond des eaux.

Le moyen le plus simple de s'emparer du requin est de jeter à la traîne sur l'arrière du navire un solide émérillon tenu par un gros filin et recouvert d'un morceau de viande. A sa vue, le monstre redouble de vitesse, guidé toujours par le pilote attentif, il s'approche, se penche, fait frétiller sa queue, tourne sa mâchoire, l'ouvre, la referme, et le morceau de fer entre profondément dans la partie supérieure de la tête. Le voilà captif, et la joie est à bord, car l'équipage aura des vivres frais pour sa journée de fatigue. On pèse sur le filin; des cris de joie se font entendre aux violents efforts du cétacé qui vient de quitter son élément; on le hisse et on le jette sur le pont. Saisissez d'abord le généreux pilote, que vous n'arrachez qu'avec effort du ventre ou de la nageoire de son maître ou de son valet, et, sans croire aux terribles dégâts qu'on vous a dit que le requin commettait sur les navires si on ne se hâtait de lui couper la queue à coups de hache, tenez-vous loin de lui, car, si sa queue vous frappe, vous serez renversé. C'est un coup assez violent d'aviron que vous venez de recevoir. Vous séparez du tronc la queue du monstre, dont les yeux rougeâtres et animés disent les souffrances et la colère, vous le privez de ses nageoires, vous le suspendez, vous l'ouvrez de bout en bout, vous lui arrachez le foie, les intestins, le cœur; il ne reste plus du requin que la carcasse, et il se tord encore, il frappe l'air, et sa mâchoire se contracte et se dilate fébrilement, et ses yeux ont toujours une expression d'amertume et de rage extrêmement remarquable. Prenez le cœur dans vos deux mains, serrez-les l'une contre l'autre, et à des intervalles presque égaux, après un isolement complet de quelques heures, ce cœur, que vous devriez supposer sans vie, vous forcera à ouvrir vos mains, tant ses soupirs ont de la promptitude et de l'énergie.

La nuit a passé sur le cadavre suspendu du requin, vous le jetez à l'eau pour le rafraîchir avant de le tailler pour votre table... Eh bien, il nage encore; la vie est puissante sur cette carcasse que vous allez jeter dans la poêle; il y a sous cette peau un sang qui s'agite, une douleur, une agonie. La mort si lente du requin est la plus horrible expiation de sa vie de gloutonnerie et de meurtres. Qui dirait cependant que ce monstre si difficile à vaincre et à tuer est souvent traqué dans son domaine par l'homme, qui ne veut d'égal ni sur la terre, ni dans les eaux, ni dans les airs, où il a osé s'élever à la hauteur de l'aigle et du condor? Oui, le requin va être vaincu par le nègre de Gambie, par celui du Sénégal et de Madagascar. Quelques peuplades sauvages de l'Amérique du Sud ont aussi leurs intrépides chasseurs de requin, dont ils trouvent exquise la chair huileuse et coriace. Voyez :

La mer est calme, bleue, transparente. Armé d'un dard court, aigu, le chasseur est posté sur une roche élevée; son œil perçant interroge les flots dans lesquels il va s'élancer, comme vous le faites vers les broussailles où gît le lièvre. Il a plus de calme peut-être, et à coup sûr autant de certitude de succès. Une tache noirâtre se dessine à la surface entre deux eaux; elle va çà et là sans secousse, comme un promeneur sous de fraîches allées. Le chasseur nage et vole à sa rencontre. Attiré par le bruit, le requin vigilant s'arrête d'abord; mais, guidé par le pilote, il se dirige vers son ennemi, qui nage avec précaution et lui épargne ainsi la moitié du chemin. Le cétacé agite sa queue, il est à côté de son adversaire, son corps fait l'évolution dont je vous ai parlé, et à peine est-elle commencée, que le chasseur (est-ce un chasseur?) se précipite la main droite en avant et fouille profondément dans les entrailles du monstre.

Les deux adversaires ne se quittent pas après le premier coup de poignard; un second est porté, puis un troisième, puis un quatrième, à moins que le requin, plus agile que de coutume, ne s'empare de la tête, du bras ou de la cuisse de son ennemi, qu'il brise d'une seule pression de mâchoire. Il y a là un cadavre mutilé servant de pâture à un autre cadavre, car le fer a pénétré dans le cœur ou le foie du squale; et demain, après-demain peut-être, le requin aura vécu pour servir à son tour de pâture à quelques-uns de ses frères, conduits auprès de lui par leurs dociles pilotes. Dans une traversée presque toute de calmes, de Batavia à Calcutta, le mousse d'un navire marchand, en se baignant le long du bord, fut saisi par un requin et coupé littéralement en deux au moment où il se cramponnait à un filin qui lui était tendu par son frère alarmé. A cette vue, celui-ci demande à grands cris une gaffe, il en brise le manche, s'arme de la pointe de fer, se jette dans l'eau, attaque le requin, lui plonge l'arme dans la gueule, la retire, et la lui enfonce dans le flanc. Mais, au moment où, satisfait de sa vengeance, il va remonter à bord, le requin fait volte-face et coupe comme un coup de hache le bras qui s'attachait au navire. Les deux frères trouvèrent dans le corps du monstre une tombe commune. Dans la Floride, il n'est pas rare de voir deux ou plusieurs nègres partir d'une habitation après en

avoir demandé la permission à leurs maîtres, se diriger en chantant vers le rivage, s'élancer dans la mer, courir au large, et se mettre à la chasse du requin comme s'il s'agissait d'une partie de délassement ou de plaisir.

L'un des chasseurs porte sur le dos un filin amarré à un émérillon armé d'un gros morceau de lard ou même d'un linge simple trempé dans de la graisse. L'autre bout du filin est noué à sa ceinture, mais par un nœud bouclé que le nageur peut défaire d'un seul coup de doigt, afin d'éviter d'être entraîné par le squale alors que la douleur ou l'agonie le force à de plus rapides mouvements. Tout est calculé, vous le voyez, pour un jeu, pour une distraction qui doit occuper quelques heures. Tandis que, en présence du requin attentif à sa proie, le chasseur dont je vous parle tient d'une main le morceau de lard voilant le fer recourbé, et se protège de l'autre main par une pointe aiguë, le second chasseur voltige, ainsi qu'une dorade, autour du monstre vorace attaqué par le flanc, et plonge profondément le glaive ou le couteau dans ses entrailles. Si déjà le morceau de lard a été saisi, et que la mâchoire du requin se trouve prise par le fer denté, le nègre pèse dessus et force ainsi le squale à faire volte-face; si, au contraire, le piège a été respecté et que la lutte s'engage entre le requin et l'homme qui vient de le blesser, le premier antagoniste s'élance et cherche à attirer à lui le requin irrité. Ainsi, dans ce combat de deux contre un, le devoir du chasseur est toujours d'appeler à lui le péril; je dis plus, c'est son devoir et sa sécurité. Ne croyez pas pourtant qu'en allant à la rencontre du requin les nègres chasseurs se flattent d'une victoire facile et assurée; il n'en est pas ainsi, et ils entonnent avant de partir, de même qu'au moment où ils se jettent à l'eau, un chant monotone et nasillard qui est pour ainsi dire leur oraison funèbre.

« *Si je dois être mangé par mon ennemi,* disent-ils à la divinité qu'ils se sont créée, *fais que mon esprit ne reste pas au fond des eaux, et récompense mon courage.* » Quand le requin, vaincu par l'émérillon qui le tient en respect et les profondes blessures qu'il a reçues aux flancs ou à la tête, cesse de se défendre, vous voyez les nègres regagner le rivage en traînant après eux leur conquête et lutter encore pendant des heures entières contre le monstre, dont vous savez maintenant que la vie ne s'échappe qu'avec une extrême lenteur. Le plus souvent encore un seul nègre est de retour à la case, et il n'est pas rare que le planteur attende vainement les deux esclaves auxquels il a permis fort discrètement la chasse au requin. Ce fut un spectacle horrible que celui dont je vais vous parler. Le baleinier *Washington*, de Baltimore, voguait sous petites voiles, le cap au sud. La brise était si faible, que de temps à autre les mâts se trouvaient coiffés et qu'à peine l'on filait deux nœuds à l'heure. La veille, une douloureuse cérémonie avait eu lieu à bord, et l'équipage attristé gardait un morne silence en songeant à l'adieu éternel qu'il venait de dire à un de ces braves matelots dont la vie de souffrances s'éteint pour l'ordinaire dans une rafale ou emportée par une vague venant couvrir les bastingages. Darnley avait été cousu dans un morceau de toile; on avait fortement amarré deux boulets à ses pieds, les flots s'étaient ouverts et refermés sur lui avec un bruit monotone et lugubre. La brise se leva moins douteuse, le baleinier prit son élan comme pour s'éloigner de la tombe de Darnley, et quand tous les camarades du pauvre ami mort s'affligeaient, on voyait là-bas sur le gaillard d'avant un tout jeune homme assis sur les bordages, sa tête blonde dans ses mains, insensible à tout ce qui se faisait autour de lui et obéissant comme une machine sans vie au roulis et au tangage du navire. C'était le frère de Darnley, dont le capitaine respectait la vive douleur et à qui il épargnait le travail du matelot.

Le vent mollit de nouveau, le baleinier s'arrêta. Tout à coup : « Requin, crie une voix sonore, requin de l'arrière! » L'équipage dresse ses embûches, le vorace animal se jette dessus, il est captif. On le hisse, on le suspend à un étai, on le dépèce, on l'ouvre presque en face de ce pauvre Darnley jeune qui ouvrait les yeux presque sans rien voir. Ciel! un bras! un pied! Le bras est tatoué et une bague d'argent au doigt dit au matelot terrifié que la mer vient de lui rendre quelques restes d'un frère adoré. La mer bien plus que la terre a ses drames avec leurs terribles dénoûments.

Le navire *Louisa*, de Douvres, se vit un jour enlever par un coup de mer plusieurs hommes de son équipage. L'un d'eux, nommé Jackson, fut assez heureux pour se saisir de la bouée de sauvetage, et il put attendre là, debout sur le plateau et cramponné à la flèche, que Dieu lui envoyât un navire sauveur. Il l'attendit pendant quarante-huit heures sans nourriture, sans sommeil, souvent assis, souvent aussi debout pour interroger l'horizon du plus loin possible. Et tandis que, en proie à de douloureuses agonies, il invoquait du ciel une mort sans souffrances, un monstrueux requin vint à lui et tourna souvent autour du liége protecteur avant d'essayer sa conquête. Il s'élança enfin et chercha à saisir dans son vol la jambe de l'infortuné Jackson, qui, à chaque élan du vorace animal, bondissait aussi et évitait la terrible mâchoire. La lutte dura quelques heures, et le malheureux matelot raconte que, durant tout ce manége où cependant il usait ses forces, il avait tout à fait oublié sa soif et sa faim.

Résigné à la patience, le requin se reposa de ses évolutions, et, tournoyant sans cesse autour de la bouée, il parut attendre que le matelot épuisé se laissât tomber dans les eaux. Un navire enfin se montra, il grandit, s'approcha, recueillit l'infortuné marin qui allait se livrer au monstre; mais, avant de monter à bord, l'équipage du brick avait jeté à la traîne le lard tentateur, et les deux combattants furent hissés ensemble sur le pont, l'un pour servir de nourriture à l'autre : seulement les rôles se trouvèrent changés. On garde encore à Douvres, chez l'armateur du brick, la carcasse du requin, auprès de laquelle on a esquissé la scène de la double ascension accompagnée d'un récit en forme de complainte, où les railleries sont pour le Jackson sauvé et les doléances pour le requin se tordant sur la braise et la flamme au fond de la marmite du coq. Le tigre et le serpent sur la terre, le vautour dans les airs, le requin dans les eaux, voilà les êtres les plus cruels de la création, voilà du moins ceux que les hommes ont le plus appris à redouter. Mais qui vous dit à vous, dont l'orgueil ne se tait devant aucun mystère, que de plus petits animaux n'ont pas de colères aussi chaudes, des agonies aussi tourmentées, des vengeances aussi actives? Qui vous assure que dans vos lentes et périlleuses études vous avez logiquement classé les espèces et accordé à chacune sa part de bénéfices ou d'humiliations? Il n'en a coûté que sept jours à Dieu pour faire le monde? Qu'êtes-vous auprès de Dieu? Qu'est-ce qu'une minute, qu'est-ce qu'un siècle, qu'est-ce même que l'éternité à côté de l'éternité? Qu'il s'en faut de peu de chose pour que la sagesse devienne folie! Creuser l'immensité, c'est bouleverser la raison.

Ma tâche est donc accomplie. J'ai fait passer devant vos yeux les redoutables adversaires qui ont si souvent arrêté les conquêtes des explorateurs; j'ai fidèlement tenu mes promesses au milieu des profondes ténèbres qui m'isolent de tout ce que j'ai chéri dans le monde : famille, beaux-arts, allures d'indépendance, de liberté, soleil, nature, contraste, mouvement, beauté avec ses caprices, son coloris et ses parfums, virilité avec ses teintes chaudes et ses passions, vieillesse avec sa démarche chancelante et ses rides vénérables au front, devant lesquelles je m'inclinais avec respect..... Je n'ai plus à fouiller désormais que dans mes souvenirs et dans mes pensées pour y trouver un aliment à cette vie de douleurs qu'il faut bien que j'accepte, puisqu'il y aura encore des larmes pour mon dernier adieu, des paroles généreuses sur ma tombe. Je vous ai dit de puissantes querelles, de rudes combats. Que d'autres, plus attentifs, plus profonds, vous initient aux secrets de luttes moins tumultueuses, mais plus envenimées peut-être. Je n'ai même pas de regard pour le jour le plus éclatant; comment irais-je chercher les secrets des êtres microscopiques qui s'agitent autour de nous sans nous assourdir de leurs incessantes colères? Voyez la fourmi et ses champs de bataille où tombent tant de victimes! Voyez le petit ver

de terre se tordant fébrilement contre la douleur d'une piqûre d'épingle! Voyez le combat meurtrier de deux sauterelles se disputant un brin de gazon, la rage de deux papillons se déchirant et se décolorant les ailes pour trôner seuls sur une rose épanouie! Voyez la vorace araignée emprisonnant dans ses mille réseaux l'insecte imprudent qui vient se reposer près de sa demeure semée de cadavres privés de sang!...

Croyez-vous qu'il n'y aurait pas là-dessus un livre plein d'intérêt à écrire? Croyez-vous donc que le drame ferait défaut au philosophe qui entreprendrait un si rare et si curieux travail? J'ai senti mon cœur battre d'indignation à la tranquille cruauté d'une araignée velue enlaçant une mouche, et je n'ai pas pu m'empêcher d'user de ma puissance pour écraser le vainqueur et délivrer le vaincu. Pensez, traduisez ces émotions, ces morts, ces funérailles..., vous aurez instruit le monde; moi, j'ai cherché à le distraire, à l'amuser... Que peut un aveugle? Je vous ai parlé, dans mes *Souvenirs*, de deux matelots chauds dans leur affection pour moi, ivrognes non pas comme une éponge, qui, pour l'ordinaire, ne boit que de l'eau, mais comme un biscuit, qui ne boit que du vin, intrépides contre toute menace des vents ou des flots, actifs, passionnés, dévoués jusqu'au martyre, soumis jusqu'à lasser le malheur, reconnaissants jusqu'à la servilité, qui les relevait au lieu de les abaisser, magnanimes, généreux dans leur misère, ne comprenant pas une méchante action ou en commettant par ignorance du mal et sans un remords à l'âme ; matelots battus depuis leur enfance par les tempêtes comme nous le sommes, nous, par nos passions, vivant de biscuit, de chair salée et sans nulle foi dans un meilleur avenir. Vous en souvenez-vous? On m'a bien des fois demandé ce qu'étaient devenus Marchais et Petit, Petit surtout, ce pauvre souffre-douleur du premier, qui n'a jamais poussé une plainte au ciel alors même que ses membres nus se couvraient de givre sous une zone d'airain, alors même que la soif et la faim tordaient son estomac sans fraîcheur et sans nourriture. Petit, cible de toutes les calamités et dont le sourire n'a jamais été sans larmes et sans rides au front, enfant isolé, né du pauvre, courant dans la vie toujours entre deux ennemis redoutables, la faim et la lame écumeuse ouvrant sa gueule prête à dévorer celui qui la brave, voyageur errant, ne se consolant d'une infortune que par une infortune moins grande et regardant à l'horizon sans jamais y trouver une espérance.

Mes lecteurs ont écouté, j'en suis sûr, le sourire aux lèvres, ces naïves questions et ces bouffonnes réponses dont mon brave compagnon de voyage égayait mes aventureuses excursions. Ils l'ont vu non sans quelque pitié cramponné aux extrémités des vergues, envahir les airs comme un albatros ou plonger dans la vague écumeuse ainsi qu'un marsouin. Ils l'ont étudié au moment d'un terrible naufrage, regardant d'un œil sec monter l'eau qui allait nous envahir et s'écrier à un de mes injustes reproches de couardise : — Quel bonheur si cette eau était du vin ! Ce qu'est devenu Marchais, ce qu'est devenu Petit? Hélas ! je l'ignore, et je m'appauvrirais volontiers de l'oubli de quelques-unes de mes joies les plus belles pour me retrouver encore bras dessus bras dessous avec mon brave Petit sur les laves onduleuses du Mowna Kaah, aux îles Sandwich, ou sous les élégantes touffes de cocotier, aux Mariannes. Où est Marchais l'indompté? où est Petit le résigné? Qui viendra m'en donner des nouvelles et réjouir mes nuits si longues? Perdus dans ce monde immense qu'ils ont tant de fois sillonné, battus sans cesse par le courroux des hommes et des éléments, où vivent-ils? où sont-ils morts? Peut-être point de terre qui les abrite, point de croix qui les protége, point de prière qui ait escorté leur agonie. Marchais est mort sans doute dans une rixe sanglante contre une peuplade sauvage. Petit aura été dévoré par un requin en volant au secours d'un de ses camarades menacé. Pauvre matelot ! Voici un requin ! Point d'émérillon à la traîne. Chapeau bas ! C'est peut-être la bière de Petit qui passe !

MOI

Ma course est achevée, je me repose. Sans compter les romans, les ouvrages dramatiques, les articles de journaux et les recueils de poésies, j'ai publié cinq gros volumes de voyages. Je me repose. Je suis aveugle ; la côte était rude à gravir, et, pour que mon courage ne me fît pas défaut, il fallait que je ne me crusse pas seul au monde. Quelques échos de voix généreuses sont venus jusqu'à moi comme une douce pensée à l'âme ; j'ai saisi mes crayons, car je ne sais plus quand l'encre manque à la plume ; j'ai groupé autour de ma mémoire si fraîche et si exacte mes souvenirs les plus lointains, et, me retrempant dans mon infortune, j'ai pris mon essor.

Voilà dans ce cabinet, s'élevant jusqu'au plafond, cinquante-trois rames de papier barbouillées par moi et gardant religieusement les confidences que je leur ai faites. Cinquante-trois rames, deux mains et six pages, ni moins ni plus. Est-ce de la persévérance ? C'est que ma route m'est tracée, à moi ; je me heurte le front contre tout obstacle quand je ne tiens pas dans mes doigts le fil protecteur ; et mes lignes s'enchevêtreraient les unes dans les autres si je n'avais appelé à mon aide mille petits moyens propres à m'empêcher de trébucher au milieu de mes excursions lointaines. Ma page se compose de douze lignes ; une coche faite à un des angles du papier me dit que je suis au *verso* ou au *recto*. J'écris gros, très-gros, pour que mon secrétaire puisse me lire. De petits anneaux en laiton, glissant le long du fil d'archal conducteur, m'indiquent l'endroit de la ligne où j'ai fait halte. Les fils d'archal sont fixés et assujettis à un cadre sous lequel est placé mon papier, dont chaque feuille est détachée. Comprenez-vous maintenant pourquoi cinquante-trois rames pour cinq volumes ? Quand je les touche, j'en demeure épouvanté moi-même. Mais j'avais promis, j'ai dû tenir ma parole. On ne va jamais plus loin que lorsqu'on ne sait où l'on va, et je ne m'arrête que parce qu'il y a peut-être profit autant pour le lecteur que pour moi. Cependant encore quelques lignes avant mon repos.

J'ai achevé mes courses au travers des déserts, des steppes, des montagnes pelées, des forêts vierges et des peuplades sauvages. Je vous ai dit les périls que j'ai volontairement courus dans mes téméraires excursions, et je suis souvent resté au-dessous de la vérité en parlant de moi, car il y a de la fanfaronnade à publier certains dangers qui ont effrayé bien des courages et lassé bien des patiences. Je vous ai dit les mœurs des nations civilisées que j'ai trouvées loin, bien loin de la mère patrie ; j'ai esquissé les différences qu'il m'a été permis de signaler, j'ai poursuivi mes études avec une constance qui devait parfois ressembler à l'importunité, et j'avoue que j'ai bien mieux aimé m'entourer des hommes qui avaient besoin de moi que de ceux qui auraient pu me protéger. J'ai vu le Brésil si suave, si parfumé, si riche de son ciel, si diapré de son éternelle verdure, si resplendissant de ses myriades d'insectes et d'oiseaux tout diamantés, le Portugal abâtardi, le cap de Bonne-Espérance avec ses créneaux naturels de granit et de lave qui le protégent et le menacent à la fois, les archipels indiens si diversement taillés, les sauvages Moluques, les Mariannes si coquettes, si près de la civilisation et si disposées à rétrograder vers la *sauvagerie*, les Carolines, où vit le peuple le plus gai, le plus bienveillant, le plus beau de la terre. J'ai étudié les hommes farouches d'Ombay buvant le sang humain dans le crâne des ennemis vaincus ; j'ai gravi des sommets de lave côte à côte avec les Malais indomptés armés de leurs crishs trempés dans l'hupas ; j'ai suivi au milieu de leurs éternelles et silencieuses solitudes les traces des sauvages naturels de la presqu'île Péron ; j'ai fouillé l'intérieur de la Nouvelle-Galles du Sud, incessamment entouré de peuplades sans gîte, sans vivres, sans vêtements, sans Dieu... J'ai crayonné les amusements si pittoresques des Cafres, toujours en guerre avec les hommes et les terribles quadrupèdes qui les traquent dans leurs demeures ; vous m'avez vu au milieu des Hottentots, m'exposant bravement en vrai Spartiate aux caresses graisseuses des beautés de cette race informe dont on devine plutôt la présence avec l'odorat qu'à l'aide du regard. J'ai navigué souvent seul dans les pirogues des farouches habitants de Rawack et de la Nouvelle-Guinée ; j'ai dessiné les curieuses et colossales ruines de Rotta et de Tinian, aujourd'hui désertes. Il manquait à ces tableaux, retracés avec exactitude avec talent, des épisodes plus graves, des faits plus solennels, des luttes plus chaudes, des scènes de carnage plus animées. Il y manquait des cris de rage, des efforts inouïs de férocité, des hurlements, des déchirures, des plaies, des regards de feu, des dents et des ongles creusant profondément les chairs pleines de vie. Il y manquait des râles, des tortures, des agonies. Je viens de compléter mon travail. Je me repose.

On m'a dit tout bas que j'avais quelquefois assombri mes tableaux et que je ne m'étais pas assez souvent montré généreux dans mes peintures de mœurs. Qui m'a dit cela ? Le Brésilien, alors que je parlais du Brésil ; le Portugais, alors que je visitais Montevideo ou Dielhy ; le Hollandais, quand j'étudiais Koupang ; l'Espagnol, quand j'ai décrit les Mariannes ou Rio de la Plata ; l'Anglais, quand il a été question du Port-Jackson ou de Maurice. Je suis plus compétent qu'eux en ces diverses matières, et nul n'est appelé à être juge dans sa propre cause. Quand j'ai trouvé d'honorables exceptions, je me suis bien gardé de les laisser passer inaperçues ; j'ai franchement et loyalement cherché dans mes courses tout ce qui pouvait m'instruire et m'amuser en même temps. J'ai voulu voir avec la raison, car il me semblait déjà qu'un jour je n'y verrais plus par mes yeux. Je me suis trompé peut-être, je n'ai trompé personne.

Le tour des bêtes féroces est venu après celui des hommes, c'est-à-dire la rage, la fourberie, la rapine, la cruauté sans le discernement à la place des passions qui abrutissent l'espèce humaine.

Eh bien, que je me retrouve encore une fois dans les déserts africains, au milieu des forêts vierges de la Nouvelle-Hollande, au pied des montagnes de l'archipel des îles Malaises ou au milieu des steppes de l'Amérique du Sud, et vous verrez que le tigre, le lion, le boa, le serpent noir, l'hyène, le crocodile viendront hautement me reprocher d'avoir voulu flétrir leur caractère pacifique et insulter à leurs mœurs régénérées. Pour soutenir leurs droits et me punir de mon irrévérence, le lion me déchirera de ses ongles et de ses dents, la panthère bondira et m'entraînera dans son élan de reptile, l'hyène bavera sur mes vêtements souillés, le tigre promènera sa langue rouge dans mes entrailles ouvertes, le rhinocéros me brisera sous sa bouture de fer, le boa m'enlacera dans ses replis serrés, le serpent noir et le serpent à sonnettes m'infecteront de leur venin, le crocodile m'emportera au fond des eaux, le requin m'amputera un membre, le jaguar m'arrêtera au milieu de ses pampas et l'éléphant me lancera comme un ballon sur les palmes élevées du cocotier. Ainsi s'effaceront l'erreur et le préjugé. La violence soumet la raison.

J'écrirai donc, afin de vivre en paix avec tout le monde, l'histoire d'un univers chimérique dont le mouton sera le despote. Mais vous verrez qu'on criera encore à la calomnie. Eh bien ! oui, alors seulement on aura dit vrai. Jusque-là moi seul j'aurai raison contre les hommes et contre les tigres, parce que moi seul je suis isolé. Je me repose.

FIN DES CHASSES AUX BÊTES FÉROCES.

Imprimé par H. Didot, Mesnil (Eure), sur les clichés des Éditeurs.

9 782329 493985